不负韶华
卓越有你

清华大学毕业典礼校友演讲辑

Live up to Your Youth, Excellence Starts with You

Tsinghua University Commencement Alumni Speech Collection

史宗恺 主编

清華大學出版社

北 京

图书在版编目（CIP）数据

不负韶华，卓越有你：清华大学毕业典礼校友演讲辑 / 史宗恺主编 . — 北京：清华大学出版社，2021.7

ISBN 978-7-302-58022-5

Ⅰ . ①不⋯　Ⅱ . ①史⋯　Ⅲ . ①演讲 – 中国 – 当代 – 选集　Ⅳ . ① I267

中国版本图书馆 CIP 数据核字（2021）第 070888 号

责任编辑：王如月
装帧设计：邱特聪
责任校对：王荣静
责任印制：丛怀宇

出版发行：清华大学出版社
    网　　址：http://www.tup.com.cn, http://www.wqbook.com
    地　　址：北京清华大学学研大厦 A 座　　**邮　　编：**100084
    社总机：010-62770175　　**邮　　购：**010-62786544
    投稿与读者服务：010-62776969, c-service@tup.tsinghua.edu.cn
    质量反馈：010-62772015, zhiliang@tup.tsinghua.edu.cn
印 装 者：三河市吉祥印务有限公司
经　　销：全国新华书店
开　　本：148mm×210mm　　**印　张：**11　　**字　数：**195 千字
版　　次：2021 年 7 月第 1 版　　**印　次：**2021 年 7 月第 1 次印刷
定　　价：69.00 元

产品编号：091893-01

不负韶华，卓越有你
——清华大学毕业典礼校友演讲辑

主编

史宗恺

副主编

唐 杰 杨 柳

编辑

冯伟萍 芮雪飞

向母校报告！

序　言

2001 年，清华举行了庆祝建校 90 周年的系列活动。借这次校庆的机会，学校明确了"自强不息，厚德载物"的清华校训，确认了清华的校徽校标，因而使 90 周年校庆有了又一层的意义。

那时，我是学校的校长办公室主任。在 90 周年校庆之后，开始与校长办公室和教务处、研究生院以及学生系统的同事们一起，策划新的毕业典礼方案。这个新的毕业典礼，也可以说是 90 周年校庆工作的一种延伸。毕业典礼是清华教育的一个重要环节，要庄重，有仪式感，与清华的传统和文化相一致。

当时的情形是，本科毕业典礼比较简单，学生不穿学位服，也没有着装的要求，校领导颁发学位证书时，每个班派一位代表上台，从校长手里拿回一摞证书。博士生的毕业典礼，学生穿着学位服，校领导穿导师服，一个人一个人地发学位证书。

策划的毕业典礼方案的重点之一，就是将本科生的毕业典礼和研究生的毕业典礼设计成同一规格，本科生一律着学位服，同样由学校领导逐一颁授学位。我们请美术学院的教师设计了本科生的学位服，还设计了毕业典礼的背板，这个背板一直沿用到现在。我联系了深圳清华大学研究院的院长冯冠平老师，请他赞助本科生的学位服。那时候，学校经费很紧张，出这笔钱不容易。冯冠平老师作为校长助理，虽然远在深圳，但他对学校的事情一直都非常支持，所以一口答应。

在哪里举行毕业典礼，什么时间举行，也颇费了一些周折。我们了解了国内外一些大学的毕业典礼情况，也征求了各方面的意见。无论是校领导，还是征求了意见的一些教师，以及参与方案调整的相关部处的同事们，大家都觉得，如果把毕业典礼时间调整到4月、5月或9月、10月，并在室外举行，则是最理想的，那个时间段里，校园的景色也最好。但因教学计划安排难以调整，以及毕业生难以返校等一些情况，而没能实现。最终，毕业典礼时间选择仍在7月，地点在综合体育馆。因为90周年校庆的庆典是在综合体育馆举行的，而且非常成功，大家对此都表示赞同。

陈皓明老师当时负责研究生院的工作，还专门花了很大力气，去找颁发学位证书过程中要播放的背景音乐。

方案调整要考虑的另一个重要内容，就是在毕业典礼上邀请杰出校友代表来演讲。一方面，邀请什么样的嘉宾到毕业典礼演讲这个举动，是有指向性意义的，而邀请校友中的杰出代表来演讲，是对校友的一种肯定。正是清华广大的校友为国家与社会所作出的卓越贡献，才成就了清华今天的社会声望。另一方面，大家认为，邀请杰出校友在毕业典礼上演讲，这些杰出校友的经历和经验以及对事业、职业的理解认识，既是给毕业的学生树立的一种示范和榜样，也是对年轻学子们很好的鼓励。在讨论的过程中，也有一些老师提出，是否可以邀请一些社会名人在毕业典礼上演讲，但是大家讨论后还是形成了一致的意见，邀请杰出的清华校友在学生的毕业典礼上演讲。

毕业典礼的调整方案就这样确定下来，并且已经持续了近20年，成为同学们清华学习生活的重要回忆之一。

寻找和邀请杰出校友的工作，交给了校友总会。校友总会的钱锡康老师为此付出了大量的心血，从寻找合适的人选，到帮助校友落实演讲稿，都是钱锡康老师在全程操办，很辛苦，也非常不容易。许多时候，钱老师一次次来找我，讨论人选，讨论演讲内容，他的严谨、认真、热情，深深地影响了我。这个过程对我来说，就是一种教育，是钱老师对我的言传身教。

我想，每次遴选杰出校友的过程，既是对我们工作态度、工作作风的考验和检查，同时，对参与此项工作各个部门的同事来说，也是一次接受教育的过程，我们因此了解和学习了许多校友的感人故事，知道了清华的社会声望因广大校友的杰出贡献而来，我们要好好向他们学习。我很高兴地看到，校友总会的同事们，继承着钱锡康老师等老一辈的传统和精神，一直在努力把这项工作做好。作为校友总会工作的一部分，这项工

V

作和校友总会以及学校其他部门的工作一起，汇成了全员、全过程、全方位育人的清华大学教育，时间历久，成为清华的传统和文化，给清华学子们留下清华温暖和激励的印记。

记得 2002 年，筹备举行调整后的第一次毕业典礼，学校邀请了金怡濂学长，他是朱镕基学长的同学，在国防科技领域作出了突出贡献，刚刚获得国家最高科学技术奖。第二位邀请到本科生毕业典礼演讲的校友是 1978 级热能系的毕业生许铁成，他在北京延庆的中学担任物理老师。邀请一位在中学当普通教师的校友到本科生毕业典礼来演讲，反映了学校的一种态度，那就是对那些在平凡岗位上勤勤恳恳、默默无闻工作的广大校友的充分肯定。

从 2004 年起，就陆续出版了若干本校友演讲集萃。这本书中，收集了近十年来在学校和院系组织的毕业典礼上邀请的一批校友的发言稿，他们是清华校友中的优秀代表，是我们的榜样。希望这些校友的经历和经验，他们对事业对生活的理解和感悟，都成为激励后辈清华学子成长发展和贡献社会的一种动力，也成为清华的大学文化和精神的一部分。

史宗恺

2020 年 12 月于清华园

目 录

| 下编　院系篇 |

不负韶华
卓越有你

清华大学毕业典礼
校友演讲辑

大学

篇

上编

坚守初心，问天逐梦

——在清华大学 2020 年本科生毕业典礼上的发言

谷振丰

　　2002 年考入清华大学航天航空学院（简称航院），2012 年获博士学位。现任职于甘肃酒泉卫星发射中心。毕业后积极响应学校"入主流、上大舞台、干大事业，到国家最需要的地方去"的号召，毅然投身到地处戈壁荒漠的酒泉卫星发射中心从事航天事业，为中国航天事业贡献自己的力量。

　　在校期间，谷振丰学习成绩优异，曾获得国家奖学金、清华大学特等奖学金和学业优秀一等奖学金等荣誉，2006 年被评为"全国十佳大学生"。

尊敬的各位老师们、同学们：

大家好！

我是 2002 级的谷振丰，在酒泉卫星发射中心向即将毕业的同学们致以最热烈的祝贺！我们中心也被称为东风航天城，地处巴丹吉林沙漠腹地的戈壁滩，是我国唯一的载人航天发射场，先后 6 次将 11 位航天员送入了太空，被习近平总书记称赞为"承载着中华民族伟大复兴光荣与梦想的土地"。

云端上课，线上毕业，2020 年注定令同学们很难忘。

对于我，2003 年也很难忘，不仅是因为"非典"，更是因为"飞天"。那年，杨利伟从我们中心的问天阁出征，乘坐"神舟五号"飞船成功飞天，圆了中华民族五千年的飞天梦。在清华体育馆，我聆听了"神舟五号"先进事迹报告会，被深深地打动了。"我要去干载人航天，我也要把航天员送入太空！"梦想的种子从此在我心里埋下，并化为强劲的学习动力。大四上学期，我获得了保送攻读直博研究生资格，评上了清华特等奖学金。尽管有多种选择，我还是想来酒泉卫星发射中心工作，我还是想参与到载人航天伟业中，我还是想亲手把航天员送入太空。2006 年夏天，参加完毕业典礼并作为学生代表发言后，我就踏上了西行的列车，来酒泉卫星发射中心报到。中心领导得知我已经获得了保送攻读直博研究生资格，又支持我回学校攻读了博士学位。

博士毕业回到中心不满半年，我就幸运地参与了"神舟十号"载人飞船发射任务。虽然只是一名操作手，我仍感到使命光荣、责任重大。载人航天讲究的是万无一失，每一项操作、每一次测试都要做到精准无误，这对我们的技术水平和心理素质都提出了近乎苛刻的要求。我向着梦想发起了新的挑战，昼夜不舍地学资料悟原理，追着同事请教经验，抓住每一次实践机会提高操作技能，拿到了上岗资格证，承担了火箭20台设备的测试工作。当发射倒计时口令传来，当火箭在烈焰和轰鸣中越飞越高，当各测控站传来"飞行正常"的通报，距离发射塔架只有1.5千米的我，紧张而激动。当任务总指挥宣布发射取得圆满成功时，我和同事们欢呼拥抱，享受着胜利的荣光。一路走来，我从一名操作手逐渐成长为系统指挥、0号指挥，承担起技术总体和组织协调工作，参加了50多次航天发射任务，亲历了祖国航天事业的快速发展。

清华用"爱国奉献，追求卓越""自强不息，厚德载物"的精神哺育了我，东风用"两弹一星精神""载人航天精神"滋养着我。清华精神和航天精神天然融汇，支持和指引着我前行，对此，我有两点很深的感受，想分享给大家。

以奉献为信念，以报效祖国服务人民为己任

清华园里，闻一多纪念像上刻着一句话"诗人主要的天赋是爱，爱他的祖国，爱他的人民"，启示着一代代清华学子。

到中心后，我又一次次被"热爱祖国、无私奉献"的精神所感动。在东风革命烈士陵园，伫立着 700 多座丰碑，他们中有功勋赫赫的聂荣臻元帅，也有宁肯让烈火吞噬自己也要保护设备安全的王来战士；办公楼外墙上，陈列着"两弹一星"元勋画像，其中就有我们 14 位老校友；在中心 60 年发展史上，老一代建设者留下一句"献了青春献终身，献了终身献子孙"，一批"航二代""航三代"正沿着前辈的足迹，继续奋战；在中心各专业岗位上，目前有 16 位清华毕业生为了祖国航天事业初心不改、砥砺前行。

以卓越为追求，以严谨学风过硬作风来立身

对于清华人，"追求卓越""学风严谨"已经成为深入骨髓的特质。大家都有写论文写到崩溃、改文章改到绝望的经历，"为伊消得人憔悴"，就是要确保每一个数据都准确、每一个观点都有依据、每一个表述都清晰，精益求精，以求至善。

对于航天人，"万无一失""圆满成功"是习近平总书记提出的要求，也是我们的追求。我们在发射场的主要工作，就是对要发射的火箭、卫星进行充分检测，确保"不带任何问题上天"。在中心有一个广为流传的"小白毛"的故事。那是 1966 年一次发射任务前，技术人员王长山在火箭内部一个插头处发

现了杂物——大约 5 毫米长的一根"小白毛"。他丝毫不敢大意，想尽办法，用一根鬃毛把"小白毛"挑了出来。在现场检查工作的钱学森特意把"小白毛"要走了，用来教育广大科技人员。这个故事代代相传，严慎细实的作风也被一代又一代东风航天人继承和发扬。

就在两个月前，我的一位同事、毕业于清华自动化系的贺鹏举校友，又一次生动地诠释了"小白毛"精神。在一个即将上天设备的技术状态评审会上，贺鹏举敏锐地发现了一个参数问题，并大胆地提出了质疑，组织多方复查，发现并促进解决了这一深层次的严重隐患。

作为航天员进入太空前的出征地，问天阁也被称为"圆梦园"。清华园也是清华人的圆梦园！同学们，你们就像一枚枚检测合格、蓄势待发的火箭，马上就要开启新的逐梦之旅了！就让我用航天发射的方式来祝愿大家，"5、4、3、2、1，点火，起飞"！

谢谢大家！

不忘初心，砥砺前行

——在清华大学 2020 年研究生毕业典礼上的发言

丁欣

  2001 年考入清华大学生物科学与技术系（简称生物系）后转入医学院，成为医学院第一届学生，2004 年转入北京协和医学院临床医学专业，2009 年获医学博士学位。

  现为北京协和医院重症医学科主治医师，长期从事重症患者的一线救治工作，在重症血流动力学治疗、重症超声等方面积累了一定的经验，目前担任中国重症超声研究会秘书长等职务。

  2020 年 2 月 7 日作为北京协和医院国家援鄂医疗队第二批队员奔赴武汉，并担任医疗组长。

尊敬的各位老师，亲爱的同学们：

大家好！

感谢母校给予的至高荣誉，让我在毕业多年后重穿学位服，参加这场来之不易的毕业典礼。

我于 2001 年考入清华，毕业后成为了北京协和医院重症医学科的一名医生。2020 年初新冠疫情暴发，我作为国家援鄂医疗队的一员，为打赢这场战"疫"尽了自己的绵薄之力。

接到母校的发言任务，我激动万分，深感无上光荣。但在准备发言稿时，内心却十分忐忑——我毕业后的经历从校园到医院，短短 11 年，没有取得过什么大的成就。在师弟师妹们面临如此重要的人生转折之际，该说点什么呢？思来想去，就分享三个令我难忘的场景吧。

关于敬畏

参加工作不久，我遇到了一个呼吸衰竭的病人，需要气管插管。由于我复习过相关流程，也曾在麻醉科成功实施过这项操作，便主动请缨。但当我拿着喉镜站在病人床头时，却发现自己无论怎样都无法将气管插管送到气道里。耳边，监护仪的报警声越来越刺耳，眼前，病人的嘴唇越来越紫。看到我方寸大乱，在一旁的老师迅速接手，顺利插管，病人转危为安。后来我才知道，重症监护室中的气管插管有很多需要注意的细节，而当时的我并不了解。这件事情让我认识到，"纸上得来终觉浅，绝知此事要躬行"，每一个临床规范的背后都蕴含着许多前人积累下来的经验教训。年轻人初生牛犊不怕虎，固然勇气可嘉，但是更要有对前人的尊重、对经验的敬畏。于是我从头开始，向老师和护士请教，踏踏实实地"泡"在病房里，从每一个病人身上一点一滴地实践并总结经验。回首11年的工作经历，是母校行胜于言的校风、严谨勤奋的学风，陪伴我度过了"战战兢兢，如履薄冰"的每一天。

关于勇气

得知新冠疫情暴发，尽管早就做好了上"战场"的准备，但面对尚不熟悉的病毒，仍会心存一丝畏惧。到达武汉同济医院的第一天，平时喧闹的更衣室里鸦雀无声。所有人都在默默地穿戴防护设备，互相检查可能存在的疏漏。防护服、隔离衣、手套、鞋套、护目镜、口罩……一个多小时以后，当我全副武装走进病房的时候，紧张得能清晰地听到自己的呼吸和心跳。初入病房，环境的陌生和经验的不足使患者早期的治疗效果不甚理想。看着生命在眼前逝去，心中的挫败感和恐惧感难以言语。然而，"天行健，君子以自强不息"，困难与压力只会让我们清华人愈挫愈勇。我跟战友们一起，逐步摸索并优化了特殊条件下的查房和交接班流程，提高了工作效率。我利用自己的专业技能，主动承担了气管插管、中心静脉置管、床旁超声评估等高风险的操作。离开武汉前，我们穿脱防护服的时间缩短了将近一半，病人的病情也得到了明显的改善。"没有从天而降的英雄，只有挺身而出的凡人。"人生的道路总是充满无尽的未知和挑战，而我们清华人的特点就是不惧困难、直面挑战。很多时候，战胜困难的勇气和信心，比战胜困难本身更加重要。

关于初心

结束了武汉战"疫"回到工作岗位的第一天，医院组织我们在门诊大厅通道的纪念展板前合影。一位患者大叔站在旁边看了我们很久，当他确认我们就是从武汉归来的医疗队时，向我们深深地鞠了一躬。这个通道我曾走过无数次，但这一刻，我忽然觉得它有了特殊的意义。疫情之前，医患关系的紧张让身边的一些同事选择离开，我也曾动过转行的念头。但是"健康所系，生命相托"的誓言，让我觉得就这样放弃自己治病救人的初衷实在难舍。这次疫情之中，无论是在武汉当地无数志愿者给予我们的无私帮助，还是撤离时领导与群众的夹道欢送，都让我们重新感受到了治病救人的崇高使命感。其实我们做的仍然是平时在医院里同样的工作，只是在这样一个特殊的时期，切合了国家与人民最迫切的需要，于是获得了这一份份沉甸甸的信任与肯定。无论世事如何变化，只要坚守初心，就不会在意一时一事的外界评价，才能在逆境中不断积累，在顺境时厚积薄发。

各位同学，你们即将离开校园，奔向各自的工作岗位。一场突如其来的疫情，改变了我们许多的生活习惯和学习工作方式，也让我们在喧嚣浮躁中停了下来，重新审视自己的内心，思考人生的本质，思考我们最终想要追求什么。我相信，在座的各位意气风发、踌躇满志，一定都有建功立业的雄心壮志。我希望，当你的人生路上遇到诱惑、迷茫甚至坎坷失意的时候，仍能葆有母校给予我们的宝贵精神食粮——自强不息，厚德载物；希望你们历经沧桑，归来仍是少年，坚持不忘初心，砥砺前行！

最后，祝大家前程似锦、乐享人生；祝亲爱的母校春风化雨、多育英才；更愿伟大的祖国万里锦绣、国泰民安！

树大江大海大格局，练基础基层基本功

——在清华大学 2019 年本科生毕业典礼上的发言

高红卫

　　1976 年进入清华大学精密仪器与机械学系导航与自动控制专业学习，1980 年毕业。研究员，国际宇航科学院院士。历任航天部八六〇四厂总工程师、〇六六基地主任、第三研究院院长，中国航天科工集团有限公司党组书记、董事长。曾任国家某重大科技专项总指挥、载人航天工程副总指挥、探月工程及火星探测任务副总指挥。党的十九大代表、第十三届全国人大代表、教育科学文化卫生委员会委员。从事航天事业 40 余年，主持若干国防重大项目规划论证、科研生产与试验，主持创建以体系创新为主导、专业创新为支撑的国家级创新企业，在商业航天产业链、工业互联网平台、激光技术产业链、信息技术体系化应用等方面发挥领军作用。出版科技与军事领域专著 6 本。

尊敬的各位老师、同学和亲友们：

大家早上好！

非常高兴有机会参加清华大学 2019 年本科生毕业典礼。借此机会，向即将走出校门的学弟学妹们送上我衷心的祝福，并与大家分享点滴工作体会与人生感悟。

我于 1977 年 3 月入学，1980 年 11 月毕业离校，明年我就毕业 40 年了，很期待我们年级的秩年返校活动。近 40 年来，我一直在航天科技工业领域工作。我任职的航天科工集团先后进入了世界财富 500 强、世界品牌 500 强榜单。我先后担任了若干国家级重大科技工程与重大专项总指挥、副总指挥及战略专家组专家，被国际同行推选为国际宇航科学院院士，并代表企业在 2016 年全国科技创新大会上作典型发言。一路走来，感觉最大的收获是：一个人要想做成几件让自己满意、被社会认可、对国家有用的事情，自我修炼、自我提升特别重要，概而言之就是：大江大海大格局，基础基层基本功。

关于大江大海大格局

我国的航天事业之所以能取得举世瞩目的发展成果，得益于党和国家的英明领导，得益于全国人民的大力支持，更得益于拥有一支胜不骄、败不馁、敢于攻坚、乐于奉献的优秀队伍，特别是拥有一支以钱学森和任新民、屠守锷、黄纬禄、梁守槃为代表的优秀科技人才队伍。我在与老一辈航天事业开创者的工作接触中，从他们那里学到的最重要的东西是：干事创业，首先要有像长江一样不断奔涌的激情，持续释放出干事创业的巨大能量，尽管过程千回百转，也要追求极致、永不放弃；其次要能容人容事，坚持真理、不怕委屈，以海纳百川的胸怀平静地迎接各种挑战。记得 20 世纪 80 年代末期，单位接到一项紧急任务，技术风险和进度风险非常大，没人主动承担。我之前干过类似的项目，但已经调离原岗位，也不便于跨界揭榜。情急之下厂长直接指定由我来主持这个项目的研制。过程之中，我不仅要组织技术创新攻坚，还要面对技术方案争议的压力。最困难的时候厂长向我发出最后通牒："专家们都认为你的方案是错的，如果你坚持搞下去，失败的责任由你一人承担"。对于一个 30 岁左右的年轻人而言，压力之大可想而知。但我知道我的方案没问题，坚定不移向前推进，项目最终取得成功。事后一位专家说："看来当时我们并没有理解他的技术思路。"这件事使我对"大智若愚"有了新的理解。

关于基础基层基本功

我相信，即将毕业的学弟学妹们都怀揣着远大的理想与抱负，决心在未来的人生征程中不负众望，取得好成绩。实现理想、追求成功，对于接受过高等教育的学子，特别是清华学子而言，是一种家庭义务和社会责任。

怎样实现人生的理想与抱负？就我个人体会而言，不反对借鉴励志箴言和成功传记，但牢记"夯实基础、重视基层、练好基本功"这三句话并心无旁骛地不断实践，才有可能交出一份像样的职业答卷。万丈高楼起于地基，万钧之力发自内功。

这个感悟最早产生于在清华就读期间。有几位老师的深厚专业素养给我留下终生难忘的记忆。第一位是陀螺力学课老师刘希珠。陀螺力学课需要在黑板上画很多图，刘老师随手画来，圆是圆、方是方，曲线也总是那么规矩自然。第二位是振动理论课老师雷田玉。雷老师的板书总是那么严谨整洁，不管涉及多少公式推导，下课时黑板上留下的刚好就是本节课程的内容提要。第三位是数学老师钟家庆，后来我才知道他是一位大数学家。钟老师不仅课讲得好，而且对学生的神态心理也把握得特别好，上课的时候他犀利的目光扫视一下课堂，就知道学生是不是听懂了。以这三位老师为代表的清华老师们的深厚基本功、清华严谨的学风，深深地震撼和打动了我。当时我就暗下决心，出去工作后也要像他们一样，练好内功，成为一名底蕴深厚、受人敬重的专业人士。

有同学可能会问，内功是什么？我认为，内功主要表现为系统对外做功的能力。对于个人、企业和任何机构而言，内功总可以用推动社会进步的能力来表征。世界上没有永动机，要想持续对外做功，就必须不断吸纳能量。近40年来，我每天早上四五点起床，用二三个小时的"纯净"时间进修知识、研究课题、写作书稿，就是为了能够保持对外做功的工作状态。我的体会是，人间没有神话，只有不懈耕耘。

各位学弟学妹，在这个"百年未有之大变局"时代，挑战无限、机遇无限。让我们以习近平新时代中国特色社会主义思想为指引，心胸开阔、远离浮躁、苦练内功、不懈耕耘，为构建人类命运共同体、实现我国"两个一百年"奋斗目标添砖加瓦，为我们共同的母校清华大学增光添彩。

谢谢大家！

自强不息，在平凡中不断超越

——在清华大学 2019 年研究生毕业典礼上的发言

谢邦鹏

1999 年进入清华大学电机工程与应用电子技术系（简称电机系）学习，2003 年保送攻读直博研究生，师从电机系教授、中国科学院院士卢强。2008 年博士毕业后进入国家电网有限公司上海浦东供电公司，曾任继保班班员、班长、运检部副主任。现任国家电网有限公司上海浦东供电公司张江科学城能源服务中心主任兼数据管理组组长。2015 年 2 月，成立了"谢邦鹏劳模创新工作室"，他带领青年员工积极开展科技创新工作，共开展创新课题 40 余项，发表科技论文 20 余篇，获得专利授权 46 项。先后获得"全国五一劳动奖章""上海市劳动模范""国网公司劳动模范""国网工匠""上海工匠""上海市首席技师""全国劳动模范"等多项荣誉称号。

尊敬的各位老师，亲爱的同学们：

大家好！

很荣幸接到学校邀请，让我再回到一直惦念着的清华园。首先，请允许我向即将毕业的 2019 届研究生表示最热烈的祝贺！

2003 年本科毕业后，我有幸成为电气工程领域"泰斗"——卢强院士的直博生。卢老师既是我学术上的引路人，也是我的人生导师。在他的鼓励下，2008 年博士毕业后，我选择到国网上海浦东供电公司生产一线工作。11 年转瞬即逝，但在清华的时光一直让我倍感怀念，母校"严谨、勤奋、求实、创新"的学风和恩师们的言传身教始终深深影响着我，帮助我即使在平凡的工作中也能成长为思想独立、会学习、敢创新的"清华人"。今天，我很高兴和学弟学妹们分享我的感悟。

坚定信念，坚守初心

我相信每个清华人，都有梦想、有追求，渴望实现自己的人生价值。清华 9 年，让我立志成为电力生产专家和电力技术应用先行者。到电力生产第一线工作后，困难却接踵而来。孤身一人在上海，实习期房租就占了收入的一半；本来对自己的专业基础信心满满，但第一次到现场，就发现我不懂设备操作、技术规程、作业流程，甚至根本听不懂师傅们的上海话，只能做傻傻的旁观者。那时，我的自信心很受打击。孤独、失落、彷徨，有过犹疑，但我没有放弃。静下心来，我想起了自己的梦想，想起了卢老师曾说过的他们在白山水电厂一线奋斗5年最终攻克技术难关的例子，想起了清华"自强不息、厚德载物"的校训……一切从头学起，我成为班里拧螺丝、接线头、看图纸、做笔记最多的人。现在想来，正是有了当时的坚持和后来的点滴积累，才让我逐渐成长为上海工匠、国网工匠、上海市首席技师，一步步靠近自己的追求。

精益求精，传承匠心

产业工人中从来不缺匠人，我所在单位80多岁的"师爷"邱永椿师傅不会打字，却一笔一画、工工整整将毕生心血写成了一部90多万字的教材，严谨精细，让我震撼！清华也有严谨求实的学风，追求卓越的作风，与工匠精神一脉相承。在一线，每项工作，我都精益求精。有一年夏天，我凌晨3点在变电站里抢修。桑拿天的站里就像一个蒸笼，但几千家用户等着送电，分秒必争。汗滴得迷了眼睛，手上活儿也不能停。而且这项工作还要求特别细心，容不得一点错漏！2个小时后我走出闷热的开关室，腰腿酸痛、头晕乏力，但心中却有说不出的畅快！业精于勤而贵于专，这样的经历和积累，使我后来被评为"生产技能专家"。2011年我担任班长，同事们称我"博士班长"，我发扬兢兢业业的工作作风，带领班组先后荣获全国"质量信

得过班组"、上海市"工人先锋号""青年文明号"等荣誉，我
对此倍感自豪。

开拓创新，发挥慧心

生产一线是创新发明的沃土，实践应用是检验创新成色的
试金石，新时代工匠更要有一颗创新的慧心。2011 年，我带队
做大电流试验，我发现短接工具不好用，就琢磨着怎么改进。
后来受到妻子用晾衣夹晒被子的启发，设计出一套"大电流试
验万用组合短接工具"，安全便捷的同时还能"一秒接入"。如
今，这项专利已在全公司推广，创造经济效益上千万元，并获
得上海市科技进步三等奖。这几年，我们的创新已获得发明、
实用新型专利授权 40 多项，低压电缆快速接头等成果已成为行
业的标准物料在全国推广，在助力公司、行业安全生产、降本
增效的同时，我个人也获得了"上海市十大工人发明家"等荣誉。

放平心态，求得安心

我们走向工作岗位，内心都烙着"清华"二字。这是荣耀，
是光环，也是压力与动力。一进单位，大伙儿叫我"清华博士"；
后来成为"博士班长""劳模工匠"。现在，我所在的张江科学
城能源服务中心，是国网公司改革转型的"试验田""先锋官"，
肩负着泛在电力物联网建设、上海智慧城市能源云平台建设等

一系列重任。这周，我刚代表我们浦东供电公司分别向上海市委、国网公司主要领导汇报了由我牵头开展的这些创新性工作。同事的期许不一样，我对自己的要求也不一样，因为我们清华人的责任不一样。当然，为了完成这些急难险重任务，我们可能付出了百倍的努力，但别人却可能会说"清华的人做得好是应该的"；一旦失败，会听到"清华的也不过如此"。沟沟坎坎、起起落落，平常心尤为珍贵。我们清华人，就是既要有仰望星空的远大抱负，也要有脚踏实地的担当作为。

11 年的一线工作，我始终坚信，虽然我的工作很平凡，但只要在平凡中不断超越，就可以让自己更有价值。行胜于言，让我们坚持初心、匠心、慧心、安心，传承清华精神，为祖国作出应有的贡献！

谢谢！

人生选择和选择人生

——在清华大学 2018 年研究生毕业典礼上的发言

管晓宏

1978 年进入清华大学自动化系学习，先后于 1982 年、1985 年获清华大学学士、硕士学位。中国科学院院士。西安交通大学电子信息工程学院院长、智能网络与网络安全教育部重点实验室首席科学家，博士生导师；清华大学自动化系讲席教授组成员、双聘教授、智能与网络化系统研究中心主任。2003 年至 2008 年期间担任清华大学自动化系主任。曾先后获得国家自然科学二等奖、国家科技进步二等奖等奖项。

尊敬的邱勇校长、陈旭书记、母校老师们，亲爱的 2018 届研究生同学们：

大家早上好！

我是自动化系 1977 级本科生、1982 级研究生管晓宏。首先，请允许我向即将毕业的母校 2018 届研究生表示最热烈的祝贺。非常感谢母校领导安排我在这么庄严的场合发言。我知道这是极高的荣誉，让我诚惶诚恐，十分紧张。

看到同学们青春洋溢的笑脸，我感觉回到了纯真无瑕、热血沸腾的青葱岁月。作为一个老研究生，给"90 后"的学弟、学妹们说些什么呢？先从 1977 级说起吧。

我国的改革开放走过了 40 年，我们 1977 级的同学在刚过去的校庆期间，庆祝了入学 40 年。1977 年，中国改革开放的总设计师邓小平同志，力挽狂澜，果断决策于当年恢复高考，改变了中国的国运，也为紧随其后的标志着改革开放的十一届三中全会、真理标准的讨论吹响了号角。

由于"文革"的历史原因，我只上过 4 年小学和 1 年半小学附设的初中班，没有进过中学的门。我不到 15 岁就进了建设公司，先后当过民工、乐队乐手、木工、钳工、车工。我在建设工地上挖过管道沟，锯过大木方，支过混凝土模板，开过塔吊，安过球磨机，也经历过跟电影《芳华》里差不多的文工团生活。在当工人和乐手的近 8 年时间里，我用借来的"文革"

前教科书，自学完了初中、高中的全部数理化课程，还初步自修了微积分、理论力学、电工学等大学课程，做了教科书中的大部分作业，用过的笔记本和作业本摞起来有近 1 米高。

感谢 1977 年恢复高考，感恩母校不嫌弃我没进过中学，把我录取到了自动化系，彻底改变了我的人生。

我们在那个让人奋进的年代成了清华人。清华园里，同学们抱着"把'四人帮'耽误的时间夺回来"的信念，提出"从我做起，从现在做起"，异常珍惜得来不易的学习机会。

学校为了保护我们的健康，每晚 11 点，宿舍强制熄灯。同学们争先恐后去长明灯的教室看书。那时的校园里，看不到男女同学手拉手。男同学想得到女同学的青睐，不用送玫瑰花，也不用在女生节拉横幅，到长明灯教室为她占个座位就行。

我们自动化系的同学在 7 食堂就餐，就是现在的清芬园。饭菜可没有现在那么丰富，平时就 4 种菜。大家排着长队打饭，很多人手里拿着英语单词本。业余时间，同学们不是比"王者荣耀"的排位和谁"吃鸡"，而是比一比谁做的"吉米多维奇习题集"中的习题多，谁背的"新概念英语"的课文多。同学们引以为傲的事是一门课开课之前，通过要求很高的免修考试。

我特别感恩母校，特别感恩母校的老师培养了我。通过基础课、专业基础课和专业课的学习，我打下厚实的基础。学校把我选进"因材施教"计算机小组，让我有机会多学，极大地锻炼了数值计算理论和计算机应用能力。研究生学习期间，在导师们的培养下，我成了国内最早的网络控制系统研究者之一。清华四年半本科和两年半硕士研究生学习，我取得了优异学习成绩，锻炼了科学研究能力，为今后的发展奠定了基础。

我在美国读博士期间，研究能源电力系统的优化。靠着在母校打下的扎实科研基础，很快发现了关键问题，提出了新理论和新方法，取得了重要理论成果及每年数百万美元至上千万美元的经济效益，引起了世界同行的重视。新世纪之初，我在哈佛大学工作期间，深度分析了电力市场的博弈行为，在美国加州 PX（Power Exchange 电力交易的简称）市场崩溃前，预见了机会性投机和价格飙升等严重后果，美国加州政府能源委员会曾索取我即将发表的论文作为听证材料。我能取得这些成绩，得益于母校给我打下的基础和教给我做研究的思路和方法。我觉得母校的教育不输任何一个世界一流大学。

近年来，为了配合国家建设世界一流大学的战略，我开了几门英文讲授的课程，在清华讲授的"英文科技论文写作与学术报告"课，被学校研究生院列入全校研究生职业素养课，并且拍成慕课在中国的学堂在线和美国慕课平台 edX 上线，全球有数万人选课。我和我领导的课题组提出了能源与电力系统安全优化的创新理论与方法，解决了多个公认难题，应用在多个国内外企业，获得了节能增效的重大效益；我们研发的网络信息安全监控与防卫系统，在政府部门和企事业单位部署，清除了多个威胁严重的僵尸网络。我们获得了国家自然科学二等奖，得到自然科学基金创新群体资助。我被最大的国际学术组织电气与电子工程师协会（Institute of Electrical and Electronics Engineers，简称IEEE）选为会士，被读博所在学校美国康涅狄格大学选为杰出工程师院成员并列入工学院名人堂，2017年当选为中国科学院院士。

母校对我的培养，让我认识到人文艺术在教育中的重要性。近年来，我积极推动本科生"信息新蕾"计划，贯通本科与研究生创新能力培养，推动本科生必修"表达与交流"核心通识课，并担任课程负责人。我与西安音乐学院的音乐家们合作，创办了"艺术与科学的交汇"系列音乐会，担任音乐会策划、撰稿和讲座人，并与音乐家共同演奏。从"李约瑟命题""钱学森之问"开始，到古典乐曲旋律变化服从幂律，到科学家的艺术才能，再到几何变换原理在作曲中的应用等，启发大家思考艺术形象思维与科技创新的关系，开拓了理工科师生的思路。感谢母校支持，音乐会首场在清华蒙民伟音乐厅举办，已经在内地和香港高校上演10余场，成为"丝绸之路大学联盟"的科学文化品牌。包括众多院士、知名科学家和艺术家在内的观众，对音乐会的创新性和水平给予了高度评价。我们今年申请了国家艺术基金。

我没有忘记感恩母校。新世纪之初，母校提出了建设世界一流大学的宏伟目标，成立了以哈佛大学何毓琦院士为首的第一个讲席教授组，我担任了讲席教授组成员和智能与网络化系统研究中心主任。讲席教授组的同事们植根清华17年，在人才培养、科学研究、国际合作等方面取得重要成果，在国内外科学与工程界产生了重要影响，得到了国家"111引智计划"的支持。母校领导对讲席教授组取得的成果给予充分肯定，也成为学校引进许多高端人才的前期工作模式。

2003年，经母校领导同西安交大领导协商，决定在人事关系不转的情况下，任命我担任清华大学自动化系主任。当年这个时候，我就坐在下面的系领导席，分享同学们毕业的喜悦。我与全系师生共同努力，在国际学术前沿和国家重大工程两个方面都取得了重要成果。让我自豪的是，在我任内，清华大学控制科学与工程学科的排名，从第三回到了师生和校友们认为是必须的第一。

我在母校不但学会了专业知识和科研能力，也锻炼了现代科学研究不可或缺的组织协调能力。我曾担任过班级团支部书记，研究生期间当过校团委的干部。在母校的社会工作没有成为我的负担，反而成为我职业生涯中不可多得的历练和开拓进取的财富。

同学们即将从清华毕业踏入社会或者继续深造，两者我都经历过。毕业意味着新的人生开始，今后将不断面临人生中的选择，如何选择将影响我们的人生。作为老研究生，我想跟学弟、学妹们分享一点过来人的经验。

选择最容易走的路，不见得是最好的选择

我们在校做博士或者硕士论文的研究方向和课题，多半是导师帮我们选择的。毕业以后，我们就要学会选择自己的研究方向和课题。我们习惯上常常会选容易做的方向和课题。我的博士生常常说，老师选的这个方向没有多少参考文献，开始连问题是什么都不清楚，更看不到达到博士论文水平的研究工作。而另一个方向，文献很多，在已有工作的基础上改进，能够比较快地取得成果，为什么要我做前面那个方向的课题？

我跟同学们分享的经验就是，在已有工作的基础上改进，很快取得的成果创新性往往有限。你很快能想到的主意，别人可能已经做了，成果价值有限。有价值的研究方向没有多少参考文献，说明这个方向比较难或者别人还没有想到。虽然举步维艰，但经过努力做出来了，就可能取得大成果。这个辩证关系值得大家思考。我毕业后能取得一点成绩，往往是因为选择了有价值但起步困难的研究方向和课题。

20 世纪末，国内刚刚发展互联网不久，我选择做网络信息安全的研究。这个方向比较新，需要多学科交叉，大家普遍不了解，国内更是没有多少人做。我申请在 985 学科建设项目中立项，有领导不理解，认为这是属于公安局派出所管的网吧管理问题，不同意立项。近 20 年来，虽然我们最初没有得到支持，但在这个方向坚持了下来，为国家安全作出了贡献，课题组也

得到很大的发展。习近平总书记说"没有网络安全，就没有国家安全"，让我们信心倍增。

适合别人的选择不一定适合你

不见得"随大流"的选择就是最好的选择。我在工厂工作的时候，社会上流行的是"读书无用论"。那时的年轻人要成家不用买房、买车，但未来的丈母娘可能要求做总共几十条腿的家具。我当过木工，张罗做家具应该不难。但我一直自学数理化，周围很多人不看好，还被有的领导批"走白专道路"。但我深信建设国家、个人发展都离不开知识。从 1977 年 10 月 21 日国家正式宣布恢复高考，到 12 月初考试，也就 1 个半月时间。幸运之神向平时刻苦自学的我张开了双臂。

个人成长融入国家和民族的命运

这是清华人的光荣传统，也是个人发展的明智选择。80 年前，当国家面临民族危亡之际，清华同学喊出了时代强音："华北之大，已安放不得一张平静的书桌了。"百废待兴时期的国家建设，"两弹一星"的强国之梦，我们清华人总是冲锋在前。刚才校领导介绍，台下很多毕业生选择到基层，到部队，到边疆，到祖国最需要我们的地方工作。

十多年前，我担任自动化系主任时参加毕业生的座谈会，有博士毕业生说，我的目标就是要把家人照顾好，我选择的工作地点必须是北四环周围正负一公里。说实话，我觉得把工作选在北四环周围作为目标函数有点问题。先不说为国家和社会作贡献的抱负，恐怕连买房都难实现，照顾好家人也难落实。

20 世纪 90 年代中期，我们国家的经济建设开始走上快车道，但与发达国家相比仍然差距巨大。如果我留在美国的企业工作，每年能有 10 万美元的年薪。我回到国内任教，月薪只有 300 元人民币。很多朋友不理解我为什么要回国，也有人以为我是在美国混不下去了才回来的。但我坚信个人的事业与国家的发展紧密相连。20 多年来，中国的发展和进步让世界上许多人跌破眼镜。我本人为之作出了贡献，也迅速成长。前些年开始，海归已经成为留学生选择的主流。有海外和海归的朋友对我说，你不错呀，你能回清华当系主任，在西安交大当院长，还评上了院士。我想这不是因为我能干，而是证明了选择个人成长融入国家发展是正确的。国家的进步和发展，带来了我个人事业的进步和发展。

亲爱的学弟、学妹们，党的十九大为我们画下了宏伟蓝图，经过"两个一百年""三个里程碑"，真正实现中华民族的伟大复兴，母校将以世界一流大学屹立于世界大学之林，同学们将以年富力强的年龄，见证那个伟大的时刻，我对你们无比羡慕。

让我们为了那个时刻的到来，共同努力。

谢谢大家！

我们用什么勾勒超出想象的未来

——在清华大学 2017 年本科生毕业典礼上的发言

吴燕生

　　1981 年进入清华大学电机系学习，1986 年毕业，获学士学位。1989 年 2 月参加工作，研究生学历，工学博士，研究员，国际宇航科学院院士。现任中国航天科技集团有限公司董事长、党组书记。历任航空航天工业部、中国航天工业总公司、中国航天科技集团公司第一研究院第一设计部设计员、工程组组长，研究室主任，第一设计部主任；中国航天科技集团公司第一研究院院长兼党委副书记；中国航天科技集团公司党组成员、副总经理、总经理、董事、党组副书记。曾获得"全国五一劳动奖章"、中国载人航天工程突出贡献奖和曾宪梓载人航天基金突出贡献奖、"嫦娥一号"突出贡献者、第十三届"光华工程科技奖"、第十一届"袁宝华企业管理金奖"。

尊敬的各位老师、家长、同学们：

大家好！

非常高兴有机会回到母校，分享师弟师妹们学业有成的喜悦。31 年前的此刻，我与你们一样，对过往的校园生活充满眷恋，对未来的人生道路怀抱憧憬。

2016 年是中国航天事业创建 60 周年。过往 30 年间，我从一名普通的火箭设计师做起，一步一个脚印地逐渐走上运载火箭研制领导者和企业管理者岗位，深度参与了我国航天事业的建设与发展，这是 30 多年前的我无论如何都想象不到的。在我的职业生涯中，经历过中国航天无数个"圆满成功"的"超燃"瞬间——"长征"升空，"神舟"飞天，"嫦娥"奔月，"东风"出鞘……每一次成功的背后，凝聚的都是航天人的集体智慧和团队力量。

去年 11 月 3 日，我在海南文昌航天发射中心，参与指挥了我国新一代大型运载火箭"长征五号"的首飞任务。作为我国有史以来最大的火箭，"长征五号"突破的关键技术将近 250 项，新技术比例接近 100%。放眼国际，近年来研制的 4 型大推力火箭有 2 型首飞都失败了。这样一次高风险的火箭发射，对我们来说是很大的挑战。

大家可能都知道，"长征五号"的首飞并不是一帆风顺的。其发射前惊心动魄的 3 小时排故过程，特别是临射前数次发射流程的暂停，堪称中国航天史上的一个传奇。但是我们战胜了一个个意外挑战，实现了"长征五号"首飞成功，我们研制团队中的很多人喜极而泣。而我想的是，倘若失败了，这支"拿十年青春换一朝成功"的队伍，还会不会是人民眼中的"大英雄"？还能否坚守对发展航天的承诺？

我相信，我们的团队不会没有想过这样的问题。可大家还是几十年如一日地默默承受着压力，在科技创新的险峰上"一步一步往上爬"。这是因为我们不仅有几代航天人传承下来的航天精神和始终秉持的航天情怀，而且我们是发自内心地喜欢这份工作，否则我们无论如何是坚守不了这么久的。因此，我特别希望同学们，在接下来的人生道路上，无论选择什么样的事业或职业，都能遵从你们的内心，找到自己真正喜欢的工作，并为之奋斗一生。

中国航天的"成功"有很多，但给我留下更深刻印象的，往往是通往成功路上遇到的"挫折"。1997年，我担任长征二号F型运载火箭（简称长二F）总体主任设计师，发生了火箭整流罩严重超重问题，如果不能实现减重，将带来总体方案重大反复，严重影响载人航天工程进度。总体作为设计源头，没有退路可言。我和我的团队，从质量分配、载荷计算、材料选择、工艺优化等各个角度考虑，进行整流罩瘦身，最终成功减重。2006年，我作为中国运载火箭技术研究院的院长，领导的我国某重大航天型号出现由于关键技术攻关不到位而连续失利的问题，为此我和我的团队连续几年日夜攻关才彻底解决这一问题。当时，作为院长的我，带着问题清单回到母校请求支援，母校给予了我和中国航天最大的支持，也让我深深体会到了清华的力量。每当遇到这样重大的问题或挫折时，我们的航天人没有一次是绕着走的，永远是直面痛点寻求解决方法，最终攻克难题。因为我们知道找到方法就能成功，找到借口必然失败。

美国宇航局前局长米切尔·格里芬曾说过："中国航天最令人羡慕的地方在于它所拥有的一大批年轻科学家和工程师。"以我们的载人航天工程研制队伍为例，35 岁以下的年轻人已占到80% 以上。前不久实施的"天舟一号"飞行任务中，研制团队的平均年龄更是只有 32 岁。一大批年轻一代航天人在"长征五号"首飞等任务中也展现出成熟的技术能力和自信的职业风貌。正是这些年轻人在技术和管理上的创新作为，为我国航天事业的可持续发展提供了不竭动力。

同学们，清华历来推崇"人文日新"的精神。在"大众创业、万众创新"的时代，你们有着优于以往任何时代的创新平台和国家支撑，也有着建设创新型国家的使命和责任。希望同学们今后无论从事什么样的职业，都能永葆创新的激情，具备敢于打破常规的精神，跳出自我限制，在各自专业领域发挥创新潜能。

作为清华人，年轻的你们从来不缺乏规划美好未来的想法。相信毕业前，每个人都或多或少地纠结过，未来的路，何去何从。我研究生毕业后，有落户美国的同学给我寄来明信片，邀请我出国发展。明信片上夏威夷的阳光、沙滩、海浪，不能不说是一种诱惑，然而我还是放弃了这样的机会。因为我很清楚，自己心之所向往的毕生事业，只有扎根脚下的这方热土才能有所成就。

我的工作经常要与火箭打交道。我发现，在厂房里近处看我们的火箭，会觉得它非常高大雄伟，然而等到火箭被运到发射场，在茫茫的戈壁上远远望去，它又是那么的渺小。火箭尚且如此，更不用说我们个人了。于国而言，一个人就是其中的一分子，每个人都应尽到自己的责任，做好自己的工作。每次航天发射任务成功，对我来说，那种发自内心的、能让人热泪盈眶的自豪感和成就感，不是其他能提供更加优厚待遇的职业所能带来的，清华红色工程师的基因在此刻得到了最大的释放和满足。

清华精神最重要的内涵是清华与生俱来并不断孕育的爱国奉献精神。时至今日，我越来越深刻地感受到，一个人实现个人价值的方式有多种多样，但唯有将职业选择与国家、社会需求相结合，与时代发展相结合，才会获得更大的成就感，而且这种结合度越高，我们的成就感就越大。

　　即将融入社会，也许此刻你们不免会有对未来难以把握的小忐忑。我听过当下一些年轻人表达过不同程度的焦虑：就业形势不好怎么办？大量重复性的工作使自己丧失了对事业的激情怎么办？看不到上升渠道怎么办？……我非常能够理解同学们的心情。优秀的年轻人无不渴望成功，然而成功之路无法复制，也没有捷径。每个时代都会赋予那个时代的年轻人不同的挑战和机遇。

　　在我工作之初，我们国家军工企业的任务并不饱满。那是个"搞导弹的不如卖茶叶蛋"的年代，清贫、清苦、清闲，是我起初的工作写照。当时，身边很多人都选择了离开，但单位老同志提醒我，"找到一个自己热爱的工作不容易，年轻人别虚度了青春"。于是，在当时型号任务很少的日子里，我在研究室除了一件接一件地做一些看似非常基础、简单、枯燥的所谓"打杂"工作，一度还设计、生产过烟草生产线。除此之外，就是埋头于运载火箭的技术资料与历史文献中。也正是在这段"空闲期"，大家看到了我的踏实和扎实，也让我广泛涉猎了火箭总体设计的方方面面，为后来的发展打下了较为扎实的基础。后来，进入 20 世纪 90 年代，我们的研制任务多了起来，我被一次次地委以重任。回想起来，正是最初的"空闲"时光和"打杂"工作，为我日后应对每一个挑战积蓄了力量，也让我渐渐明白了一个道理，一个人要耐得住寂寞，只有把一件事情做好，才有可能被安排做第二件事情，个人的能力才会不断地得到提高，能做的事情才会越来越多，工作范围才会越来越大。

同学们，我们身处的时代，并不缺乏聪明人，但并不是聪明人都能到达成功的彼岸。不积跬步无以至千里。有时候，我们要舍得花一些笨功夫来驾驭上天赐予我们的天赋，甘于从小事做起、耐得住寂寞，既仰望星空，又脚踏实地，从而创造出有利于自身成长的外界机遇。

师弟师妹们，以上就是我最想与你们分享的我 30 多年来成长过程中的感悟。我非常期待，期待 10 年、20 年、30 年后的你们，来讲述属于你们的精彩故事。你们的故事不一定开篇就是精彩的，甚至故事的主体都与世俗所定义的"成功"不尽相同。但是在那些故事里，你们健康快乐，积极上进，富有活力，勇于创新，你们为祖国和社会作出了贡献，你们比现在能够想象到的样子还要出色。到那时，我们都将以你们为荣，为你们喝彩！

谢谢大家！

坚持，只为年轻时遵从本心的选择

——在清华大学 2017 年研究生毕业典礼上的发言

武一

1993 年进入清华大学材料科学与工程系学习，获得学士学位；1998 年 9 月进入清华大学生物科学与技术系攻读博士学位；2003 年毕业后选择到西部兰州大学工作，担任兰州大学生命科学学院教授；2015 年 8 月转任西安交通大学基础医学院教授。长期从事典型急性期蛋白的发生、功能及诊疗应用研究；曾获"国家自然科学奖二等奖""贝时璋青年生物物理学家奖"等荣誉。

尊敬的各位老师、亲爱的同学们：

大家上午好！

非常荣幸有机会回到母校，和同学们一起分享这个重要时刻！首先，请允许我对圆满完成学业、即将踏上新的征程的学弟、学妹们表达最热烈的祝贺和最衷心的祝福！

回想 14 年前的 2003 年，当自己终于拿到博士学位时，心中除了喜悦、激动，更多的还有一丝迷惘。2003 年生物系的博士毕业生只有 5 人，工作倒并不难找；但 5 年的直博生涯就要到达终点的时刻，自己突然很犹豫：是继续做科研，在自己感兴趣的领域坚持下去？还是转行写程序，到村里倒腾计算机？甚至去挂职做行政会更适合自己？当了 21 年的好学生，在真正即将要离开单纯的校园时，生活的压力、家庭的责任、事业的方向成为一个人不得不一一面对和必须排序的选择。

我问自己：你到底喜欢科研吗，你的能力够吗？这个纠结直到某天博士论文写到脑仁疼的时候，终于得到了解脱——在重新梳理和审视自己 5 年来的科研数据，在看起来从互不相关的现象中抓住一线新的提示和假设时，我确认：是的，科研是我的真爱，我喜欢那种从蛛丝马迹中抽丝剥茧寻求真相的感觉。14 年后的今天，依然如此。

既然确定要走科研路，那么先出国做几年博士后再择业，大概是当时比较标准的职业规划路径。因此，海投套磁邮件，参加夜间电话面试，按水木社区上的攻略采购赴美所需的袜子、眼镜、高压锅压力阀等各种零碎，也都按部就班地走了一遍。我也曾给国内科研机构投了简历，但对缺少历练也没有海外经历的新科博士来说，很难期望一个有足够自主权和发挥空间的岗位。

就在此时兰州大学提出可以支持我建立一个实验室、独立开展研究工作，年少轻狂、一心想自立门户的我实在是难以抗拒，几乎没有怎么犹豫就接受了。能获得这样的机会，一方面源于已经毕业的学长们的杰出贡献而给予我们的信用福利；另一方面则是历史原因造成了西部人才流失，使得新人得以有更大的发挥空间。今天，在"一带一路"倡议之下，西部作为陆上丝绸之路的起点和枢纽，要成为文明和科技辐射的核心，对人才的渴求更强烈，机遇更多，舞台也更大。在向着星辰大海的征途中，将个人奋斗融入祖国的需求、顺势向前，会获得更广阔的舞台和更坚定的信念依托。也许这就是为何《出彩中国人》中老学长们一曲《我爱你中国》如此动人心魄。

2003年，当得知我要去兰州工作时，因为我是家里的独子，父母旁敲侧击地说"宁向东一里，不向西一步"，但当时年轻气盛的我根本听不进这些，认为只要有经费，而且自己说了算，一切都不是问题。

然而，真正来到了兰大之后，才发现离开了科研资源集中的发达地区，缺少上下游支撑，遇到技术问题没法再像在清华一样串个门就能找到答案，缺乏测试手段时也很难像以前一样到隔壁蹭个设备就能解决。那时候还没有微信，如果想要和同行们深入讨论还得出远门……这些现实困难对科研选题、实现路径等等都会有直接影响。不过既然研究是真爱，又一心想着自己说了算，也只能硬着头皮坚持下去：支撑不够，难以开展高竞争性的研究，我就热中选冷，找长期争议无定论的方向；手段有限，难以进行多维刻画，就因陋就简，力求从思路和设计上加以弥补。我博士期间曾跟着师兄做的一个小课题是通过电镜观察一种急性期蛋白的形貌，这种蛋白在炎症时血浆浓度有成千倍升高。但它究竟是导致疾病的原因还是疾病发生后的结果，长期以来都未能解决。虽然这个问题具有重要的临床意义，需要通过基础研究获得思路，但曾经的激烈争议导致研究投入变少，从而允许我们的研究团队相对从容地去探究和解决。于是我们从简化体系中的活性调节机制入手提出假设，逐步阐明这个蛋白在炎症中的确切作用模式，进而发展其作为临床标靶和诊疗标识的潜在应用，转回头以这个蛋白为实例希望回答一些表达调节、折叠途径中的基本生物学问题。

从最开始的见招拆招，到现在的乐在其中。所关心的虽然是不太起眼的问题，但十几年持续研究的积累和深入，逐渐也成为一个小小方向的先行者，隐约看到了从基础研究到实际应用的可能，也得到了前辈和同仁们的初步认可，获得了"贝时璋青年生物物理学家奖"等的支持。

多年来，在研究方向的选择上，最大的感触就是离开资源集中的中心城市后，非常有必要根据实际条件做出必要调整，尤其要将自己的优势与当地的特点和需求紧密结合。善加利用，不但可凭借资源独有而获得竞争优势来弥补支撑条件相对薄弱的缺陷，而且随着工作的不断深入，还能独树一帜，开辟新的领域。人类知识已经积累到如此的广度和深度，专业门类如此浩繁，成为一个狭窄领域的专家也需要长期的钻研；即便所选择的方向不够热门和炫目，只要有定力坚持，心无旁骛、精益求精之下，亦可成为行业领军。更何况科技突破并不总是来自最热门的方向。在国家从追赶到引领的转变中，需要的是多数行业的全面超越，需要的是从业者普遍具备的创新性思维和创造性工作模式。这个全面超越的时代有底气也有愿望为我们的选择提供空间，为每个人的坚守提供支撑。而我们的坚守也注定会成为建成创新型国家伟大进程的一部分！

回顾 14 年的职业生涯，我有两个遗憾。一个是没有能将自己的研究很好地与西部特色相结合，主要原因大概就是未能主动地寻求切入点和合作机会，这一点应为各位所戒！另一个就是在从学生到教师的身份切换中，没能很好地体悟角色的变化：努力工作的要求也许没错，但也得理解诉求的多元化。一路行来，虽有遗憾，但并不后悔。人生有限，或许并不允许太多次的选择和试错。年轻时，遵从本心，选择能激发自己热情的行业和岗位；一旦选择，不轻言放弃。虽然难免会过高估计自己、过低估计困难，但源于热爱的坚持，大概才是年轻人勇闯自己路的主要依靠。

同学们，选择需要坚持，也意味着放弃。安家和立业谁先谁后？薪酬和理想孰轻孰重？冷门和热门何去何从？缺少历练的新人要选择更大的舞台，多半得放弃些安逸和繁华。我的爱人从北医免试推研到清华，和我同在一个实验室，同届博士毕业。做学生时，帮怕见血的我做动物实验；毕业时，包容我有点任性的选择，和我一起去兰大工作；在生活上，她没有什么要求，住着未经装修的婚房，工作后，房屋改造、装修，设备和试剂采购都是她一手操办；从两间空屋子到看起来还像回事的实验室，从处理繁杂琐事到完成各种实验，无法想象没有她的支持我是否还走得下来。幸福的家庭不仅仅是事业的后盾，更是彼此扶持、共同面对的依靠。

同学们在年龄还轻、牵绊尚少时，要以立业为先，把业务做好做强，才是立身和安家之本，在面临选择和取舍时，这大概是最重要的判断标准。暂时的生活不便和薪酬高低，也许没有必要纠结——长远来看，短期缺憾通常都会随着事业的发展获得合理回报。幸福的生活永远不仅仅是物质上的富足，而是实现一种精神上对梦想的追求和坚持。

天行健，君子以自强不息；地势坤，君子以厚德载物。衷心希望同学们秉承校训精神，好好锻炼身体，兢兢业业工作，成就一番事业，拥有美满家庭！

谢谢！

拥抱因奋斗而精彩的人生

——在清华大学 2016 年本科生毕业典礼上的发言

胡建平

2003 年进入清华大学工程物理系学习，2007 年毕业并获学士学位，在校期间曾担任清华大学学生会副主席；2012 年进入公共管理学院在职研究生班学习，2015 年获公共管理专业硕士学位。2007 年至 2019 年在西藏工作，先后就职于自治区人民政府办公厅秘书二处、拉萨市堆龙德庆县东嘎镇和古荣乡、拉萨市城乡规划局、自治区党委组织部，曾担任驻村工作队队长、乡党委书记、自治区党委组织部干部二处处长。现任成都市金牛区委常委、常务副区长。

尊敬的各位老师、亲爱的同学们：

大家好！

今天是同学们人生中充满自豪的重要时刻，我向各位学弟学妹圆满完成在清华的学业、即将踏上人生的新征程表示衷心的祝贺！

同时，感谢学校给予机会，让我对多年来培养关心我的老师道一声感谢，和同学们分享一些感想与思考。对于一位清华校友来说，这是无上荣誉，我倍感珍惜。

9年前，我和今天的大家一样，坐在这里参加毕业典礼。记得当时来做校友代表发言的是扎根鞍钢的全国五一劳动奖章获得者王明仁学长，顾秉林校长对我们提出了"永远保持爱国奉献、服务人民的远大理想""永远保持脚踏实地、追求卓越的进取精神""永远保持乐观积极、追求和谐的生活态度"的三点希望。

毕业典礼结束后，我和几名校友一起，满怀干事创业的豪情，乘上青藏列车，奔赴西藏工作。在火车上，大学里的美好时光就像电影片段一样在脑海中闪现！学习期间，清华给予我享用不尽的精神财富。老师们的谆谆教诲、同学间的互相激励使我受益终身。"选择了清华，就是选择了责任"，这样的教育让人铭记于心。大一时，新生党员课上"两弹一星"元勋们的事迹深刻地教育了我；大三时，赴新疆马兰基地社会实践，看到许多校友在那里献身国防、扎根奉献；大四时，当志愿者服务工物系建系 50 周年系庆，看到很多白发苍苍的老学长回来向母校报到，他们默默无闻，几十年如一日地在平凡的岗位上干出了不平凡的业绩，践行了"行胜于言"的清华精神。这些都让我深深地认识到：作为一名清华人不能以自己生活安逸为最终目标，应该到祖国最需要的地方去！这也是我坚定选择到西藏工作的初衷。

到岗工作后，我较快地克服了对高原缺氧环境的不适，系统地学习了中央治藏方略。2008 年拉萨"3·14"事件发生，党和政府果断处置，事件迅速平息。作为自治区人民政府办公厅的工作人员，我参与救助受损商户、及时恢复生产生活相关工作。这样的经历，使我真正认识到西藏工作的复杂性和严峻性以及"团结稳定是福，分裂动乱是祸"的深刻意义，激发了我到基层一线去做基础工作的想法。

2008 年，清华大学与西藏自治区党委组织部开展向基层选派毕业生工作。经个人申请、组织考察，我于同年 9 月到拉萨市堆龙德庆县东嘎镇工作。为尽快融入环境，我主动向镇领导申请：我在机关工作过，可以承担文稿写作的任务；镇里需要派干部夜间守护青藏铁路，我是年轻人不怕吃苦。通过承担这些工作，任劳任怨地付出，我很快得到了大家的信任与认可。趁热打铁，我又主动承担东嘎村的包村工作。东嘎村地处拉萨市城乡接合部，拉萨国家级经济技术开发区坐落于此。为了支持城市发展，村民们成为全区较早一批的失地农民，经济上没有来源，生活不免艰难，各种矛盾频发。我和村干部一同努力，争取上级帮扶的同时，号召群众自筹资金，发展壮大农民运输队，通过参与城市建设、承包建材运输，扩大了增收的渠道。我们还组织全村每年进行"十星级文明户"的评选，鼓励各家各户在爱国爱党、勤劳致富、邻里和谐、民族团结等方面有好的表现，评选结果与年终领取集体分红挂钩。通过几年的努力，东嘎村面貌一新，集体经济不断壮大，民生也得到了很大改善。村民们认为我是个肯干实干的人，大事小情都愿意和我一起商量，一些老党员还亲切地称呼我为"我们的汉族孩子"。通过做农村、农民工作，我真正接上了地气，懂得了做基层工作要从群众利益出发，只有多为他们谋福祉，才能赢得信任和尊重。

三年半后，经受了多个岗位的锻炼，我被组织选派担任古荣乡党委书记。古荣乡辖区面积764平方公里，平均海拔4000米，全乡6300余人，藏族人口占比超过99%。乡村精通汉语的群众不多，为了尽快融入并开展工作，我加大了学习藏语力度。开党员和群众大会前，我把自己想说的话，请同事帮忙翻译出来，我用汉字、音标做好标记，回家反复听录音，一字一句地纠正自己的发音，确保开会时说好藏语。经过精心准备，为期一天的乡人代会，我全程用藏语主持和发言，每说完一句群众都报以热烈的掌声，那真挚感人的场面让我终身难忘，群众的认可和鼓励更是我做好工作的强大动力。几年来，我和同事们认真值班、巡逻、包村、入户、看护铁路，完成好守护祖国国土面积的一万两千五百分之一的光荣使命；我们申请项目，抓好施工，使全乡硬化路面的通车里程翻了一番，历史性地实现了6个行政村硬化路面全部通达；我们还为全乡112户牧民安排"安居工程"建设，他们夏季到高山草场游牧，冬季依旧有稳定住所，安居才能乐业。通过我们平凡而尽责的努力，全乡面貌有了改观，群众生活有了改善，人心得到了凝聚，基础进一步夯实。看着自己的努力取得了实效，让人很有成就感和满足感。

随着工作的深入，我已视西藏为第二故乡。组织放心地将一方稳定发展的重任交付予我，人民群众包容、信任、支持我，将我培养成为一名合格的国家建设者。感恩之心督促着我在每个岗位上竭力奉献。过去几年，我从事城乡规划工作，正值拉萨城市建设蒸蒸日上的时期。我们每年审核几百个建设项目，每天都穿梭在各个施工工地，经常是一身土、一脚泥无暇去理会，为保护好拉萨这座历史文化名城，我尽到了责任。从事人才工作后，我经常研究政策、起草文件工作到深夜，半年来为全区对接引进30余名高层次人才，协调600余名西部计划志愿者留藏工作，为人才兴藏战略的实施，我付出了努力。在高原奋战的3000多个日日夜夜，我没有丝毫懈怠，在建设西藏的事业中找准了位置，在干事创业的过程中实现了价值。

9年来，虽然远离家人，但是我并不孤单，有几十名清华校友和我一起并肩战斗。西藏是地理上高原的高原，是生命中禁区的禁区，是经济水平方面西部的西部，是反分裂斗争前沿的前沿。在西藏工作，大家自觉地摒弃"骄娇二气"，将清华精神与老西藏精神融合在一起，抵御了高寒缺氧等种种艰辛，在心里埋藏着对家人的牵挂与思念。大家拒绝被动地吃苦，坚持主动地实干，将自己的全部奉献给了雪域高原。近年来，西藏社会大局持续稳定，经济发展欣欣向荣，在伟大的建藏事业中，我们没有辜负学校的培养，用默默的坚守和平凡的努力作出了清华学子应有的贡献。数载的光阴从未虚度，宝贵的青春用得其所！

结合我们的成长经历，我在这里谈四个方面的思考。

关于理想　无数清华学长以人生奋斗经历告诉我们，把个人价值的实现与祖国的需要紧密地结合起来，这样的人生更加精彩。我们要立志成为充满正能量的青年干事者和国家建设者。决不能充当看客、夸夸其谈，而是要投身其中、贡献力量。

关于选择　选择艰苦地区、冷门领域、困难岗位，在特殊的环境中摔打磨炼，有助于我们百炼成钢、脱颖而出、实现价值。但是，我们也要认识到，选择只是第一步，坚持住干得好往往更加重要。

关于坚持 同学们即将奔向广阔天地，在大家面前的是无数种可能，令人充满期待；但我想提醒在座的同学们，在无数种可能中唯一没有的可能，那就是——一帆风顺。困难和挫折，是我们人生的"试金石"，"艰难困苦、玉汝于成"，实现人生理想需要坚持坚守。

关于成长 根扎得越深越广，枝叶才会越繁荣茂盛。因此，我们在自我审视时要多看扎根，少看枝叶，不能急于求成、急功近利。工作后，用什么来评判自己的成长呢？不要以薪资水平、岗位职务、名声头衔，而是以内心的强大、能力的提升、价值的实现来判断。我们不妨阶段性自省：与自己的理想是越来越近，还是渐行渐远？提醒自己踏踏实实在每个岗位上干好工作、收获成长、作出贡献。

让我们始终践行"自强不息、厚德载物"的校训，努力拥抱因奋斗而精彩的人生。

谢谢！

和时间做朋友

——在清华大学 2016 年研究生毕业典礼上的发言

王小川

1996 年进入清华大学计算机科学与技术系（简称计算机系）学习，先后于 2000 年、2003 年获得学士、硕士学位，2010 年获清华大学经济管理学院工商管理硕士学位，现任搜狗公司首席执行官、董事。2003 年创建搜狐研发中心，先后推出了搜狗搜索、搜狗输入法、搜狗浏览器等产品，首创"输入法 - 浏览器 - 搜索"三级火箭模式，成为业内成长最快的互联网公司之一，2017 年 11 月，王小川带领搜狗在美国纽交所正式挂牌上市，成为中国赴美上市 AI 第一股。曾获得 2014 年度"华人经济领袖大奖""北京市劳动模范"称号，2015 年北京市科学技术一等奖、"科技北京百名领军人才"、2018 年"中国青年五四奖章"、中国计算机学会（CCF）计算机企业家奖、第十五届中国青年科技奖等奖项和荣誉。第十三届全国政协委员。

大家上午好!

很感谢学校给我这个机会,来见证同学们生命中这个重要的时刻。首先请允许我作为师兄,向你们表示最衷心的祝贺,祝贺你们顺利完成学业,迈向人生新的征程。

我一直都不擅长做计划或总结,不论是争分夺秒地努力进步,还是玩游戏到昏天黑地,都与计划总结没什么关系。在接到校友总会邀请的时候,我反复想:对于你们即将面对的事业选择和人生道路,我可以和大家分享些什么?

13年前的今天,我也和你们一样,刚刚结束在高性能所的研究生学业,准备进入搜狐工作。在更早的17年前,我就很幸运地以兼职学生的身份,登上互联网这条大船,门户、Web2.0、移动互联网……经历了它的全程发展。到今天,我最大的感悟就是:和时间做朋友。

经常有人问我:"你有痛苦的时候吗?"在他们看来,我的人生非常光鲜,公司做得很顺,而且在学校读书期间一直是学霸,初中以第一名的成绩考到成都七中,升高中是保送,大学是特招,研究生也是保送,兼职到搜狐工作,毕业后直接进入搜狐,一路没有做出更多的选择,所以有人说我经历上很漂亮。

然而我也有不顺的时候,经历过很多的困难和挫折。先来说学渣的经历。我有两个特点,一个是每到新环境就会特别不适应,全面搞不定学业,需要很长时间去努力。初中我是以第一名的成绩考到成都七中的，入学后第一个学期我考了第41名，我们班大概45个人，倒数第五；高一第一次化学模拟考试就不及格；大学第一学期考到第28名，倒数第四。另一个特点是，让我去做自己不能理解的东西，完全是无感的。我偏科，数理化很好，但是政治、历史和英语是弱项。我记得中学会考前有7天半的时间来复习，我花了7天的时间去背政治，半天时间背历史，实在不知道怎么应对考试。到现在我还记得有一个题目叫"为什么计划经济比市场经济好？"，那时对我来讲就是天书，直到大学才慢慢弄明白。

讲这个开头，是想告诉大家，每个人背后都有一些需要努力去克服的"痛苦"时期，重要的是你如何应对它，是坚持还是放弃，决定了你的未来。今天大家正准备迈向社会，我想分享两段我毕业后的经历。

第一个故事是做搜狗这个产品，这在我人生中到现在还是最艰难的一段日子。2003年我刚研究生毕业，在搜狐从兼职转成全职，接到了老板的任务："给你6个人头咱们把百度灭掉。"搜狐的搜索业务原来是用的百度的服务，但是搜索引擎当时是互联网的核心入口，无论如何也得抓住。这个事情很有意思，我技术很好就接了这个活。

我知道6个人不够，就跟老板说，我们能不能把每个人薪水降一半招12个人，到清华招兼职的学生，变成一个新的起步。

老板同意了。于是我在宿舍里挨家挨户地说服，在水木的 BBS 上发招人帖，在清华西门大设西瓜宴，2003 年很多同学毕业，我还开着自己的捷达帮他们搬家。早期我招募的 12 个兼职员工，都是清华计算机系国家集训队的队员，是最精英的特种部队。

我们在办公室里搭了行军床，没日没夜没有周末，除了吃饭睡觉便是工作，每天只睡 4 小时，常常倒在办公室地板上就睡着了，一行行代码都是自己写的。11 个月后，我们的搜索引擎上线了，用不足别人二十分之一的人员和资源，做到了他们两三年才做到的事情。

然而搜索引擎我们一直没有什么市场，之后的一段日子里，我们发展的速度比百度慢，薪水很低，到了 2006 年品牌急剧滑落，士气涣散。

我后来想想，当时真的是"无知者无畏"。克莱顿·克里斯滕森在《创新者的窘境》里说："在破坏性技术刚刚出现时，率先进入这些新兴市场的企业将赢得巨大的回报，并建立起明显的先发优势。"百度起步是在 2001 年，2005 年就已经上市，2003 年那会儿已经如日中天，我们的起步落后得不是一星半点。

但是在 2006 年我们扳过来了，这个突破性的产品叫搜狗输入法。

有个叫马占凯的汽车机修工，他发现输入法有巨大的市场空间，因为华军、天空这些下载网站有很多人会下载输入法，它是中国人必用的产品；此外输入法有痛点，总有词打不出来。当时他发现百度搜索引擎里面敲拼音的时候一回车，这个拼音显示出汉字或者要打的汉字颇有意思，搜索引擎里能够发现输入法的词库。因此他给百度写了一封邮件，建议他们做输入法，连写了好几封都没下文，于是又给搜狗发了一封邮件。

我们的输入法一上线就让大家振奋，当时所有人用后都觉得好，我们还收到过锦旗，还有用户把自己的操作系统从 Windows ME 升到了 Windows XP 就为了用搜狗输入法。一个打字困难的人，变成了一个打字如飞的人，就好像一个哑巴能开口说话了，不知道你们能不能理解那种感觉。

搜狐还把输入法放在首页进行重点推荐。但一年后，我们的市场份额只有 2%，我们也傻了。为什么？因为当时的理念就是，产品好了你就有用户了，搜索市场份额一直上不去是因为用户觉得你产品不够好。然而当好产品也没有获得市场认可的时候，这是跟被雷劈一样震撼的一件事。所以我们开始反思，原来光有技术有产品是不够的，酒香也怕巷子深。今天网络条件好很多之后，口碑传播依然还会有局限性，而当年信息流动速度很慢，更需要渠道和市场。

我们做了新的策略，开始借助外部渠道做推广，把输入法递到需要的用户手里，比如在华军、天空这些下载站做推广，比如和番茄花园进行合作。这就好像是打通了任督二脉，第二年我们的市场份额就达到了 40%，2009 年达到了 70%。

我们经历了一年痛苦中的反思，才找到了成功的道路。这次成功，给我们带来了对渠道的理解，我们变得更强了，对产品也更懂了。

第二个故事是在 2008 年的时候，我们遇到了新的困难。那时候，输入法的量已经很大，市场份额很高，但是搜索引擎还是没有起色。我们的输入法比同时期其他的输入法好很多，这样的产品如果没有找到直接到达用户的方式，都不会有用户。那么即便我们的搜索引擎比百度好很多，也会面临同样的问题，何况当时我们确实还不如百度。

输入法份额到了 40% 的时候，我忽然间懂了一个道理，这样做搜索引擎是没有前途的。PC 时代，用户检索信息都是在浏览器里的，大家打开 IE 浏览器、首页 hao123，或者其他的地方，都是百度的搜索框，不是搜狗的，怎么办？要做自己的浏览器！

我很兴奋，觉得找到了破冰的点。我像一个特别落魄的将军，一开始带 6 个人攻城，后来十几个人、二十几个人，但是我们损失惨重，没有打下来。"我们做浏览器，浏览器成功了，搜索就成功了，浏览器失败了，搜索就失败了。"这是等价命题。我跟老板讲了这个新的想法。他说，我们在旁边打井，这口井打成了，城就攻下来了；没有打成，城就攻不下来，这个井就像一个巫术一样。他没有接受这样的想法，反问我："IE 有 60%

的市场份额，为什么微软的 Bing 没有成功？"在接下来的一年里，我都没有再负责搜索业务。这也可以理解，老板觉得你在伤害他的信心，如果我下面的员工玩巫术，我也会放弃。

但是我没有放弃，开始暗地里做浏览器，将团队放在输入法和视频产品那儿，特别艰苦。老板知道这件事吗？也知道。所以我觉得他很宽容，我想其他公司没有这样宽容的老板了。一年多后，2008 年，我们上线了。坚持到 2010 年的时候，有一件事发生了，谷歌退出了中国，包括腾讯都觉得机会来了做了搜搜，但其实谷歌退了之后百度更是一家独大，用户还是不会用搜狗和搜搜。而我们的浏览器开始推量之后，搜狗搜索的量开始往上升，两年拿下了 10% 的份额。"输入法—浏览器—搜索"的三级火箭的模式，得到证明，而后在几年后又被另一家公司360 证明了。

2010 年，我们从搜狐分拆运营，搜狗开始有自己独立的团队，自己的市场、销售、行政、人力资源，变成了完整的公司，搜狗找到了自己的位置，价值得到了认可，本身的力量也得到了释放。

那个时间我做了很多的反思，什么环节做得不对，跟老板沟通有什么不对，我的战略构想有什么不对。想了如果没有一万遍也得有一千遍，我就挖自己不对的地方。我开始有一些思考，这个世界需要更好的一种相处的方式，以及思考面对行业的割据、面对百度这样垄断的位置，我们是否真的还有机会做大量的反思。

这种痛苦的经历其实是我最大的一个财富，到后来我主导了若干次的变革，包括将搜狗从一个部门变成公司，包括努力推动和腾讯的结盟，回头想其实蛮感谢这段日子。我发现自己的意志越来越强了，也越来越知道未来会发生什么样的事情。

借用乔布斯的话："你要相信，你现在所经历的，将在你的生命中串联起来。"你的痛苦是一剂良药，它真的能让你变得更加的强大：背后经历的委屈，会让你找到自己的差距，也才能成长；而你强劲的对手，能逼迫你飞速前进。

搜狗的发展经历了很多困难，但我们因此成长得很快。搜狗有一个特点是能够在最困难的时候超越大家的预期。今天搜狗的季收入已经从 2010 年的 800 万美元上升到超过 1.5 亿美元，输入法成为 PC 第一客户端，手机用户月活跃超过 2.4 亿，移动搜索服务 5.6 亿用户，并还在快速增长。一直以来的进步和突破，积累起来就是脱胎换骨般的变化，这就是坚持的意义。

这也是我所说的"和时间做朋友"，它意味着坚持，找到自身价值，不断追求进步，从优秀走向卓越；意味着不怕犯错，去好奇和追寻世界运行的规律和本质；意味着坦然面对成长中的成功与失败，让生命变得更有意义。我衷心祝你们在今后的人生中都能收获各自的精彩。

在建设中国的征程上扬帆起航

——在清华大学 2015 年本科生毕业典礼上的发言

隋少春

2003 年进入清华大学机械工程系学习，先后获得学士、硕士学位，荣获清华大学就业启航金奖。毕业后进入航空工业成飞公司工作。2016 年获在职工学博士学位，现任航空工业成飞公司副总经理，研究员级高级工程师，全国青联委员。曾牵头多项国家重大项目，参与多个国家型号工程研制，在数字化制造技术研究等方面取得突破。获 1 项国家科技进步二等奖、2 项国家技术发明二等奖、6 项省部级一等奖、1 项国家企业管理成果一等奖等；获授权发明专利 10 余项。入选"国家高层次人才特殊支持计划"科技部"中青年科技创新领军人才"；入选"国家百千万人才工程"，被授予"有突出贡献中青年专家"；入选"天府杰出科学家"；荣获"中国青年科技奖"等奖项。

尊敬的各位老师、学弟学妹们：

感谢母校给我这至高的荣誉，非常荣幸作为校友代表在这隆重的毕业典礼上发言。同学们，你们是 2011 年入学的清华新百年的第一届本科生，祝贺你们完成了学业，实现了人生又一次蜕变，开启新的征程。

我是 2003 年进入清华大学机械工程系本科学习的，从此开启了我的清华时代。学生时代，我们都会憧憬毕业后干什么，在学生干部、辅导员岗位上锻炼了多年，一直浸染在清华"成才报国"优良传统中的我，在内心坚定了自己的选择：毕业后，到祖国需要的地方去建功立业。

2009 年研究生毕业后，我进入中航工业成飞公司这样一家研制我国主战歼击机的军工企业工作，在建设祖国的宏图伟业中开始了我的人生航程。工作伊始，我在数控厂生产一线实习，半年多时间里，我跟工人师傅一起 24 小时倒班搬零件、操作机床和打扫卫生等，我对生产技能和流程等有了深刻的认识。刚毕业时欠缺经验，还不能承担型号研制的具体工作，我就主动找活干，"没事找事"干，整理图纸、翻译文件、跑腿送技术单等别人看不上的工作我就抢着干，抓住一切机会学习。我发挥自身优势，帮助同事把技术经验写成论文和专利发表。我就好像是吃"百家饭"，吃"百家饭"不偏食，利于成长；吃"百家饭"跟"各家各户"混个"脸熟"，也就有了"人缘"，打下坚实的群众基础。打基础的过程是润物细无声的，闲或忙的状态都取决于自己，哪怕是很琐碎的事，用心做好，对成长就一定有正反馈。

干工作就像"盖高楼"，既要能干得了重锤打夯的"体力活"，也得能干垒砖砌墙的"技术活"。工作不到一年，领导安排我带领一支"85后"技术团队承担某型号研制的关键瓶颈技术攻关。时间紧、任务重、要求高，我就每天坚守在生产现场，反复与同事、工人师傅一起研究技术方案，一干就到凌晨两三点，直到把问题解决。就是凭着这股干劲，我们在规定时间节点内攻克了这项技术，保证了型号研制的顺利进行。后来，我又带领团队负责了多项技术攻关，并主持推进了某型号研制的工艺技术体系跨代发展。团队壮大了，我也成长了。当战机轰鸣，直冲云霄，我的心也随之腾飞了。航空人努力实现了中国航空工业井喷式发展，多个型号相继首飞，与航空工业发达国家相比，从历史上的望尘莫及到望其项背，再到今天的同台竞技，这种跨越式发展，就是建设中国的壮举。我为能成为建设中国的一员而感到骄傲。

今天，我非常激动，坐在我右手边的是清华首届飞行员班的毕业生同学。我们清华人不仅能造战机，也能驾驶战机。在未来，你们将驾驶战机保卫国家安全，让祖国的蓝天不再寂寞，请你们放心，你们的安全，我们负责。

　　我干了 3 年技术员，这期间，我把一线工人师傅的要求和反馈作为评价的唯一标准。工作时设身处地为工人师傅着想，我要慢一分钟，有可能耽误他们一个小时、一上午，甚至一天，这就意味着工人师傅挣不到工时，直接影响工资收入，这是不能容忍的。担任技术主任后，我要求所有的技术员都要做到这一点。

　　2012 年 11 月，公司领导提出人才要跨领域培养，调我去公司团委担任副书记。那时正是型号大干的时期，我一度很沮丧，不想从科研生产主线调到"非主线"。工作安排定了，我决定先把工作干起来，清华人不管干什么都要努力把它做好。在 10 个月的公司团委副书记的任职期间，我尽快熟悉企业共青团工作的特点，围绕企业科研生产中心工作，重新梳理青字号活动等，带领青年投身企业科研生产中，实现了多项共青团工作的开拓创新。借助共青团的平台，我走遍几十个业务部门和专业厂，了解之前没机会接触的业务流程。我学会了动态柔性管理，了解了公司整体组织结构，也认识了很多优秀的青年朋友。这一切对我后来的成长有着很大的帮助。工作之余，我也没有忘记母校双肩挑的传统，我梳理之前主持参研的科研课题，申报了多项科研成果，其中一项关键技术荣获国家技术发明二等奖，这是近年来成飞公司参与的唯一一项国家技术发明奖。

　　我珍惜成长中的每一个经历，不管是"肥差"，还是"鸡肋"，每个经历都带给我惊喜。10 个月，我收获满满地又转岗回到数控厂担任技术厂长，2014 年 8 月，我成为数控厂历史上第二任厂长。这是一个有着 650 名员工、固定资产近 20 亿的专业厂，责任重大，必当不辱使命。

向前，向前，向前，就是要有一股追逐极致的劲。几年来，我带领团队承担了 10 余项国家科技重大专项等重点科研课题，获得近 3 亿元国拨科研经费支持，解决了多项国产高档数控机床关键技术难点，在多个型号研制生产中发挥重要作用，打破了国外技术封锁。我们正在推进具有自主知识产权的"S 试件"成为数控机床验收的 ISO（国际标准化组织 International Organization for Standardization 的简称）国际标准，这是我国高档数控机床检测方面的第一项国际标准。

我研究现代企业科技创新的特点，建设数控加工技术研究实验室，推动科技创新。我们带出了一个具有国际化战略视野、有核心竞争力的科技创新团队。我们放眼未来、放眼世界，紧跟前沿技术，形成了一系列具有自主知识产权和国际竞争力的技术产品。在中国制造 2025、两化融合发展以及智能制造等方面，占领了一些关键技术发展的制高点。

同学们，现在是我们的时代，是一个实现中华民族伟大复兴的时代。我们要胸怀天下，要志向远大，并持"志"以恒。《中国新闻周刊》曾以"清华建设中国"为题报道清华百年校庆，这深深触动了我，"爱国奉献、追求卓越"的清华精神更是一直激励着我；航空人的宗旨是"航空报国，强军富民"，成飞的企业价值观是："祖国终将选择那些忠诚于祖国的人，祖国终将记住那些奉献于祖国的人"。这是多么的契合，走在用实际行动践行中国梦的道路上，这些都是我的精神支柱。

我们的时代，学习是永恒的主题。新常态下，知识经济时代将发展更快，向智慧经济时代迈进。从0到1的创新需要学习，从1到 N 的量变也需要学习，只有不断学习，才能常学常新。工作6年，我一直给自己定位"学到的要比做到的多"，我希望这种状态能一直延续下去。这个时代，投资什么都有风险，但投资我们的大脑最保险。知之者不如好之者，好之者不如乐之者。希望大家把学习作为一种追求、一种爱好、一种健康的生活方式，一生践行"严谨、勤奋、求实、创新"的清华学风。

我们的时代，要敢于相信。要相信自己，也要相信他人，相信自己能做成事，相信他人，才能融入团队做成大事。我们的时代，要乐于分享。分享可以放大我们的人生，放大我们的世界。

同学们，"浩渺行无极，扬帆但信风"，我们生活在一个伟大的时代，实现中华民族伟大复兴的黄金时代，伟大的时代必将铸就伟大的梦想，让我们坚定方向，乘风破浪，扬帆起航，共同实现我们美好的人生理想！

谢谢大家！

到建设一线放飞梦想

——在清华大学2015年夏季研究生毕业典礼上的发言

林云志

  2001年毕业于清华大学电机工程与应用电子技术系（简称电机系）获得硕士学位。教授级高级工程师。2018级清华大学创新领军工程博士，曾任中铁电气化局城铁公司总工程师，现任中铁电气化局集团有限公司科技创新部部长。先后参加了北京地铁15号线、重庆地铁3、6号线、福州地铁1号线等多个项目的施工建设任务，并主持开展多项科研课题，成长为轨道交通四电技术研发带头人。截至目前主持省部级科研项目6项，获得国家发明专利11项，新型实用专利6项，省部级以上科研奖励3项，公开发表论文14篇，出版学术专著5部。先后被授予"北京市轨道交通建设优秀技术骨干"、中国中铁"十大杰出青年"、中国中铁"科技创新优秀人才"、中国中铁"劳动模范"、"北京市劳动模范""首都劳动奖章""全国劳动模范"等荣誉称号。

尊敬的各位老师、亲爱的同学们：

今天，我非常荣幸受到母校的邀请参加同学们的毕业典礼，心情很激动！作为师兄我向同学们顺利完成学业表示热烈的祝贺！向你们即将踏上新的征程表示衷心的祝福！

看到同学们充满着青春的朝气和洋溢着幸福的笑脸，我仿佛一下回到了 14 年前。那时的我和你们一样年轻而有活力，踌躇满志、意气风发、胸怀凌云志走出了校门，走向了社会。我的第一家单位是一个科研院，我满怀信心地来到单位，心想我是清华毕业的，单位肯定很重视。然而当我拿着行李去职工宿舍找管理员拿钥匙时，管理员正在接主管领导的电话，无意中听他说："清华来了个研究生，这小子没什么背景，就给他安排在一楼北面的房间！"那时候，我年轻气盛，在这家科研院没干多久就辞职了！

我辞职后在外企干了几年，然后自己办过一个公司，后来也倒闭了，最后去了一家私企，做到了技术总监，工作取得了一些成绩，生活也富足安逸。但我的内心并不平静，每次想起在清华读研究生时经常听到的一句话：上大舞台、干大事业、到祖国最需要的地方去！我就不能抑制我内心的激动，作为清华人就应该将所学的知识在更大的平台和项目中得以实践和运用，做些更有意义的事情。

2008 年，我作出了人生中的一次重要选择：放弃研究机构技术总监的职位和高薪，作为企业引进人才，来到中国中铁电气化局城铁公司。当时，我国城市轨道交通与国外相比虽然有一定的距离，但正处在高速发展时期，特别需要我们这样学有所长的专业技术人才投身到这项事业当中。我敏锐地察觉到这可能就是我一直寻找的、实现自己梦想的舞台。7年以后的今天，我庆幸自己作出了正确选择，正如俄国著名作家列夫·托尔斯泰所说："选择你所喜欢的，爱你所选择的。"同学们，即使是清华人想要找到自己合适的位置也是不容易的，也需要面对现实、脚踏实地地朝着自己的理想不断地调整路径，机遇总是留给那些有准备的人。

中国中铁是世界双500强，中国一半以上的高铁电气化铁路、70%以上的轨道交通均是中铁电气化局承接建设的。我所在的中铁电气化局城铁公司就是专门从事轨道交通的专业公司。到城铁公司不久，我向领导提出："我要到一线去，搞应用于项目实践的科研。"2009年5月，我如愿来到了当时公司设备系统最全、专业最广、线路最长的北京地铁15号线，兼任项目总工程师，从事项目技术创新和管理工作。北京地铁15号线涉及429个子系统，数百家原始厂商。这需要我在短时间内必须对所有产品技术有清晰的了解，把系统联调有序的结合，实现联调精细化。

2010年4月，北京地铁15号线一期中段的建设进入联调重要阶段，需要在有限时间内完成全线各专业、各系统间的联合调试，安全有序地保证轨道交通建设工期，并及时解决建设过程中存在的不满足运营要求的问题。在以往地铁线路的联调调试中，采用的是传统的人工检测方法，不仅费时费力，而且数据精确度不高。为了破解这一难题，我带领团队反复试验，研发出了国内首创的地铁动态检测车。该车通过机器视觉等先进技术，大大简化了检测过程，提高了检测的准确性，具备对车辆行驶条件的综合检测能力，被誉为地铁领域的"黄色医生"。

为了赶工期，我带领团队加班加点、轮班工作，有时甚至是 24 小时不间歇施工。最难熬的是夏天，在隧道里闷热、潮湿的高温环境下，每天工作十几个小时，累了就地找个地儿打个盹儿，饿了随便买点盒饭或者大饼来充饥。有几次我们蹲在工地上吃盒饭，听见路过的行人说："这些民工真是挺艰苦的！"我想，我们就是民工，就是为千千万万人民建设美好家园的工程师！简称民工。

经过我和团队的不懈努力，2010 年 12 月 30 日北京地铁 15 号线一期全功能开通，开创了轨道交通建设子系统全功能同步开通运营的先河，综合工效提高了 30% 以上。该工程同时也获得了北京市安装工程优质奖、长城杯金质奖、中国安装之星等荣誉。

7 年的时间里，我陆续取得了一些成绩。除了高效高质量

地完成地铁 15 号线，我还陆续参与承接了首都机场线、地铁 15
号线二期，重庆 6 号线、3 号线、重庆会展中心子线等工程。取
得了工艺研发、新技术推广等方面的成果 23 项，解决技术难题
27 项，获得国家新型实用专利 6 项，出版学术专著 3 部。我在
工作中带队伍，在公司成立了职工创新工作室，将懂技术的青
年人集中起来，聚合优势力量搞研发，同时依托创新工作室这
个平台更好地培养和带动青年人成长成才，带出的徒弟遍布公
司 53 个项目。

同学们，我们这一代人大多是伴随着国家改革开放成长起
来的一代，我们大学毕业以后又正赶上国家快速发展时期，我
们这一代经历的不是苦难、饥饿，而是竞争与机会。就在今年
我即将跨入四十不惑之年，想借此机会与同学们分享一点我对
一些问题的看法和思考。

关于选择　记得我刚来中铁时，有人曾经问我："你是清华
大学的研究生，为什么放着高薪不拿，高管不做，跑我们单位
来？"如果当时我对他说我是来实现梦想的，估计那人会说我是
神经病。但就我内心来讲，我的确是这样想的。人的一生会面
临很多选择，在众多的选择面前，每个人的取舍标准是不同的。
作为清华人，我想应该把自己的理想和抱负同国家的需要结合
在一起，做一些推动社会进步、促进国家发展的事。这就需要
我们到国家发展最前沿，到生产建设一线，到最需要我们的地

方，发挥我们的聪明才智。在中铁工作，最让我感到兴奋的是一种速度，而中国的发展、中国梦的实现需要的就是这种速度，这就需要每一位建设者都要有持久的激情，对事业、对国家的激情，就像我们在中铁公司常说的一句话："有激情、在状态"。因此"速度与激情"不仅是美国大片，更是我们清华人成就理想的法宝。

关于成功 每个人都很渴望成功，但究竟什么是成功，每个人心中都有不同的理解和定义。做了 7 年多的地铁建设者，虽然取得了一点成绩，单位和国家也给了我很高的荣誉，但在内心让我感到最快乐、最欣慰的就是能将我所学的知识、所研究的科学技术转化为实实在在的成果，并将这些成果应用在工程实践中，为国家基础设施建设和城市化进程作了一点贡献。所以从另一个方面来讲，成功不成功不重要，实现自身价值、找到内心的快乐最重要！

关于奉献 这些年来，我一心扑在工作上，疏于陪伴家人。妻子怀孕时，由于妊娠反应厉害，经常吐得吃不下饭，精神很差。而我因负责 15 号线的施工项目，无法照顾妻子，就连孩子的准生证明也没能顾得上办理，都是年迈的父母跑前跑后照料。在承接首都机场线时，我连续 3 个月都没回过家。我的孩子今年 4 岁了，我每年跟他在一起相处的时间加起来不到 1 个月，至今还没有照过一张全家福。现在孩子见到我的时候常说的话是"我要换爸爸！"，我满心愧疚，就盼望孩子大一点懂事了，我能带着他去坐我参与建设的地铁，让他亲自体验爸爸辛勤工作的成果，体会到每个人的努力都可以让别人更幸福、社会更美好、祖国更强大。对家庭来说，我的确不是一个好儿子、好丈夫、好父亲！但作为一名城市轨道交通建设者，和千千万万个奋战在施工一线的兄弟姐妹一样，为了市民们能早一天便利出行，我们付出再多的艰辛和汗水也值得！

亲爱的同学们，国家给了我们一片广阔的天空和宽阔的舞台，就看我们怎样在这个舞台上发光发热。希望大家和我一起永远铭记母校的校训：自强不息、厚德载物。通过自己的努力，学以致用，报效祖国，到建设一线放飞梦想，成为清华的骄傲！

谢谢！

世界因我改变

——在清华大学 2015 年春季研究生毕业典礼上的发言

童之磊

1993 年进入清华大学汽车工程系学习，1998 年毕业并获得学士学位，2000 年获得美国麻省理工学院（MIT）与清华大学联合培养的国际工商管理硕士（IMBA）学位。中文在线董事长兼总裁。中国内地最早的大学生创业者之一，首届"挑战杯"中国大学生创业计划竞赛冠军队队长。北京市第十五届人民代表大会代表，北京市人大教科文卫委员会委员。曾获全国新闻出版行业领军人物、2014 年"首都劳动奖章"、世界经济论坛 2014 年度"全球青年领袖"、第 27 届"北京青年五四奖章"等荣誉。

尊敬的各位师长们、亲爱的同学们、家长们：

大家上午好!

很荣幸能回到母校参加这隆重的毕业典礼。我要祝贺各位同学,有三个原因:第一是因为大家选择了清华,这所中国最好的大学,也是世界最好的大学之一——这里是一程情怀的浸润,这里有家国天下的期许。第二是因为大家顺利获得了学位,成为光荣的清华毕业生——这是一枚生命的烙印,"自强不息、厚德载物"将伴你终生。第三是因为大家走出校门,迎来的是最好的时代。

这最好的时代,就是"中国世纪"的来临。日前,诺贝尔经济学奖得主约瑟夫·施蒂格利茨发表了一篇叫作《中国世纪》的文章,指出中国世纪从 2015 年,也就是今年开启。从甲午战争开始,我们曾经落到了世界的后面。而今天,我们有机会再次引领世界。在这世界变革的新时代,一定会有一些人成为改变世界的推动者,清华学子是中国最优秀的青年人之一,理应当仁不让。我想这是时代赋予我们的使命。

什么叫作世界第一流的人才,那就是能肩负起改变世界大任的人。而改变这个世界,最好的方法就是创造、创新、创业!

我想和大家分享我自己的故事。

胸怀大志

我读大一的时候，一次宿舍夜谈会，一个舍友问我："你的人生目标是什么？"我毫不迟疑地回答："为人类进步而奋斗！"我，和很多清华同学一样，怀揣着改变世界的梦想！

人生拥有的志向，就像一个无形的引力场，会引导你一步步走向它。而且你的志向越强大，实现的可能性越大！

有了人生大方向，从何起步呢？我如饥似渴地去学习和体验，本科5年除了主修的汽车工程专业，又辅修了法律和管理两个学位课程。每天的课程，从早上7点多排到晚上10点，下午和晚上课程间经常只有20分钟，我要在这20分钟内从教室飞驰到食堂，吃完饭，再飞驰回教室。晚上10点多回到宿舍以后，是社会工作时间，我是系里的团委书记，又担任学校知名的学习社团"求是学会"的会长，经常讨论和工作到12点。此外，我坚持锻炼身体，有时候是夜里12点后去操场跑步，回来再开始完成作业。每天全速运转，因为胸怀理想，从不觉累。

独立思考，走自己的路

大学毕业以后，选择哪条道路呢？当时最流行的就是出国。我周围的同学也有不少在准备出国。我每天到图书馆读书看报，研究历史，研究国内外大势，最终得出了结论，全世界最有机会的地方就在中国，于是我下定决心，留在国内。

留在国内，选择什么样的单位呢？那时候大多数同学，天天在参加各种各样的招聘会，在外企、央企、大型民企当中做选择。我发现，当时全世界最伟大的企业——微软、苹果都是像我这样的大学生在二十几年前创办的。1998 年正是互联网在中国刚兴起的时候，于是我和几个汽车系同学开始自己创业做互联网。大多数人都反对我创业，我的一些亲友每次通电话都劝我去找工作，然而我不为所动，全力投入创业中。我的创业小伙伴甚至选择休学创业，成了国内休学创业第一人，轰动一时。很快我们推出的网站——易得方舟，成为中国最受欢迎的大学生门户网站之一，还荣获了首届全国大学生创业大赛金奖第一名，我们被誉为"知本少年"！

1999 年，我提出了一个很创新的模式——数字出版。简单来说，就是把过去基于纸质媒体的出版变革到数字媒体上，而这种变革带给世界文明发展的推动力将会是巨大的。有这种想法后，我拜访了一位知名出版社的社长，他听完我的想法后，给我讲了一课，主题就是 5000 年的纸质阅读习惯绝不是你一个 20 多岁的毛头小伙子能改变的，趁早别白日做梦了。和他谈完以后，大家猜我什么反应？我兴奋不已！为什么？因为一件事，如果大家都看好，都去做，大家就在里面血拼，拼价格、拼资金、拼成本，血流成海，这个市场就成了红海；而大家都不看好，你独自行船，一望无际蔚蓝蔚蓝的大海，任你遨游，这个市场就是蓝海。而蓝海，恰恰是我们这群除了有梦想、有激情，其他一无所有的青年创业者的天地。

人生会有很多次选择，面对选择，很多人随波逐流，流行什么选什么。这样的选择也许是最安全的。可是难道你回顾人生的时候，希望说我的一生很安全吗？当然不！我们需要的是精彩的人生！我们每个人都是不同的，应当独立思考，结合自己的理想、价值观、特长，选择最适合自己的道路。我想说：没有最好的道路，只有最适合的道路！作为清华人，如果你想引领时代，想创新变革，更需要从没有路的地方走出一条路来。

坚持到底

既然是从没有路的地方走出一条路来，那这条路一定是异常艰难！我和中文在线走的就是这样一条路。

当时，我们顶着全国创业大赛冠军的光环，数字出版又是风险投资眼中最闪亮的颠覆式创新，我们立即成了风投的宠儿。甚至有人恨不得你今天成立公司，明天钱就到账。于是，2000年5月，我们召开新闻发布会，宣布中文在线成立。开完新闻发布会，我们就去找风险投资人，却发现投资人突然变脸，从热情似火变得冷若冰霜，一分钱也不投了。后来才知道，此前几十天，全球高科技股的风向标"纳斯达克"崩盘，所有高科技企业尤其是互联网企业股价都一路狂跌，有的股票几天就成了垃圾股。

融不到资，公司马上进入弹尽粮绝的境地。怎么办？开始我自己掏腰包，很快积蓄用完了。我就找人借钱，很快能借的钱也都借完了。最后，实在没办法，我就在外面打工，一个月挣几万块钱，靠这份薪水支撑公司正常运转。到了2001年，我认识了香港泰德集团董事长，他盛情邀请我到泰德做总裁。为了说服我，他提出同时收购中文在线。我被他的诚意打动，考虑到泰德这个大平台能帮助中文在线发展，于是我同意，中文在线并入泰德集团。

并入泰德以后，我管了上千人，几十家公司，看起来意气风发。可是我却有一个心结，中文在线没有得到足够的支持和发展。如此三年，我内心越来越不能平静，再这样下去，我将可能失去我的数字出版梦想！于是2004年，我下决心将公司"赎回"。泰德董事长坚决反对。最后一次谈的时候，他对我说："之磊，除非你认为中文在线能成为一家上市公司，我才同意你回购。"大家知道，在中国一家公司上市的概率是多少？大概只有万分之一。这位董事长是想让我知难而退。我认真思考后回答说："我相信中文在线不但会成为一家上市公司，而且会成为一家伟大的公司！"他看到我铁了心，终于同意我回购中文在线。

2004年，我带领团队回到清华科技园二次创业，带着我的梦想再次出发。坚持创业 15 年之后，也就是 6 天前，我在深圳交易所，和陈吉宁校长一起敲响了开市钟，中文在线成为一家上市公司！现在我们正在向公司的宏伟目标继续前进。

创新创业的路最不平坦，会有远远超过你想象的荆棘、障碍、甚至绝境。这时候，最重要的一种精神就是坚持到底！一年多以前，我曾经在戈壁上徒步 108 公里，到最后，满脚长泡，每走一步钻心地疼。那时候前望无路，后望无归，而救援车就在旁边。如果选择救援车，就意味着放弃。一个声音不断在告诉自己"坚持，坚持，再坚持"，那时已不是用脚在走，而是用意志在走。人生有无数的救援车，让你在坚持的路上舒服地放弃。我要告诉大家的是：坚持就一定要到底，你不到底，一切努力清零。就像马拉松比赛，不到终点，即便只差几步，也没有成绩。这种到底，就是彻底，就是究竟，就是穷尽！

回想起来，创业之初一无所有，其他竞争对手或者拿到了上千万美金的风投，或者有深厚的出版背景，十几年下来，这些竞争对手或者破产，或者转型，或者分崩离析，而大家最不看好的中文在线坚持在一个方向不断努力，终于超越所有人，成为行业领导者。我们的制胜法宝就是坚持。就像打井，选准一个地方一直往下打，打不出水来，也能打出油来；打不出油来，打到底一定能打出岩浆来！

为什么很多人坚持不下去，就是因为志向不够强大。经常有人问我，在你创业最艰难的时候，什么让你坚持？其实无数次，我濒临绝境、筋疲力尽的时候，只要想到"中国对世界文明史有巨大贡献的四大发明，其中有两项：'造纸术'和'印刷术'都将因为数字出版而被变革，人的一生能参与到这场推动文明的变革中，何其幸运！"，我就满血复活，小宇宙充满了能量！15年来，我们正是一直以"数字阅读终将改变人类的生活"为梦想，不懈努力。最新一次的国民阅读调查报告显示，数字阅读率首次超过了50%，也就是数字阅读成为主流。我最开始提到的那位社长认为绝不可改变的人类纸质阅读习惯，正在被我们改变！

所以，只要你胸怀大志、独立思考，选择一条最合适自己的路，坚持走到底，成功就一定属于你，进而改变世界。这就是最简单的成功方法。

同学们，这一生你们会听到很多人生至理，但是人生重要的不是你知道多少道理，说出多少道理，而是你把一条道理真正地践行到底，终身不渝。我想这也是"行胜于言"的要义。

各位同学，今天你们正如15年前刚刚开始创业的我，20多岁，风华正茂。走出清华，你将迎来无限可能的人生和你们将创造的世界！人生最大的幸运是什么？生逢其时！今天正是中国崛起的时代，今天正是创新创业的时代，既然时代给了我们这样的机会，我们的生命就应当在这个时代绽放！

我相信，当你调对了人生脉搏，可以让这个世界为你共振！

我祝愿，当你为祖国健康工作五十年后，你能告诉你的孩子"世界因我改变"！

谢谢！

风物长宜放眼量

——在清华大学 2014 年本科生毕业典礼上的发言

颜宁

1996 年进入清华大学生物科学与技术系（简称生物系）学习，2000 年毕业获得学士学位并获清华大学"优良毕业生"称号；2004 年毕业于美国普林斯顿大学分子生物学系获博士学位。2007 年受聘为清华大学医学院教授、博士生导师。2017 年，接受美国普林斯顿大学邀请，担任分子生物学系雪莉·蒂尔曼终身讲席教授。2019 年当选美国国家科学院外籍院士。2009 年至今以通讯作者身份在《自然》《科学》《细胞》三大世界级期刊上发表学术论文 22 篇。曾获得"霍华德·休斯国际青年科学家奖""中国优秀青年科技工作者""美国 HHMI 首届国际青年科学家奖""谈家桢生命科学创新奖""何梁何利基金科学与技术进步奖""赛克勒国际生物物理奖""魏兹曼女性与科学奖""贝时璋青年生物物理学家奖""佛罗伦斯·萨宾杰出研究奖"、第十八届"吴杨奖"、第十八届"中国青年五四奖章"和 2019 年度"求是杰出科学家奖"等多项国际国内奖项和荣誉。2020 年入围"美国布拉尼克国家青年科学家奖"。

亲爱的同学们，尊敬的老师们、家长们、来宾们：

大家上午好！

今天我无比荣幸作为校友代表来见证同学们生命中这一个重要的时刻，首先请允许我向大家表示最衷心的祝贺！

我非常感谢校友总会的邀请，但是当我接受这份邀请时，只想到这是作为清华校友最崇高的荣誉，却委实没有意识到它是一项多么艰巨的任务。因为在座的同学们来自于几十个不同的专业，即将面对迥然不同的事业选择和人生道路。作为一个过去近 20 年从未走出过象牙塔的我，思维方式相对简单、人生见识相对单薄，我能和你们说什么呢？苦思冥想，过去两周委实比写学术论文还要痛苦得多，于是我最后决定把我走出又回归清华园这十几年的心路历程与大家分享。抛砖引玉，希望当你们站在这个重要的人生十字路口的时刻，不妨花几分钟再想一想，10 年、20 年、50 年以后的自己。

不知道同学们是否看了《舌尖上的中国》第二季，最后一集的结语让我印象深刻："如果到先辈的智慧中寻找答案，他们也许会这样告诫我们短暂的一生：广厦千间，夜眠仅需六尺；家财万贯，日食不过三餐。"不知大家是否和我一样，从孩提时代，就困惑于人存在的意义。人来自自然、回归自然，代代相传，我们存在的意义何在？我选择生物系的原因之一也是想探求生命的奥秘。可是当我在大学系统地从分子水平学习认识生命之后，反而更加困惑了。突然有一天，我豁然开朗：其实只有拥有意识的人类才能问出这个问题；那么也只有有意识的人类才能定义这个问题。所以，"人生意义"本就是一个主观命题。随着时代的发展，个人的背景与际遇不同，每个人对于这个命题的定义也会大相径庭，于是我们的人生目标、人生道路也会截然不同。

14 年前的今天，恰好是我离开清华园的日子。犹记得，走在绿树掩映的东西主干道，我默默地想：如果有朝一日我可以再回到这个园子里工作，那将会是多么幸福的一件事情。和你们一样，我在这个园子里度过了五彩缤纷的青春岁月、收获了延续至今的友情，从懵懂少年长成具备独立思想的青年，对这个美丽的园子充满不舍与眷恋。不过除了这个总有一天我要回归的朦胧愿景，我对于未来的事业选择其实是一片茫然。但有一个原则却让我受用至今，那就是：努力做到最好，让选择权掌握在自己手中。

一个月后，我奔赴大洋彼岸，进入位于美国东岸的普林斯顿大学。2004 年，我获得了分子生物学博士学位。如果说 20 世纪 90 年代的清华赋予我的是心怀天下的责任感，那么 21 世纪的普林斯顿则彻底将我拉入科学的殿堂。清华与普林斯顿都入选了全球最美的十所校园，清华庄重大气，普林斯顿优雅淡定。

在普林斯顿，穿着不修边幅给你上课的人可能是诺奖得主或者资深院士，你在咖啡厅小憩坐在对面的人也可能是美国总统的科学顾问。在那里，不论是本科生还是诺奖得主，你完全感受不到人与人之间的高低贵贱，每个人都是一派怡然自得，却又有一份这个大学特有的我行我素、桀骜不驯。在这种环境下，你会很安心地做自己、很专注地做自己的事情；浮躁很容易就被挡在物理上并不存在的学校围墙之外。

在普林斯顿的第一年，我突然发现，教科书里那些高贵冷艳的知识原来就是身边这些老先生老太太们创造的；在这里研究生们没有教科书，一律是用经典或前沿的原创论文作为教材，所以我们上课就是在回顾着科学史的创造。而当我们进了实验室，自己竟然也变成了人类知识的创造者、科学史的缔造者。有了这种认知，我的追求目标也逐渐演化为：发现某些自然奥秘，在科学史上留下属于自己的印迹。

当我定义了这样一种人生追求，也同时意味着选择了一种自由自在的生活方式，一种自找麻烦的思维方式和一种自得其乐的存在方式。我完完全全痴迷于这个小天地，会为能够与大自然直接对话而心满意足，会为透过论文跨越时空与先贤对话而兴高采烈，会为一点点的进展和发现带来的成就感而壮怀激烈。当然，这个过程里也少不了挫折和麻烦。然而，正如一部精彩的戏剧一定要有因为反派带来的冲突才精彩，科研中的这些挫折和麻烦也会在若干年后回忆起来更加生动，让这个过程因为五味俱全而丰满。

下面给大家讲一个清华园里发生的小故事，让大家看看貌似平静的象牙塔里的波澜壮阔。

我 2007 年刚回清华的时候，给自己确立了几个明确的研究目标，前不久做出来的葡萄糖转运蛋白是其中之一，还有另外一个也非常有意义的课题，叫作电压门控钠离子通道，它是对于我们神经信号传递至关重要的一个蛋白。长话短说，一转眼到了百年校庆的 2011 年，我们经过之前几年的探索，终于获得了一个细菌同源蛋白的晶体，结构解析已近在咫尺，就差最后一次收集重金属衍生数据了。为此我们准备了大量晶体，保存在可以维持低温摄氏零下 170 度液氮预冷罐中，寄到日本同步辐射，准备收集数据。

接下来，就是我永远不会忘记的日子，2011 年 7 月 11 日。如果你们去查日历，那是星期一，是在中国看到《自然》新论文上线的日子。我本来应该早上 6 点出门去机场，在 5 点 55 分的时候，我打开了《自然》杂志在线版，第一篇文章直接砸来，砸得眼睛生痛，因为这篇文章的题目就是《一个电压门控钠离子通道的晶体结构》，这正是我们在做的课题，也就是说，我们被超越了。我们一直说科学上只有第一，没有第二。而现实是我们再也没有可能在这个课题上成为第一了，惨败！我把论文打印出来，交给了当时正在做这个课题的张旭同学，她立即泪崩。

可是，我们别无选择，晶体还在日本等着我们。于是一切按照原定计划，我们飞赴日本。一路奔波，晚上 7 点赶到实验线站的时候，那里的工作人员一脸凝重地对我说："颜教授，你们寄过来的低温罐似乎出了问题。"我心里一沉，这意味着晶体可能出了大问题，这可是我们过去 3 个多月所有的心血结晶啊！在刚刚承受了被超越的打击之后，这个事故可真是"屋漏偏逢连夜雨"。

所幸我们做事一向未雨绸缪，随身还带了晶体，于是就地开始重新泡重金属。第二天早上到了正式收数据的时候，果然，寄送过来的晶体全部阵亡，无一幸免。然而，就当我们花了十几个小时，即将绝望之际，前一天晚上刚刚处理好的一颗晶体给了我们需要的所有数据——质量是如此之好，以致在收完数据一个小时之内，我们就解出了结构！此时，发表论文的课题组还没有从数据库释放结构信息，所以于我们而言，又是第一次看到了这类蛋白的原子结构，对过去 4 年的努力是一个完美收官！那一刻，根本没有人会在乎论文会发在什么地方，当时只有在这个大悲又大喜之后、巨大反差带来的狂喜。

而故事还没有结束，当我在凌晨 3 点打开邮箱，准备把新的结构发给实验室成员布置后续工作的时候，发现了一封来自美国霍华德·休斯（Howard Hughes）医学研究所的邮件。通知我，经过初选，我在全球 800 名申请人中过关斩将，战胜了 745 人，成为进入"霍华德·休斯国际青年科学家"第二轮候选的55人之一，邀请我于11月赴美参加最后的角逐。那一刻，我脑子里瞬间闪现出这两句诗："屋漏偏逢连夜雨""柳暗花明又一村"。这45个小时，从7月11日早上5点55分到13日凌晨3点钟，对于我和我的学生们而言真可谓惊心动魄，犹如坐过山车。也正因为此，对这个课题，我们远比对其他任何一帆风顺做的课题更加刻骨铭心，所以当我想要讲故事的时候，立刻就想到了这个课题。

但这依旧不是故事的最终结尾。因为这个课题，我有幸与我此前崇拜了将近10年的偶像级科学家、2003年诺贝尔化学奖得主罗得里克·麦金农（Roderick MacKinnon）教授合作，在与他的交流中受益匪浅，也终于圆了我在研究生时代想要与他一起工作的夙愿。更重要的是，我们的结构呈现出与已经发表的论文很不相同的状态，经过分析阐释，我们的这些新结果也在10个月之后发表于《自然》。我还提出了一个新的电压门控通道感受膜电势的全新模型，直到现在，我们仍然在创造新方法、发展新工具对这个模型进行构建。

我希望大家感受到，这就是科学研究的魅力：不向前走，你根本不能轻易定义成功或者失败。总有那么多的不确定、那么多的意外惊喜在等着你！这种经历、这种感觉，会让人上瘾！

回首过去 18 年，我非常感恩：母校塑造了我健康向上的人格，生活在和平年代，衣食无忧；有亲人的疼爱、师长的支持、好友的信任、学生的依赖；而得益于经济发展，国家有能力支持基础科研。当我给自己定义了"在科学史上留下印迹"这个追求目标，并且在追逐过程中对于挫折和成功一样甘之如饴，我感谢时代、国家和母校给我的机遇与馈赠；也更深刻地理解个人对于母校和国家的责任，我相信这其实也是渗入每个清华人骨髓的使命感。

对于我们的母校，我们这一代以及包括你们在座的每一位生逢其时，肩负着把她建设成为世界一流大学的责任。在我的心目中，当清华培养出来的一大批年轻人，以及一大批从清华起步的年轻人成为世界一流学者的时候，当我们的若干工作对人类的科学史、文明史产生深远影响的时候，我们就可以骄傲地宣称：清华是世界一流大学。我们和你们遇到了前所未有的机遇，有条件、也有能力用自己具体的行动来实现这个并非遥不可及的目标。我希望每一位同学都能记住：如果今天，你认为我们的母校还不是世界一流大学，那么就让我们通过自己的努力共同把她变为世界一流大学！希望若干年后，你也作为校友代表来这个世界一流大学发言。

对于我们的国家，我们这一代人、特别是你们当中和我一样把科学研究作为毕生事业的同学们，我们更是责无旁贷：经济发展决定中国有多富，科技发展限定中国有多强。让中国的科研实力配得上她的经济体量，让中国的科研成果产生世界影响，我想，这也正是中国科学家对于国家最根本的责任与使命。

　　亲爱的同学们，这一刻，我与你们一样激动。你们的未来有无数种可能，但是每个人的人生只有一次。在现在这个信息爆炸、计划跟不上变化的年代，希望每一位清华人用你的初心去探索你的人生意义，努力认识你自己、做你自己，坚守内心的选择，坚定地为实现你的人生意义而勇敢、专注地行动。我衷心祝愿每一位同学收获自己的精彩人生，书写你认为最重要的历史！

　　谢谢大家！

从百草园到科学殿堂

——在清华大学 2014 年夏季研究生毕业典礼上的发言

何友

1994 年进入清华大学电子工程系攻读博士研究生，1997 年毕业并获得博士学位，2000 年毕业论文被评为全国百篇优秀博士论文。中国工程院院士，海军少将军衔。曾任海军航空工程学院院长，现为海军航空大学信息融合研究所所长、海战场信息感知与融合技术军队重点实验室主任、教授、博士生导师。他长期从事信息融合理论与技术研究，是我国军事信息融合领域的开拓者之一，取得了多项重大成果。以第一完成人获国家科技进步二等奖 3 项、国家级教学成果奖 1 项、军队科技进步一等奖 7 项，荣立二等功 4 次、三等功 2 次，出版专著 5 部。2001 年被教育部授予"全国优秀教师"称号，2003 年被授予"全国留学回国人员先进个人"荣誉称号，并获"全国留学回国人员成就奖"；2006 年获"中国人民解放军专业技术重大贡献奖"。

尊敬的各位师长，亲爱的学友们：

首先十分感谢学校给我这么崇高的荣誉，让我有机会参加同学们的毕业典礼，分享大家毕业的喜悦。作为校友，我要向圆满完成学业的同学们表示衷心的祝贺！向培养我们的母校老师们表示深深的谢意！

我很羡慕同学们，你们从小就有机会接受系统的、正规的教育，这么年轻就取得了在社会上含金量很高的清华大学的硕士、博士学位。我们这些 20 世纪五六十年代出生的人，经历了国家的发展变革期，学习经历非常的艰辛，我是到了 38 岁才到清华大学攻读博士学位的。

今天借这个机会，我想结合自己的经历与大家交流三个方面的感悟：勤奋为理想划桨、忠诚为理想奠基、创新为理想增辉。

勤奋为理想划桨

理想就像罗盘指导着人生航船前进的方向，然而，光有罗盘的指引，不勤奋地划桨也是不行的。回顾我几十年走过的路，每次既是遇到幸运的机遇，而又总是面临严峻的挑战。

我是地地道道贫苦农民的儿子。1974 年高中毕业，赶上年底部队来招兵，我抓着这个机会穿上了军装，在海军当了 4 年报务员。1978 年赶上了恢复高考的机遇，我白天训练，晚上加班复习，当年 8 月考入海军工程大学。

进入大学，我与应届高中生学员相比，劣势显而易见。他们知识系统、基础扎实，特别是英语，而我要从 ABC 学起。我咬紧牙关踏踏实实从零开始，放弃了一切休假，到毕业时我的综合成绩已经名列前茅。

毕业后，我来到了烟台海军航空工程学院。院里领导却考虑到我是战士出身，担心基础终究没有应届生那么扎实，没有把我分配到专业对口、技术含量高的指控教研室，而是让我到高炮兵器仪器教研室工作。这对我自尊心的打击还是挺大的，确实是"理想很丰满，现实很骨感"啊。而我是那种认准了目标就想冲一冲的人。20 世纪 80 年代初，计算机还是个新鲜事物，只有少量的实验室才会配备。为了及早尽快地学精计算机编程和仿真，使科研上水平，我就想方设法到别人那去蹭计算机用。人家白天搞科研，我就晚上去用，风雨无阻。当时学院有一个导弹模拟对抗仿真课题，急需计算机专业人才，而我院很多计算机专业出身的人虽跃跃欲试，但面对困难，他们最终都不敢尝试，课题研究陷入困境。我听说后，就毛遂自荐，一边学习一边研究，前后四五个月我没有踏出校门一步，程序设计出来之后，使整个项目起死回生。这是我在科研路上品尝的"第一只螃蟹"，领导和同志们也因此送我一个外号——拼命三郎。

1991 年我有幸被派到德国数学家高斯的母校——布伦瑞克

工业大学进修一年，我非常珍惜这次难得的求学机遇。导师罗林教授为我选择了雷达目标融合检测中的恒虚警处理这个题目，这个课题是他的强项，可不是我的强项，我又迎来了一个新的挑战。我开始猛攻，可以说废寝忘食，整整用了将近4个月的时间，我有了些心得，尝试着提出权威的雷达目标融合检测中的"恒虚警"处理技术存在缺陷的意见。当时有些德国专家不以为然，不相信我这个年轻的中国人会有这样的眼光和实力。通过对各种方法的比较，我找出了一个自己认为比较好的方法，并拿出了初步的方案。罗林教授看了以后很高兴，让我按照这个方向做下去。攻关很艰苦，我常常一个人在实验室加班，没有中断过。一年后，罗林教授说："你已经是这个领域的专家了，我们德国人的刻苦精神不如你们中国人"，并且把我提出的方法命名为"何氏方法"。

从士兵到大学生，后来我又陆续读了硕士、出国深造、到清华读博士，每一步都走得不轻松。我就是凭借刻苦勤奋，不断地超越常规、挑战自己的能力极限，取得了成绩。直到我当了院长以后，也是白天当院长、晚上做教授，经常在实验室工作到凌晨。

我想和大家分享的感悟是：不论理想多么高远、多么灿烂，都必须踏踏实实、持之以恒、刻苦拼搏，肯吃苦、能吃苦、愿吃苦，才能苦尽甘来，拥有战胜更多挑战的资本和财富。

忠诚为理想奠基

一年的德国深造时间很快就结束了，导师罗林教授希望我留下来继续攻读博士。说实话，我当时心里还是有些纠结，特别希望有机会继续深造，但是长期的军队生活，培养了我根深蒂固的纪律观念，必须按期回国！另外，我的脑海里不由自主地回忆起当年"东方红"号海洋测量船的场景。

1977 年，我作为"报务尖子"随同国家海洋局"东方红"号海洋测量船进行海洋考察，这次任务是给我国的大陆架实行总体把脉。测量船开到公海区域时，引起了周边国家的猜疑。苏联飞机在头顶上盘旋，日本和美国的军舰更是耀武扬威地不断发出警告信号。好几次，眼瞅着他们的舰艇就快到了跟前。我们只能躲，他们的吨位比我们大很多，情形很像老鹰抓小鸡，用时下流行的网络语说可是"霸气外漏"。我们的海洋调查船相当于民船，真对抗起来，无异于以卵击石。当时我就感到，从军事实力、国家综合实力上看，我们与美、日等强国的差距实在是太大了，公海之上虽有公理，但弱者哪有话语权，祖国真需要强大的海军！当时我就暗暗发誓一定要好好努力，将来为建设海上强军做贡献。可以说，这就形成了我一生为之奋斗的理想。

我想，我在德国学到的东西应该尽快运用于我们海军武器装备建设中，为建设强大的海军做贡献。为了不拂罗林教授的好意，我委婉地表达了自己热爱祖国、同时也十分想念家人的想法。罗林教授表示很理解，他说："在我们学校学习的中国人很多，不少人千方百计想留下来，而你却和他们不一样，自己放弃了留下的机会。但我支持你回国，我们也是爱国的。"

我想和大家分享的感悟是：在当今改革开放年代，学习掌握国外的先进科学技术是非常重要的，但是最终必须要回报祖国，服务于祖国的强大、繁荣、富强，这样才能更好地实现自己的理想和个人价值。

创新为理想增辉

从德国回来以后，我对自己所提的方法作了进一步的创新和完善，在国内雷达界普遍得到了应用。1994 年 9 月，为了进一步扩大自己的科研创新成果，我考取了清华大学电子工程系的博士生，师从陆大綫和彭应宁教授。这一年，我 38 岁了，比同班的直博研究生大了十四五岁。清华的直博研究生基础扎实，很多是奥赛高手，数学和英语的学习对我的挑战非常大。值得欣慰的是，我在做论文方面比较有优势，因为我有多年的科研实践经验。

在博士论文选题时，我开始倾向于选择比较熟悉的雷达恒虚警相关课题，这样凭借自己科研成果和已发表的八九篇文章，稍加整合就能拿出一篇像样的论文，很容易就能通过答辩拿到博士学位。但是导师陆大綫教授不赞同。陆老师认为清华的博士生应该做新的东西，选题一定要敢于触碰学科的国际前沿。最后在陆老师的建议下，我选择了"多目标多传感器分布信息融合算法研究"作为博士论文选题。这是在各种信息复杂交错的情况下，综合分析、去伪存真，为指挥中心正确决策提供依据的重要课题。这个选题对于我来说并不轻松，虽然硕士期间接触过信息融合，但是并没有真正对它做很深入的研究。我足足用了两年的时间完成了博士论文。这对我来说也是在原有研究工作的基础上，从理论到实践大大提升了一步。陆老师、彭老师对博士论文看了又看，改了又改，连一个标点符号都不放过。从陆老师、彭老师身上，我看到了清华老教授的严谨和求实。1997年我博士毕业了，这篇论文获得了2000年度"全国百篇优秀博士论文"奖。至今回忆起在清华读书的经历，我感到正是清华"严谨、勤奋、求实、创新"的学风，使我在严谨和不断追求创新上进一步得到了锤炼。

创新需要超越，需要突破，更需要我们想到了就行动，将理论付之于实践。从清华博士毕业后，我在雷达目标融合检测研究中取得系列创新成果，主持研制的某型地面跟踪雷达批量装备部队，成果还被广泛应用于国内主要雷达厂所的十几个型号近千部雷达装备中。在多传感器融合理论与技术研究中取得多项开创性成果，并应用于多项国家重大工程中，推动了我国军事信息融合领域的发展，主持研制了多种大型综合训练机，取得了重大的军事效益。以第一完成人身份获国家二等奖 4 项、省部级一等奖 11 项。我自己也因此被授予海军少将军衔，当选中国工程院院士。

通过以上例子，我想表达一个深切感悟：那就是创新永无止境，咬定创新不放松，敢想敢做、立言立行，我们才能不断克难攻坚、不断取得进步、不断赢得先机。清华的研究生，特别是博士生，更应该在创新上标新立异，攀登科技高峰，让科技造福人类、创造未来。

同学们，最后，我想说的是，人生的最大成功不是追求个人的名利，而是发挥自己的最大潜能，持之以恒地去做有利于党和国家的事。希望以此与各位同学共勉！

跟随你的内心

——在清华大学 2014 年春季研究生毕业典礼上的发言

孙晓明

1995 年进入清华大学化学系学习，2005 年在化学系获得理学博士学位，师从李亚栋院士。随后，赴美国斯坦福大学做博士后研究。2008 年回国后，在北京化工大学化工资源有效利用国家重点实验室工作，曾任北京化工大学研究生院副院长。现为北京化工大学教授、博士生导师，主要从事无机纳米结构的合成与分离研究。曾获 2004 年清华大学特等奖学金，2007 年"全国百篇优秀论文"获得者，2008 年入选教育部"新世纪优秀人才支持计划"，2017 年入选科技部"创新人才推进计划"，2019 年入选"牛顿高级学者基金"资助，第四批国家"万人计划"科技创新领军人才。

尊敬的各位老师、亲爱的同学们、家长们：

大家上午好！

非常感谢学校给我这样的荣誉，让我在同学们的毕业典礼上讲话。作为师兄，首先我向你们顺利完成学业表示最热烈的祝贺！向养育你们的家长们表示衷心祝贺！向培养我们的母校老师们表示深深的感谢！

8 年前我像大家一样坐在这里，憧憬着未来，那时的我已经在清华学习了 10 年。1995 年，一纸录取通知书把我从山东的平度县招到清华化学系。十几年的寒窗苦读，我一直只知道要学习好，却不知道自己真的喜欢什么。进入化学系是因为分不够高，被调剂了志愿。当年我们班（1995 级 1 班）像我这样被调剂志愿的占了 2/3。4 年本科，依旧懵懵懂懂，我的平均成绩刚刚过 80 分，最高纪录拿过三等奖学金。毕设期间我又被查出肺结核，住院治疗半年，延迟一年毕业。所以，如果当时有先知告诉我，我会在十几年后作为校友的代表在毕业典礼上发言，我一定会当成是天方夜谭。

我这匹弱马、病马能够后来居上，成为我们那一届大家认为科研做得还不错的一个，非常重要的一个原因是碰上了一位好的博士生导师李亚栋教授。他像火把一样点燃了我科研的热情，让我从科研中尝到了无与伦比的乐趣和成就感。用他的话说，"做科研就像破案""写文章就像讲故事"。所以我做导师之后也跟自己的学生调侃："真相，只有一个！"当我发现了文献中的互相矛盾之处，去问李老师，他总是眨着狡黠的眼睛，嘴角露出一丝微笑，问我"你认为他们自己全搞懂了么？"这种带有批判性和挑战性的思维方式一直是我从事科研中不可或缺的精神财富。

在李老师的指引下，我的科研路还算顺利。博士 5 年，痛并快乐着的日子悄悄走过，我毕业了。在校期间拿过航天海鹰杯学术新秀、拿过十佳研究生、也拿过特等奖学金。做过辅导员，拿过"一二·九"优秀辅导员奖。当拿到清华的杰出校友、斯坦福大学教授戴宏杰的博士后 offer 的时候，我颇有些踌躇满志，决心要"贯通纳米化学与生物"，在《自然》《科学》杂志上发表几篇文章再回来。然而，也许正是因为学科跨度太大，两年半的博士后工作经历，我居然一篇第一作者的文章都没发出来。虽然我把周末都拿出来了，虽然我常常做个通宵，但是戴老师的眼界不是一般的高。我并不后悔，这段时间的工作让我看到了自己的不足，让我看到了自己基础的薄弱、眼界的狭窄、能力的欠缺。这段经历很痛苦，但生活的逻辑也许就是这样，"如果你不遭罪，你就不能进步"。

当我拿着简历回国找工作时，我也有选择清华的机会，但我最后还是选择了北京化工大学。当时的考虑，一方面当时班里面的以及前几届的师兄师姐，那几个"狠角色"都在清华发展，我估计占不了什么便宜；另一方面，很多师长也都劝我到校外发展，他们的话说中了我的内心，我希望建立属于自己的课题组，做属于自己的方向。"听别人的话，走自己的路"，在北京化工大学，我把博士后期间学到的用于生物大分子分离的"密度梯度离心沉降"方法与博士期间学到的无机纳米颗粒的合成技巧结合起来，发展了"功能纳米颗粒分离"的新方向，成为纳米合成的有效补充。通过纳米合成之后的纯化、分离等处理过程的优化，获得了一些之前难以制备的单分散的样品，验证了一些理论预言；在分离结果的启示下，又发展了一些新的合成方法。这些学术成绩为我带来了很多荣誉，包括2008年的"新世纪人才"，等等。这些新兴的方向也吸引了北京化工大学其他教师加入我的课题组，目前团队中已经有 5 名教师和 30 多名研究生，从实验到模拟，从理论到工程都有相应的专业人才，整个课题组的发展处在快车道上。

回顾我的成长经历，也分析了一些事业有成相对较早的清华同学的经历，我觉得有个规律，就是早点把自己投入到一项事业中是很重要的事。读博士时，我做过两年辅导员，带 1998 级。从我们这年级和 1998 级的经验来看，本科毕业就做出事业选择的人，到目前一般取得了比较好的成绩，无论这种选择是继续学化学还是转行。当时选择读直博研究生的 1998 级的陈兴、葛建平、刘军枫等多位同学，都已在国内外知名的高校评上了教授。张惠妹有一首歌唱道"如果你不想要，退出要趁早"。也可以在这句歌词后面再加一句话，"如果你想要，投入要趁早"。你必须尽早作出选择。"再看看"，"再选选"，这种犹豫会降低你的优势、会限制你的发展。每次选择都要付出时间和精力的成本。清华的同学都很聪明，但是聪明人并不一定事业成功，不成功的原因有时就在于"太聪明""太现实"。优秀的人可选择的面更宽，诱惑更多。找工作的时候，专业、薪酬、地域、劳动强度等都考虑到了，却唯独忘记了问问自己：我的内心真正想要的是什么，我要以我的何种方式改变这个现存的世界？身为清华人，我相信没有一个人一生追求的只是"更好地养家糊口"！同学们，工作和生活中，我们可以更加纯粹一点。理想是一个点，信念是一条线，这条线要指向这个点。认准目标，一生只求做好一件事。唯有纯粹，才能优秀。跟随你的内心，尽早作出一生的事业选择，这是你迈向成功的第一步。

清华一直教导我们要"追求卓越"，我觉得，"有所不为"才能"有所为"，因为"有所不为"，"有所为"的那一部分我们必须要够好！做个清华人，就要像个清华人！某种意义上讲，做事情的"程度"比"内容"还更重要，正所谓"行行出状元"。做事情的过程中特别要强调"用心""尽力""投入"。有人说，成功＝正确的选择×选择之后的努力。我觉得，选择是否正确，有时候是由选择之后的努力来决定的。所以选择了，就不要轻

易放弃。明确了自己的目标、主线，其他的就看淡一些。一定
要简化你的体系，不要在患得患失中蹉跎岁月。坚持沿着同一
个方向走，你就有机会比别人走得更远一些，你就离成功更近
了一步。其实北京化工大学曾经有意让我在行政方面继续发展，
让我挂职做北京化工大学研究生院副院长进行锻炼。一年期
满，我尽快辞去了这一职务，回归学术。不是不肯为学校尽心，
只是学术的事情，仿佛最高端的"武学"，只有心无旁骛方能
练成。

　　大家都已经找到工作了吧？满意吗？其实没有最好的或者
是完美的工作，只有最适合你的工作。选择一种工作就是选择
一种生活，很难想象一个选择了攀登科研高峰的科学家或工程
师，他的生活会在杯盏交错中度过。签一次约，就像结一次婚，
很难想象哪个频繁结婚的人居然会有幸福的婚姻。希望大家听
从自己内心的召唤，作出了选择就坚持下去，做一个"在黑暗
中健步疾行"的人。强调"在黑暗中"，是因为这个人的"健步
疾行"不是要做样子给别人看的，他的内心有一种责任感在驱
使，有一种成就感在召唤。工作就是他最大的爱好，他一生的
兴趣，他生命中最重大的事情。当那个目标是你内心真正想要
的，你会自发地、自觉地、不顾一切地去追随它。

　　曾经我做过一次调查问卷，问老师们的工作压力大不大。
A：每周工作 35 小时以内，压力不大；B：每周工作 40 小时，

压力一般；C：每周工作 45 小时以上，工作压力很大。这道题让我很苦恼，因为没有选项适合我。我每周工作时间肯定在 45 小时以上，但是我压力并不大，我很快乐，我很享受这种工作的过程。工作带给我的成就感和满足感，任何事情都无法取代。让工作成为自己最大的乐趣，你才能工作得好，而且很快乐！

同学们，咱们都是清华人，不客气地说，都有成功的机会。那么，如何才能真正成功呢？《成功学大全》大概 30 块钱一本，京东上有卖。但是真正要有大的成功，首先要有气度和格局，要"放得下"，不要被一些很现实的"实惠"挡住自己的双眼，傻一点，憨一点。为了自己的理想，要懂得付出，也要懂得分享。机箱很大，但是价值只是芯片的几分之一，要学会做体系中最重要的部分，而不是全部。不要想一人包打天下。做全部，往往做不大；做核心，让一个体系围绕你工作，你的价值就会被放大。放下自我，才能找到自我。要相信"大家好，才是真的好"。真正的爱，是"爱别人"，"爱别人"的意思是"不要只爱你自己"。"爱自己"并没有错，只是档次不够高。

最后，预祝大家继续做个"三好生"。这三好，是"好习惯，好心态，好人缘"。"好习惯"是希望大家记得，无论何时何地，无论贫富贵贱，"劳动、助人"是快乐之本。"好心态"是指无论我们被别人评价成功与否，我们自己对自己的评价最重要；"成就感"是驱动你攀登下一个高峰的精神动力的源泉，这种成功的感觉只能自己给自己。"好人缘"是针对有些人说我们清华人"有智商没情商",其实好人缘不是靠请客送礼拉关系,多帮助别人,少麻烦别人,你就会有好人缘。

最后,是感谢,是祝福!再次感谢学校给我这样一个机会,祝福学弟学妹们在未来的工作生活中前程似锦!希望工作带来的成功和快乐能够伴随你的一生!

谢谢大家!

坚定、坚持、坚守你的理想

——在清华大学2013年本科生毕业典礼上的发言

雍瑞生

1982年进入清华大学化学工程系学习，1987年毕业后主动申请回到宁夏回族自治区参与西部建设，进入中国石油天然气集团公司宁夏石化公司工作。历任调度科长、尿素车间主任、生产管理处副处长、厂长助理、副总经理等职务。2005年担任中石油宁夏石化公司总经理、党委副书记。2013年担任中石油广西石化公司总经理，党委副书记。2018年1月任中石油安全环保技术研究院副总经理，党委委员。2010年获"全国劳动模范"荣誉称号，2013年当选为十二届全国人大代表。2020年9月被华中科技大学聘为兼职教授。

尊敬的各位老师们、家长们，同学们：

大家好！

今天，在你们人生中难忘的时刻，我非常荣幸站在这里，共同见证大家的喜悦和荣耀。我要向各位圆满完成学业的同学们表示热烈祝贺！向养育你们的家长们表示衷心祝贺！向培养我们的母校老师们表示深深的感谢！

26年前，我曾作为优秀毕业生代表在毕业典礼上发言。此刻，再一次站在讲台前，我思绪万千。我想今天我能荣幸地站在这里，理由只有一个：那就是我用26年的时间，实现了毕业时的庄严承诺。

26年前的7月，我响应号召，"到祖国最需要的地方去"，主动申请回到边远的大西北，参加家乡建设。26年来，我一直坚守在宁夏，坚守在这个当时还非常贫困落后的少数民族地区。一晃26年，我从一个普通员工成长为企业管理者，我们企业也从一片戈壁荒漠，发展到现在拥有500万吨炼油和三套大化肥装置的大型石化企业；年产值从7亿元发展到300亿元；从计划经济体制下的粗放型管理发展到与世界一流接轨的现代化管理。企业这26年的变化，也从一个侧面展现了我国改革开放30年的发展成就。

企业在变强、城市在变美，但我对理想的坚定、坚持和坚守从未改变！无论环境和工作岗位如何变化，我都守得住志向、耐得住寂寞、经得起诱惑，认准目标，坚持理想。

同学们即将毕业，面对新的选择，可能既踌躇满志又心怀忐忑，在此我想以校友身份，与大家分享几点体会。

从适应到改变

26 年来，我的眼前始终不能忘记一个画面。1987 年，我用肩膀扛着一个沉重的木箱到单位报到，那是父亲亲手为我做的行李箱，没有把手，也没有轮子，只能扛着。在离单位最近的汽车站下车后，我被扑面而来的风沙吹得睁不开眼，迎着漫天黄沙又步行了 15 里地，终于来到了位于贺兰山下的宁夏第一套大化肥装置现场。报到后，师傅把我上下打量了一番，然后说："你真是清华的？怎么到这儿来了？"

那一刻，看着被风沙遮蔽的化肥装置施工现场，我心中的理想被激发得更加坚定。26 年前，我作为一名普通员工，带领公司技术人员与设计单位共同完成了大型氮肥装置国产化。14 年前，我作为副厂长，带领大家建设投产了第二套部分国产配套的化肥装置；今天，我带领我的员工正在建设国内第一套拥有自主知识产权的国产化大化肥装置。从全面引进到消化吸收再到自主创新，这个过程带来的自豪感和成就感是人生价值的最好体现。

同学们，当你们步入社会，理想和现实也许会有很大落差，但我们必须先学会适应环境，在日积月累的坚持中去实现人生的目标。无论你们做了什么样的选择、从事什么样的工作，必须树立从基层做起、从平凡做起的沉静心态，在理想和现实之间找到一条符合自身特点的发展道路。

在实现理想的过程中，你们肯定会遇到困难、困惑，但无论如何都要坚持下去，坚持得越长久，越有可能取得辉煌的成就。当年，化工系1977级学长曾提出了影响了我们一代人的口号"从我做起，从现在做起"。同学们，"从我做起"吧，做一个思想高尚的坚持者、做一个纯真美好的传播者、做一个埋头耕耘的实干者。用你们的理想和努力去实现中国梦！

从学习到超越

这些年，在繁忙的工作之余，我从没有停止学习的脚步。尤其是在美国斯坦福大学做访问学者期间，在硅谷参观了众多国际大公司后，坚定了我学习国际一流科学管理的决心。我结合宁夏石化实际，引进并创新地推行了安全管理、5S现场管理、绩效考核体系、合同能源管理等国际先进管理模式，成功实现了从传统管理到现代化管理的超越，连国外咨询专家都对我们的管理赞不绝口。

一个负责任的国企，除了为国家创造经济价值，还要承担起社会责任、环境责任，更要担负起为企业员工创造更有尊严更幸福的生活的责任。去年以来，我们推行了健康管理体系建设，帮助员工养成良好的体育锻炼习惯和阳光积极的生活态度。在自主管理团队创建的氛围中，员工学会了从工作中得到快乐、从奉献中找到幸福。

苏格拉底说过，如果你的心智清明而敏捷，终究会掌握到真理。真理是存在的，但你必须耕耘你的心智。只有当你的内心高尚纯洁，思维才会豁然开阔，对真理和幸福的追求就会越来越清晰。

同学们，未来的事业中，立足于平凡岗位的过程，就是大家修炼自身、超越自我的过程。作为清华人，毕业后，一方面要养成体育锻炼的习惯，强健体魄，实现为祖国健康工作五十年的号召；另一方面，要把"为社会进步、为人类发展做贡献"作为最大的追求和担当，把个人理想和国家需要紧密结合，时常耕耘心智，在持续的学习和实践中修炼自己，在追求真理的过程中不断超越，去勇敢实现你们今天的梦想。

从感恩到奉献

今后不管从事什么职业，我们都要常怀感恩之心。当感恩成为一种习惯，我们会更多地珍惜生活中的美好，而不会把它们视为理所当然。学会感恩，我们就不会把工作当成负担，就会在平凡中找到乐趣，就会把利及他人、奉献社会当作最大的幸福。

感恩同学情 在清华学习，同学们形成了终身难忘的纯真友情，我们班就是一个例子。20多年来，我们一直保持着非常密切的联系。若干年前，大家为一个心脏需要做大手术的同学凑足了手术费，虽然当时大家都不富裕。后来有个同学得了白血病，大家想尽办法给他治病，一个在美国加州的同学，硬是从美国请了最权威的白血病专家，远程为他做了完善的骨髓移植手术方案，并遥控指导手术。所以，今后无论工作有多忙，常和同学联系，互相鼓励、互相帮助、互相扶持，在不同的领域攀登高峰。请大家记住：牵了手的手，今后还要一起走！

感恩父母情 同学们很快就要经济上独立了，将会有更好的条件报答父母的养育之恩了，别忘了父母对你们的期望不只是事业有成，更重要的是健康幸福。工作后，除了经济上的支持，别忘了常回家看看，和父母沟通思想，汇报工作，对他们给予心灵上的慰藉。我们中国人比较含蓄，今天我提议，典礼结束后，同学们给自己的父母一个深深的、紧紧的拥抱，因为他们是这个世界上最爱你的人。

感恩母校情 母校不仅培养了我扎实的知识基础和卓越的学习能力，培养了我不断进取、追求卓越的工作态度，更培养了我重任在肩、胸怀天下的情怀。毕业后母校也一直关注着我的发展，2010年我获得"全国劳动模范"称号后，校友总会的老师第一时间就来采访我。2013 年我又光荣当选十二届全国人大代表，与会期间，学校还专门邀请我回校看看。我非常感谢母校对我的关怀和鼓励，此时此刻，我发自肺腑地想说一句："我读清华门下，清华助我一生！"

同学们，幸福不仅在于登顶后的"一览众山小"，更在于攀登过程中的不断自我超越。坚定、坚持、坚守你的理想吧，若干年后，你们一定可以成就一番事业，为母校争光！

我相信——你们一定能够成功！

做不断学习、勇于创新的清华人

——在清华大学 2013 年夏季研究生毕业典礼上的发言

邓锋

1981 年进入清华大学无线电电子学系学习，分别于 1986 年、1988 年获得学士、硕士学位。并先后获得南加州大学计算机工程专业工学硕士学位和宾西法尼亚大学沃顿商学院工商管理硕士学位。邓锋于 1997 年发起创立了网屏技术公司（NetScreen），该公司于 2001 年在纳斯达克成功上市，后于 2004 年被瞻博网络（Juniper Networks）以 42 亿美元收购。2005 年创立北极光创投，目前主导管理 5 支美元基金和 5 支人民币基金，管理资产逾三百亿人民币。长期聚焦早期、科技领域投资，致力于培育世界级的中国企业和企业家，在高科技、互联网、消费及健康医疗等领域已领导投资数百家企业。直接负责投资及投后管理的部分公司包括：美团网，中科创达，兆易创新，山石网科，艾诺威科技，展讯通信，腾讯音乐，蓝港互动，中文在线，连连科技，百合网，华大基因，泽璟制药，中信医药，燃石医学，太美医疗等。

各位老师、亲爱的学弟学妹们、亲友和家长们：

大家上午好！

非常感谢学校给我这么高的荣誉，让我在同学们的毕业典礼上讲几句话。作为师兄，首先让我向你们顺利完成学业表示最热烈的祝贺！

今天站在这里，我心情很激动，25 年前从清华毕业时的画面又浮现在眼前。和你们一样，我们当时有些人踌躇满志，对未来充满憧憬；也有些人对离开学校进入社会感到迷惘和困惑；当然，我们大家更多的还是对清华园几年同窗情谊的眷恋和依依不舍。我特别理解你们此刻的心情！建议你们今天毕业仪式结束以后好好地庆祝一下，释放一下自己，彼此多说说离别前的真心话。根据我自己的体会是，这几天的交流可能多于这两年加起来的交流。

时间过得真快，一晃 25 年过去了。从清华毕业后，我先在中关村创业，又随着留学大潮出国成了留学生，研究生毕业后在英特尔做了几年清华硅谷 IT 男。1997 年，在硅谷的创业大潮到来时，我和清华的几个同窗一起在车库创业。经过 20 世纪末、21 世纪初硅谷行业的蓬勃发展和泡沫破灭，我们终于在 4 年后顺利地带领公司在纳斯达克上市。又过了两年，把公司卖掉，做了海归。2005 年，在中国的风险投资行业刚刚起步时，我回国创办了北极光创投，做了一名风险投资家，致力于为中国培育下一代的高科技企业和世界级的企业家。北极光所投资的公司中，有很多是我们清华校友创办的：包括陈大同、武平校友创办的展讯通信，王兴学长创办的美团网和田范江学长创办的百合网。2005年，我还参与创立了清华企业家协会（Tsinghua Entrepreneur and Executive Club，简称TEEC），并有幸被选为第一任主席，和200多个清华校友企业家一起，为回馈母校贡献自己的力量。

回顾自己毕业后所走的路，我一直在想，到底清华的哪些东西给我的事业带来了帮助呢？

首先，清华带给我事业发展的能力和自信。清华一直倡导脚踏实地、行胜于言的校风，我们不仅学到了知识，也培养了各方面的能力。

其次，比能力和自信更重要的是世界观和价值观。在清华我受到了理想主义和集体主义的熏陶，它教给我追求梦想、坚持真理，也教给我对自己、对社会的责任感，以及回馈学校和社会的公益理念。自强不息、厚德载物成了我一生的座右铭。

最后，清华也带给我一个永远的、值得骄傲的品牌符号，以及一群有着共同价值观的终身朋友。清华带来的品牌和校友圈对我的一生都有重要的影响，可以说是：一日清华，终身清华。

学弟学妹们，你们即将离开校园，跨入社会。今天在这里，我想以我几十年的人生经历，给大家一些建议，分享一些感悟，希望对你们即将开始的人生新篇章有所帮助。

一定要培养自己快速适应环境和持续学习的能力

毕业之后，你会发现外面的世界和学校的环境很不一样。随着信息科学技术的发展，社会变化的速度越来越快，知识的更新换代速度也越来越快。一出校门，你就会发现自己在学校里学的东西远远不够。很多需要用的东西没有学，很多过去学的东西可能已经没有用了。因此，只有不断学习才能跟得上时代的进步。不要以为从清华毕业后这辈子就不用再考试、不用再碰书本了。我自己的体会是，目前我日常工作中用到的知识中，至少有90%来自于毕业之后。当年我从清华毕业的时候，连"防火墙"这个词都没有听过，更不要说自己会去创办企业专门研制它了。而10多年后我创办网屏技术公司，从头开始研发全球最先进的防火墙，靠的就是持续不断地学习。好消息是，你学得越久，就越会把学习当成一种习惯，而且越会发现学习是一件快乐的事情。我现在做风险投资这一行，最大的乐趣就是每天学习新东西，走在时代前列，做一个"潮人"。

因此，我的建议是：一定要把学习当作终身的事业，活到老，学到老，保持对事物的兴趣、好奇心、敏锐的观察力和快速的学习能力。同时，需要学习的东西也不仅仅是专业知识，还要特别注意情商管理、人际关系处理、领导力等各种能力。

要勇于创新

毕业之后，你们可能会发现中国社会各行各业都是红海一片，干什么都竞争很激烈。这时只有靠创新才有机会胜出。我相信清华的同学绝不仅仅追求生存，你们每个人都会希望在事业上取得一定的成就，报效国家和学校。勇于创新要做到什么呢？

首先，要敢于走别人没走过的路。现代社会瞬息万变，不断有新的机会冒出来，但没有任何历史经验可以借鉴，同时很多机遇又容不得你细细想清楚，如果总是想等到收集齐完整的信息才能够做决定，往往会错过最佳市场时机。第一个敢吃螃蟹的人，往往比随大流的人更有可能取得较大的成功。在20世纪80年代读书时，我带领电子协会的学弟学妹们创业。在当时的学校中还没有人创业，因此被人称作"个体户"，可以说在当时开了学生的风气之先。早期走在时代的前沿，为我将来的创业生涯打下坚实的基础。要做到敢为人先，你还必须敢于承担风险和面对失败，卓越的领导者无不遭遇过数次挫折，却往往越挫越勇。苹果的创始人乔布斯为了创新，多次面对商业上的失败，甚至被董事会赶出自己所创办的公司。但他还是坚持创新，坚持遵从自己的内心，最终成就了一生的传奇。我们在创办网屏技术公司的时候，所开发的第一款产品的防火墙，不仅仅失败了，还被业界所笑话，因为它根本就不是防火墙，当时我们认为它是防火墙。但是本着清华人的精神，我们努力学习、坚持不懈。不久，我们开发出了国际最先进、最尖端的高端硬件防火墙。所以，一时失败和挫折并不是可怕的事情，相反，我们要尊重那些敢于冒险、敢于犯错的人，从长远看，他们也更容易取得成功。

其次，要敢于为了上一座高山而先下一座小山。清华的学生毕业之后往往能进入一个收入和地位相对不错的岗位，但这也往往可能妨碍了你们追求更高的理想。马化腾突破自己，在QQ的基础上推出了应用更广的微信；马云不断地突破自己，在阿里巴巴B2B的网站上推出了应用更广泛的淘宝、支付宝。就我自己而言，从国内创业到小有成绩时，选择了出国留学；到放弃英特尔百万的股票期权，出来创业；再到卖掉上市公司，回国成立风投。亲身经历了三次先下山再上山的过程。时至今天，我不知道所做的投资公司是否可以更成功，但是在我人生中的三次归零，不断地突破自己，让我感受到追求理想的过程比结果更快乐。当初我在国内创业搞得风生水起，为了出国不惜放弃一切从头开始。我在创办网屏技术公司的时候，也是放弃了即将到手的价值100万美元的英特尔期权，和几个清华校友在我家的车库里创业。那时候我的第一个孩子刚出生，我太太也没有上班，我们还刚买了房子，欠了不少债，也不知道是否能融到资，今后能做多大。可是我相信自己的直觉，相信我们能做出一家伟大的公司。4年之后，网屏技术公司在纳斯达克上市。2年后，我们以42亿美元的价格被瞻博网络公司（Juniper Networks）收购。敢于放弃当下优越的条件，追随自己的内心，从零开始，这也是一种创新的思维方式。

怎样才能生活得更快乐

幸福感是每个人追求的重要目标。如何才能更加幸福地生活？我的体会是有梦想、有追求，同时保持积极乐观的人生态度，和拥有一颗感恩的心。

有些人很幸运，他所追求的梦想和他所做的是一致的。但对大部分同学来说，理想很丰满，现实很骨感。毕业后你们可能面临买房、买车的压力，不得不选择一份跟自己理想有出入的工作。但请同学们记住，不要放弃你心中的梦想。只要它还在燃烧，你的人生就有机会丰满起来。努力让梦想照进现实，并不断地为之奋斗，生活就会更快乐。

同时，做人要始终保持一种积极乐观的生活态度。人生中总有晴天，也有雨天。要学会在晴天的时候保持平和、谦逊的心态；在阴雨天要保持乐观、向上的正能量。现在社会压力无处不在，一定要学会化解压力。用宽容平和的心态来对待别人、对待自己，才能使自己的生活更充实、更快乐。

最后，要有一颗感恩的心。对人要友善，对社会要懂得回馈。这么做自己最幸福。这些年在追求事业新目标的同时，我越来越多地参与一些公益事业，力所能及地为清华大学基金会做一些工作。我在清华设立了"登峰基金"，就是希望能够资助有需要的同学，进一步提升清华学生的领导力。做这些事情时，我感到收获最大、最幸福的是我自己。

总的来说，我认为幸福的生活不是达到什么物质上的目标，而是实现一种精神境界的追求、是一种生活的状态。

天行健，君子以自强不息；地势坤，君子以厚德载物。

同学们，清华给了我们很高的起点，但同时也带给我们责任。希望你们不负清华这块牌子，把压力转化为动力，当 20 年后你们母校再聚时，都在不同的领域中作出了贡献，成为国家的栋梁之材。同时拥有快乐、幸福的生活。

最后，祝学弟学妹们成功！

谢谢大家！

无悔的选择

——在清华大学 2013 年春季研究生毕业典礼上的发言

魏华伟

2005 年进入清华大学法学院学习，师从章程（张卫平）教授，2008 年毕业并获得硕士学位。毕业后，积极响应中组部等部门要求大学生到基层任职的号召，主动要求回河南省担任村官。历任河南省上蔡县文楼村党支部副书记，上蔡县芦岗街道办事处党工委副书记，文楼村党支部书记，共青团上蔡县委副书记，共青团驻马店市委员会党组成员、副书记，上蔡县专家人才服务中心主任，上蔡县无量寺乡党委书记等职。现任河南省驻马店市泌阳县委副书记、县长。

尊敬的各位老师、学弟学妹们：

非常荣幸应母校的邀请参加今天这个隆重的毕业典礼，请允许我对圆满完成学业、即将走上工作岗位的学弟学妹们表示最热烈的祝贺！感谢学校给了我今天这个机会，能够让我对教我育我的老师们说一声：谢谢！

2008 年研究生毕业后，我响应党的号召，满怀激情与憧憬地来到了河南省上蔡县文楼村——省级艾滋病帮扶重点村。在文楼 4 年多的时间并不算长，我经历了不少事情，我很高兴有机会和大家分享这些年的感受：

对我来说，选择到农村工作并非一时心血来潮，母校清华有着"爱国奉献"的优良传统，读研期间通过社会实践和走访校友，我逐步确立了自己的毕业去向。我曾与院党委书记李树勤老师一起探讨过人生选择，李老师知道我有到基层工作的想法后，就鼓励我说："一个人对祖国和人民贡献的大小不仅取决于他所掌握的知识多少，更取决于他的综合素质，取决于他毕业后的人生选择。愈是艰苦的地方愈需要人才，愈能锻炼人，年轻人眼光一定要放远一点。"老师的鼓励使我更坚定了自己的志向。因此，当中央组织部发出选聘高校毕业生到农村任职的号召后，我义无反顾地报名参加。

文楼村是一个闻名中外的"艾滋病村"，全村共有 3611 人，现在仍有 339 人感染了艾滋病病毒，不少人对艾滋病心存顾忌，村民们的外村亲戚和他们断绝了往来，村民外出打工也不敢自报家门。我选择去文楼任职，也是为了挑战自己。

入村后，我被任命为村党支部副书记。进村的第一天，就有村民说，"你是来镀金的吧？""是不是在学校表现不好，被发配到咱文楼了？""干得好，敲锣打鼓送走，干得不好，砖头砸走。"也有人议论，"你来我们村，就不害怕艾滋病吗？""你一个大学生能做什么农村工作？"总之，说什么的都有。面对村民的质疑，我没有去争辩，而是利用两个月的时间，走遍了全村17个村民组、700多户村民家庭，对全村情况有了较为全面的了解。渐渐地，我和村民的关系近了，工作也慢慢上道了。

还记得刚入村不到一个月，村民们种植的10万多斤木耳没有销路。我自告奋勇，跑到郑州找销路，因为是"艾滋病村"的木耳没人愿意买，我只好找领导和朋友帮忙。几天的风餐露宿，我得了急性阑尾炎，做完手术第二天我就躺在病床上联系买家，终于将木耳销售一空。这件事让我成了村民们"可以掏心窝子的亲人"，村民们也把我当成了"自己人"。

贫穷曾经是文楼的标签，许多人因为卖血感染艾滋病。到村不久，几个村民找到我说："魏书记，我们病号出去打工受歧视，重活又干不了，你能不能引进几个项目？"看着他们期盼的眼神，我下定决心，一定要让村民们摆脱贫穷。

2010年，我联系了一家节能灯生产厂到村里投资，但厂家一听说有艾滋病，便婉言回绝了。外面的企业不来，我们就自谋出路。我和村"两委"班子经过认真分析，决定利用文楼多年的蔬菜种植传统以及靠近县城的地理优势，鼓励村民成立合作社发展大棚种菜。为引导群众转变观念、增强信心，我们多次组织村民出去参观考察，据村里一个党员统计前后共开了 29 次会。功夫不负有心人，2010 年终于有几户村民带头投资新建了温棚，去年最好的一户销售收入达到 6 万元。村民雷铁山对我说，"魏书记，你当初让我建棚，我怕赔本不敢干，还责怪过你，现在赚钱了，真不知怎么感谢你。"在我的倡议和协调下，村里转包菌种厂，搞活饲料厂，流转 650 余亩地引进高科技农业示范园项目，一个个新项目兴办起来了。

做农村工作就是做群众工作，要想群众所想、急群众所急，才能把工作做到群众心坎上。下雨天，我到五保户家看看是否漏雨；天旱了，我到水利和电力部门争取变压器和抗旱设备；道路坏了，我到县里争取修路资金；村民发展缺资金，我帮忙联系小额贷款；谁家的孩子考上大学了，学费不够，我帮着找些赞助。我的努力付出，群众看在眼里、记在心里，他们回馈给我的是信任与支持。2009 年 8 月我全票当选文楼村村委主任，2011 年 11 月我又当选文楼村党支部书记。在工作中我深刻地体会到只有得到群众的支持，我们做起事情来才能有底气。

在走访群众的时候，我发现村民文化生活贫乏，很想有个小剧团丰富业余生活，我也觉得文楼除了脱贫致富，更需要振奋村民精神、树立文楼形象，我支持大家把小剧团做起来。当我正在为购置乐器和服装道具缺乏经费而发愁的时候，我得到了来自母校领导老师的支持，学校的新百年发展基金给予了6万元资金，小剧团终于搞起来了。我们的小剧团既可以演出传统剧目，也把孝顺父母、自立自强、子女教育、法制宣传，以及党和政府在艾滋病救助方面的成效等具有时代感的内容编排了进去。小剧团把村民的精气神都调动了起来，村子整体精神风貌发生了可喜的变化。

到文楼后，我更深体会到做好农村工作的根本是依靠群众、加强制度建设，既要充分发挥"两委"班子的领导作用，又要尊重、采纳村民的意见。各级党委和政府一直关注文楼，给予了很大的支持，去年春节河南省卫生厅驻村工作队又送来了1400壶食用油。因为群众对前几年的分配方案意见特别大，我与村"两委"班子通过走访群众，听取意见，形成初步方案，又召开村民代表大会讨论，最终讨论达成了一致。这次分油过程公开透明，第一次没有发生村民上访的事。

4年来的农村生活、工作，我遇到过好多困难，最难的就是克服对艾滋病的害怕心理。现在想想刚到文楼的时候，自以为乐观的心态就是一种"憨胆大"。当我不断地看到、听到身边的艾滋病人去世，特别是2010年，一位朝夕相处的村干部发病10

天就骤然离世，说实话我真的有些担心。将近半年的时间，只要身体一不舒服就往艾滋病上想。在组织的关心和学校老师的鼓励下，我最终战胜了自己，克服了这个心理障碍。

4年多来，我由衷感到国家和学校引导我们下基层的决策是正确的，基层工作得到的锻炼将使我终身受益。这几年里，我被问到最多的问题就是："你不后悔吗？"我不后悔！选择当村官，也许我失去了舒适的环境、优厚的待遇，但我收获的是意志的历练、能力的提升、性情的陶冶。文楼的村民们在逆境中对生活的乐观和对美好未来的执着追求，让我乐观地面对将来可能发生的困难；村民对党对政府和社会的感恩之心教会了我宽容；病毒携带者家属对亲人的不离不弃让我感动，这种朴实的责任感是伟大的。我相信这些感受会鼓舞和激励我一生，正如习近平同志与大学生"村官"代表座谈时指出的："农村基层是青年学生熟悉当代中国社会、了解中国基本国情的最好课堂，也是我们党培养人才、锻炼人才的重要阵地。"

4年多的踏实工作，群众满意了，组织肯定了，我自己也进步了。2011年1月我被任命为上蔡芦岗办事处党工委副书记；2011年4月被推选为驻马店市第三届党代会代表，2011年8月被推选为中共驻马店市第三届委员会候补委员和河南省第九届党代会党代表，河南省委组织部还发出了向我学习的通知。我多次作为村官代表参加中组部组织的大学生村官座谈会并交流工作经验。学校的领导老师们的关心、肯定和支持也一直鼓舞着我，史宗恺老师和法学院的领导老师们多次到村中看望我。

最后，我想对大家说：清华人为了国家富强、民族崛起，要敢于承担责任、敢于直面艰苦。正如陈吉宁校长所说"受得了委屈，经得起考验，耐得住寂寞，始终坚持原则，永远乐观向上"；清华人在工作岗位上要戒骄戒躁、俯下身子、贴近群众，向群众学习、向实践学习；清华人要始终坚持用知识开阔自己的思想胸襟，不断学习、不断进取；清华人要始终坚持用实践铸炼自己的理想信念，要在平凡的岗位上不断追求卓越，"做第一流的事业"。

学弟学妹们，我想用下面的话与你们共勉：立大志要从选方向做起，上大舞台要从敢担责任做起，成大事业要从淡泊名利做起。

谢谢！

新发于硎 傲然不群

——在清华大学 2012 年本科生毕业典礼上的发言

王曦

　　1983 年进入清华大学工程物理系学习，1987 年提前一年毕业，并被保送到中科院上海冶金所攻读硕士、博士学位。中国科学院院士。历任中科院上海冶金研究所副研究员、第十六研究室副主任、离子束开放实验室主任、第三研究室主任，中国科学院上海微系统与信息技术研究所所长助理、副所长、党委副书记、党委书记、所长。中国科学技术协会副主席（兼），上海高等研究院院长、科学技术部副部长、党组成员。现任广东省政府副省长、党组成员。第十九届中央候补委员。

各位老师们、同学们：

非常荣幸应母校邀请参加今天这个隆重的毕业典礼。请允许我对圆满完成学业、即将走上工作岗位的学弟学妹们表示最热烈的祝贺！

面对这熟悉的校园、在座的各位老师和同学，不由使我想起，当年的我曾经像你们一样，风华正茂，意气风发。我 1983 年考入清华大学工程物理系，1987 年因学业成绩优秀提前一年毕业，并被保送到中科院上海冶金所，也就是今天的中科院上海微系统与信息技术研究所攻读硕士和博士学位，1993 年起留在上海微系统所工作至今……回眸这段人生经历，最让我自豪的是曾经改变我人生道路的两次选择，其中，不乏取得成功的喜悦、更有遇到挫折的坚持。今天，我想回顾自己一路走来的人生经历，和大家一起分享其中的甜酸苦辣。

常怀感恩之心，报效祖国养育之恩

1987 年我从清华毕业之后，本来是可以留在清华继续攻读研究生的，可我是个恋乡情结比较重的人，我非常愿意回家乡上海，所以我选择了到中科院冶金所读研究生，至今已经 25 年。其间有过高薪留在海外的机会，这就是我的第一个重要选择。博士毕业后，1996 年我到欧洲最大的离子束材料研究基地德国罗森多夫（Rossendorf）研究中心做"洪堡"高级研究员。那时的我非常单纯，就想抓住一切机会，到国外，去技术领先的科研机构学习先进技术；向那里的导师、同事乃至熟练的实验师，学习各种知识技能。尤其是在德国作为访问学者的那段日子，觉得特别的如鱼得水。舒适的生活环境，先进的科研设备，使我沉浸在科学的殿堂之中。而此时，实现科研梦想和回到家乡报效祖国的两条路摆在我的面前，我在两者间做着艰难的抉择。恰好上海微系统所所长出差途经德国，专程来到莱茵河畔和我进行了彻夜长谈，他给我介绍了当时中国科学院正在实施的知识创新试点工程，大好的形势、优惠的科研政策强烈地吸引着我，给予我回国后也可以在科研上大展宏图的信心。为此我婉言谢绝了德国知名教授的再三挽留，义无反顾地带着夫人和出生才3个月的孩子回到了祖国，投身于自己所热爱的科学研究。现在回想起来，当时的这个选择，是我人生中最为重要的一个正确决定。因为我常想，作为一个科研人员，只有在祖国的怀抱里，才能脚踏实地地去探索，才能实现自己的志向，才会大有作为。

今天，随着国家综合实力的日益提升，国家对科技的投入也日益增强。在我所主持的研究所和国家重大专项中，科研经费的比例比20年前有了长足的提高，科研经费、科研环境、科研设备都已经焕然一新，有的甚至已经处于国际领先水平。从20世纪80年代的出国热，到现在的回国潮，足以证实了国强民富，国盛民尊。我想说：你们赶上了好时候，国家对教育的大幅度投入，母校和老师们的悉心培养，还有你们自身的努力，今天你们终于要走上社会，迈向人生的第一步。在感恩社会、感恩母校、感恩老师、感恩父母的同时，别忘了报效祖国是我们清华人义不容辞的责任。

紧紧围绕国家需求，实现人生目标

刚回国时，我有很深的"基础研究情结"。当时的所领导给我指出："首先是要做满足国家战略需求的事情，基础研究仅仅是你个人的爱好，可技术转移和产业化问题，却是关系到社会需求、国家战略的大事！"，这次谈话令我终身受益，我暗下了决心，一定要围绕国家的战略需求，实现自身的人生目标。现在我们科学院有句话叫作"顶天立地"，咱们清华的科研理念也是"顶天立地树人"："顶天"就是在基础研究方面做得非常杰出，"立地"就是能够把产品的产业化做得好。

早在 20 世纪 80 年代初，我们微系统所就已经开展新一代硅基先进电子材料绝缘体上的硅（Silicon-On-Insulator，简称 SOI）技术研究，这里的基础研究水平始终处于世界先进地位。虽说有了这方面的一些专利，但研究重点主要针对航天、军工等，所以SOI 技术始终也就停留在论文水平。加上实验室条件也比较差，十多年的研究成果被束之高阁，中国始终没有制备出可以真正投人使用的产品。我感觉到了加大我国 SOI 技术的应用研究力度，进而实现工业化和商业化，任务已经迫在眉睫了。在国家有关部委和中科院领导的大力支持下，由我和 6 位博士组成的创业团队着手创建上海新傲科技有限公司，开始了艰巨的 SOI 材料产业化道路。创建新傲公司是我人生第二个重要的，而且正确的选择。

最近，温家宝总理在中国科学院第十六次院士大会上再次强调指出：科技体制改革的关键，就是建立以企业为主体、市场为导向、产学研相结合的技术创新体系。企业不仅要成为科技成果产业化的主体，更要成为技术研发和创新的主体。由此可见科技和经济结合的重要性，在经济发展到一定阶段，科技将成为其唯一取胜的砝码。

齐心协力，永不言败，始终保持积极向上的精神风貌

新发于硎，傲然不群。这是我和我的创业团队在创办上海新傲科技有限公司时，共同确立的公司文化理念。新发于硎，出自《庄子》之《庖丁解牛》，寓意"初露锋芒、朝气蓬勃"。傲然不群，出自"卓尔不群"一语，寓意"技术先进、行业领先"。

回想创业初期的那段日子，可以用"事非经过不知难"来形容。从融资、设备引进、技术突破、开拓市场等所有的过程都充满着艰辛，每一个环节都足以使人放弃，但是我们坚持下来了。成功之路不平坦，也没有捷径，关键在于要有永不言败

的精神，在挫折面前永不放弃。初生牛犊不怕虎。你们正是那刚刚踏上人生道路的小牛犊，要保持这种状态，敢于创新，勇于突破，用行动来来实现自己的理想和追求。

不管是普通的工作，还是科研活动，都需要团队合作精神，单打独斗是终难成局面的。我们新傲公司的成功，最重要的是有一个团结协作、齐心协力的创业团队。当时，在我的带领下，研究所 SOI 课题组主要技术骨干毅然全部进入了新傲公司，集体创业。在困难面前，我们并肩作战、互相鼓励；在荣誉面前，我们淡泊平和、互相谦让；我们共同经历风雨、也共同迎来事业的成功。天道酬勤，经过这几年的共同努力，我们团队获得了国家科技进步一等奖、中国科学院杰出科技成就奖。

"有志则有为，有勤则有才，有恒则有成，有创则有新"。我用这句话和大家一起共勉，希望大家能珍惜良好的社会环境，抓住机遇，明确自己肩负时代发展的责任和使命，勇于创新，大至为国家、为社会，小至为实现自己的人生目标而不懈努力。我也希望大家能牢记"自强不息，厚德载物"的校训，践行"行胜于言"的校风，为母校增光添彩。

最后，预祝大家前程似锦，大展宏图！谢谢！

认准的路就要坚定地走下去

——在清华大学 2012 年夏季研究生毕业典礼上的发言

陈薇

　　1991 年清华大学化学工程系硕士毕业，同年 4 月入伍，1998 年 6 月军事医学科学院博士毕业。生物安全专家，中国工程院院士，少将军衔，"人民英雄"国家荣誉称号获得者，现任军事科学院军事医学研究院生物工程研究所所长、研究员。第十三届全国政协委员。长期从事生物防御新型疫苗、抗体和生物新药研究，成功研发我军首个病毒防治生物新药、我国首个国家战略储备重组疫苗、全球首个新基因型埃博拉疫苗、全球首个进入临床试验并上市的新冠疫苗。获"何梁何利科技进步奖"、军队"科技创新群体奖"，入选首批军队高水平科技创新团队，荣立集体一等功。

各位尊敬的老师，亲爱的同学：

大家好！

首先要恭喜我的师弟师妹，今天绝对是你们人生中值得骄傲和自豪的一天，我很荣幸，有机会能和你们一起分享这一重要时刻，能够成为第一时间祝贺你们毕业的人，能够让我有机会对我们的老师再说一声：谢谢！

我清晰记得，1991年4月，一个春雨绵绵的早晨，一辆军车把我从清华园载到军事医学科学院，开始了我携笔从戎的军旅生涯。弹指一挥间，21年过去了，在今天这个结束与开始并存的特殊日子里，我想用4个词与大家一起分享这些年的所感所悟。

关于选择

我硕士就读化学工程系，全系仅有3个女生，我学的是生物化工专业，当时很热门，毕业前夕很多企业的负责人甚至就守在我们研究生公寓门口。那时，同学们都把出国留学或者进大公司作为第一选择，我也不例外，选择了深圳一家著名生物公司。记得那家公司特高兴，请我和导师丛进阳老师在香格里拉饭店签了约，那是我第一次进五星级饭店。签约后不久，1990年12月，一个偶然的机会，导师派我去军事医学科学院取回实验需要的抗体，我才知道有这么一个特殊单位存在。进一步了解到，军事医学科学院成立于1951年，当时就是因为美军在朝鲜战场使用了细菌武器，周恩来总理亲自签署命令，从全国抽调最优秀的科学家迅速成立的，担负着我们国家防御核武器、化学武器和生物武器的特殊使命。我热血沸腾，心中产生了一种投身其中、贡献才智的强烈愿望。

没有想到，我参军的想法招来了一片反对声。我出生在浙江，父母一直希望我毕业后能够干实业，我的好友也劝我说："清华人到部队去等于是埋没了自己，入伍就意味着落伍。"的的确确，我周围的同学，没有一个是选择到部队去的。我要特别感谢丛进阳、曹竹安和沈忠耀老师，他们都非常支持我的选择。作为补偿，导师还动员了我两个师弟丁宝玉、何询与深圳那家公司签了约。如果说我今天做出了一点成绩，这是与当初的选择密不可分的。我始终认为，一个人的职业选择如果能与国家重大需求相结合，结合得越紧密，得到的支持越大，发展的空间越大，个人才华就能充分得以展示，个人价值才能被高倍放大。

关于坚持

读研究生时的我是一个很活跃的人，喜欢文字工作，是清华《研究生通讯》的副主编；喜欢跳舞，几乎每周末都光顾学生食堂舞会，而且还举办舞会；喜欢有挑战性的工作，是清华学生服务社咖啡厅的第一批"女服务员"。同学们当时都觉得以我的性格，将来不太可能从事纯粹的科研工作。

刚到军事医学科学院时，理想与现实存在很大的距离。我所在的单位地处丰台镇，1991 年那时候很荒凉，部队的生活很单调，也很清苦，与我同期特招入伍的陆陆续续都离开了部队，唯有我坚持了下来。即使 1993 年在庐山的一次全国学术会议上与师弟何询不期而遇，得知双方收入差距在百倍以上，也没有动摇军心。这一切都源于我对生物防御研究的兴趣和热爱，源于对这身军装的自豪和责任，也源于我有一个坚强可靠的家庭后方。多年来，我经历了别人不太容易承受的寂寞——潜心钻研，日复一日、年复一年。1995 年，我跨学科考取了微生物学的博士研究生，攻读基因工程专业。3 年后，我不仅以优异的成绩获得医学博士学位，而且被选入军事医学 A 类人才库。那时正逢我院军事医学人才断层、青黄不接之际，我被委以重任，开始领衔重大科研任务并崭露头角。2002 年，在我 36 岁时，被破格晋升为研究员，遴选为博士生导师。

经常有人问起我做出成果的诀窍，我回答说，成功的人，往往是目标不变，方法在变；而目标在变，方法不变的人容易受挫折。如果一个人 20 多年坚持一个研究方向，专注做一件事，只要方向正确，方法得当，换了谁都一样会成功。

关于淡然

2003 年早春，全国上空弥漫着"非典"阴霾。我们团队率先推出了预防"非典"新药——"重组人 ω 干扰素"。4 月 20 日，胡锦涛主席亲临我们实验室，高度评价"为党分忧，为民解难，拼搏奉献"。汇报工作后我跟胡主席说："我们是清华校友"，他非常高兴，说清华每年校庆都邀请他回学校，他工作太忙没回去，还说，清华人在部队里干得很有出息嘛。不知不觉，我和胡主席并肩走出了实验大楼，留下了珍贵的人生镜头。那一年，我与杨利伟等人一起获得了"中国十大杰出青年"殊荣，被评为总政、总参、总装、总后四总部非典防治工作先进个人、全军优秀地方大学生干部、中国十大科技新闻人物，在《新闻联播》《东方之子》《焦点访谈》等几乎所有主流媒体出现，仿佛顷刻之间，所有荣誉接踵而至，各大媒体纷至沓来。长年累月默默钻研在实验室的我，一下子走到了台前，突现公众视野，笼罩在各种耀眼的光环之下。

光环固然美丽，聚光灯的光芒也常会给人带来很多的幻觉。但面对这一切，我的心态并没有太大的改变，我一直认为自己只是替我们团队上台领奖的一个代表而已。多年来，在清华"行胜于言"的校风熏陶下，在军事医学科学院老一辈科学家的潜移默化下，对名利的淡泊已经成为融入生活的一种习惯。我非常清醒地认识到抗击"非典"只是我科研生涯一道绚丽的彩虹，我的生物防御研究主线没有改变，还是一直在踏踏实实继续做自己该做的事。2008 年出色完成了抗震救灾、奥运安保等应急任务；

2009 年获"求是"杰出青年奖；2011 年获"中国青年女科学家奖"。今年 5 月，我们团队历时 10 多年聚焦的某 A 类生物恐怖剂防控研究取得了突破性进展，达到了国际领先水平。尽管对荣誉坦然处之，但我非常珍惜荣誉给我、给我的科研团队，乃至整个单位带来的崭新机遇和广阔发展空间。我现在是总后勤部唯一的全国青联常委，在青联这个群星灿烂、精英云集的温暖大家庭里，我更加感悟了"淡泊明志，宁静致远"的人生境界。

关于家庭

在清华读书时，五一节与山东同学相约去泰山，火车上邂逅了我现在的丈夫，一见倾心定终身。我现在是军事医学科学院唯一的正师级女所长，同时也是一个快乐的母亲、幸福的妻子、孝顺的女儿和儿媳。我始终认为，一个女人，事业再出色，如果家庭不幸福，那她的人生是有缺憾的。"在工作中淡化你的性别，在生活中突出你的性别，睿智与亲和并存，执着与从容合一，出色工作，享受生活。"这是我对幸福女人的定义。

在我和丈夫相识 10 年时，我写过随笔，将其中一段与大家分享：10 年前，我与"一见钟情"的丈夫常常情不自禁地牵手相视而笑。10 年后，十指相扣的默契依旧，笑靥依然，只是相牵的手多了一双小手，而儿子灿烂的笑，更是我前进的源泉。

祝福在座的师妹师弟们拥有幸福的人生。谢谢大家！

用成功报效祖国　用卓越铸就辉煌

——在清华大学 2012 年春季研究生毕业典礼上的发言

徐小平

　　1990 年进入清华大学工程力学系学习；2000 年 1 月在清华大学核能与新能源技术研究院获得工学博士学位，导师为潘金生、朱钧国教授；2000 年 1 月至 2001 年 12 月在清华大学工程力学系动力工程与工程热物理博士流动站从事博士后研究，合作导师为顾毓沁教授。2002 年 1 月起在中国航天科技集团公司中国空间技术研究院工作，任载人航天总体部研究员，历任空间站系统副总设计师，现为货运飞船系统副总设计师。

尊敬的各位老师们，同学们：

上午好！

我非常高兴、更感到荣幸受到母校的邀请在这里发言，首先对各位学弟学妹圆满完成学业表示热烈的祝贺！我是1990级的学生，第一次踏入清华，已是20年前的事情。20年来，校园质朴、庄严的气氛，勤奋、严谨的学风巍然不变，随着一幢幢教学科研大楼的落成，一批批海内外名师的引进，母校历经百年却愈加青春焕发，不断朝着综合性、研究型、开放式的世界一流大学目标迈进，能够在这样一所大学里学习，是一种幸福。

下面我简单谈一下工作以来的三点感受：

选择自己终身无悔的事业

十余年清华的学习生活结束后，我进入中国空间技术研究院，从事载人飞船的研制工作，参与了"神舟六号""神舟七号"和"神舟八号"的研制任务，承担了载人空间站工程空间站系统和货运飞船系统的方案论证和设计工作。探索太空是一个具有科技与经济实力的大国和强国应当承担的使命和任务，我国载人航天分三步走，第一步实现了航天员的天地往返，突破了载人飞船技术；第二步实现出舱活动、交会对接和航天员中期驻留，为空间站工程奠定技术基础；目前，正在实施第三步空间站工程，实现航天员长期在轨驻留，建造成我国的太空实验室。去年刚实施的载人飞船与"天宫一号"的空间交会对接是实现我国空间站工程的核心技术之一，目前世界上只有美国、俄罗斯两个国家完全掌握这种能力。虽然航天领域有国际合作，但这类核心技术，外国对我们都是绝对保密的，与之相关的核心产品和元器件也是禁运的。要想实现交会对接，只能拿出像当年研制"两弹一星"那样的斗志与决心，依靠我们中国人自己的智慧，依靠我们中国航天人的拼搏！正是考虑到这些，我选择了做一名航天人。

常常有人对我说，航天是可以用辉煌来形容的。正如我们航天科技工作者的座右铭，"用成功报效祖国，用卓越铸就辉煌！"

"神舟八号"与"天宫一号"交会对接圆满成功之后，我所在的载人航天总体部获得国家四部委联合授予的载人航天突出贡献集体，获奖代表在人民大会堂受到了党和国家领导人的接见与表彰，这些都是航天事业带给我们的荣誉。

还有一个让人终生难忘的小故事，那是迎接"神舟七号"返回舱回家的时候。运送返回舱的平板卡车在八达岭高速上行驶时，沿途很多开车的司机认出了"神舟七号"！他们驾车减速跟着我们，鸣笛打招呼，无数的相机从车窗里伸出来，他们兴奋地向我们招手，他们用灿烂的笑容向我们致意。我们车上所有人完全被这种气氛感染了，热泪盈眶，自豪无比！这件事使我第一次感受到了"事业"二字给人带来的激动，感悟到了航天就是那个我可以为之奋斗而无怨无悔的事业！

伟大事业的成功开始于平凡艰苦的积累

辉煌只属于瞬间，我们更多面对的是每天极为平凡的工作。比如，在"神舟八号"和"天宫一号"的攻坚中，为了实现交会对接这项重大的技术跨越，我们的团队从2004年至今，几乎没有休过完整的周末，我们常笑谈"周六保证不休息，周日休息不保证"。飞机空投回收试验时，在戈壁滩上就要连续干上一个多月；测试返回舱的海上漂浮性能时，要专门选择恶劣的海况条件在大海上漂泊十几天。遇到攻关不顺利或任务紧张的时候，几天不能睡个囫囵觉是常事。在发射、对接和返回时，飞控现场很多人困了只能趁飞船出测控区时在椅子上打个盹儿。正是无数航天人默默无闻、十年如一日的踏实攻坚才有了发射成功的辉煌瞬间。用平和、认真和务实的心态做好这些平凡的工作，才是真正的追求卓越，也才能一次次迎来新的辉煌。

我们的每个工程都需要团队的协同作战，只有每个人更加主动地、认真细致地工作，才能铸就工程整体的成功。我们载人飞船的前任总设计师、我校校友戚发轫院士有句话，"没有决定，还不如一个错误的决定"，我在细细品味后才深深理解，做工程首先要敢于尝试，只有去做了，才知道问题在哪里，才有可能找到正确的答案。我们工作中面对的也不是简单的数据和设计图，而是我们国家花大力气培训出来的航天员的生命安全。我们在做飞船应急返回模式、弹道式返回时，看到航天员因承受很大超重而扭曲的面部表情时，我们切身地体会到了工作必须要认真细致，绝不能出差错。

自强不息、厚德载物是母校赋予我们的优秀品质

对于我们大多数人而言，进入工作岗位后，很难有权利选择具体的工作内容，但是我们绝对有权利选择是否把工作做好。工作中谦逊、平和的心态是非常重要的。我刚到单位的时候，是从做基本的数据处理、文字校对开始，这些是本科生都可以胜任的工作。我一方面严谨、认真地做好这些工作；另一方面凭着清华打下的坚实基础，从飞船的热控制研究这个专业方向做深入研究后不断向整体领域拓展。当然这个过程中，最重要的还是持之以恒，扛得住挫折、沉得住气。非常感谢母校的培养，在我们航天人的团队里，无论在中国空间技术研究院，或是在酒泉卫星发射基地，清华毕业生已经越来越多，他们都非常优秀，可以说在祖国航天事业这个舞台上，每个清华人都非常出类拔萃，他们绝大多数的共同特点是，一开始并不显眼，但不论在哪里最终都能在自己的岗位上挑起大梁。我们凭借的是母校赋予的知识与信念。今天，这些知识和信念正通过我们

传递到社会需要的岗位上。

除了个人的努力，任何一个清华毕业生都不是孤军奋战，母校永远都是大家的坚强后盾，老师、同学、校友也一样。在我们的任务遇到技术难题的时候，首先想到的也是与母校合作攻坚。这次"神舟八号"和"天宫一号"交会对接工程中，航院就参与了六项重要技术的科研攻关。在载人航天第三步空间站工程的研制过程中，面临不少新的挑战，我也常回学校来请教问题，航院、电机系、化工系、自动化系等很多老师给了我很多、很好的建议。

在航天系统工作整10年了，在每个平凡、艰苦和拼搏的日子里，有汗水，有付出，但更多的是收获，我永远不后悔自己当初的事业选择，因为我和每一个平凡的航天人一起，成就了祖国航天领域的伟大事业，我相信我和各位一样，都能在各自的事业中同时成就自己！

谢谢大家！

人生有涯　学海无涯

——在清华大学 2011 年夏季研究生毕业典礼上的发言

马国馨

1965 年毕业于清华大学建筑系，1991 年获清华大学建筑学院工学博士学位。国家一级注册建筑师，1995 年被授予"全国劳动模范"荣誉称号，中国工程院院士，全国工程勘察设计大师。曾负责和主持毛主席纪念堂、国家奥林匹克体育中心、首都国际机场 2 号航站楼等大型建筑规划和设计，曾获国家科技进步二等奖 1 项，全国优秀工程设计金奖 2 项。

各位老师们、同学们：

今天我能参加母校研究生的毕业典礼，并拥有一个发言的机会，感到非常荣幸。今天对同学们来说是一个终生难忘的时刻，大家经过了学习、研究、答辩、完成了学业，作为老校友在这里向你们表示热烈的祝贺！你们是清华百年校庆以后，也就是清华进入第二个百年的第一批毕业生，这就更值得祝贺！我是1959年进入清华建筑系学习的，至今已很幸运地经历了母校的50周年校庆和百年校庆，按照母校"至少为祖国健康工作五十年"的号召，你们还能参加母校的150周年校庆，希望你们都能顺利地达到这一目标。

我1965年大学毕业以后分配到北京市建筑设计研究院，从实习生、技术员干起，到现在已经工作了46年，设计了一些重要的建筑物，为首都的城市建设贡献了自己的一分力量，获得了国家授予的一些荣誉和奖励。作为过来人，想把自己的几点感受向同学们做一个简单的汇报：

我在清华读了本科，后又获得了博士学位，前后整整有10年。清华给了我很多很多，印象很深很深。我是学建筑的，学术空气比较自由，气氛很宽松，可以自由发挥。其最诱人之处就是建筑设计有它的无定解，一百个人就可能有一百种方案，老师也鼓励大家发表与众不同的想法，这使我们在学校期间就培养独立思考和创新思维。清华的老师传道、授业、解惑都十分认真负责，我至今都感激不尽。汪坦、李德耀等老师的指点，常常给人以柳暗花明、绝处逢生的启示。莫宗江老师有一个规矩，就是考试卷子上出现一个错别字就要扣一分，这使我养成了经常查字典以免出错的严谨的好习惯。我在系图书馆看书常常是漫无目的，乱翻一气，看到有趣的内容就抄在小本本上，这使我增加了许多"外围知识"。在清华那种倡导体育的环境里，养成了锻炼的习惯，一到课外活动时间就一定去操场跑步、举杠铃、玩双杠。那时我们推崇的理念是：新鲜的皮肤、结实的肌肉胜过世上最美的衣裳。我还是学生文工团骨干成员中的一员，在军乐队吹低音萨克斯管，每次演出都觉得是一次精神上的享受，非常过瘾。回忆起当年文工团队友们亲密无间、蓬勃向上、生动活跃的情景，更是给人以精神的陶冶。所有这些在清华得到的培养，清华精神的熏陶，都已拷入了我们记忆的硬盘。随着工作实践的发展，这些存储的记忆不断被激活，学校里的所知所会所能，变成了工作以后取之不尽的"老本"。

人的一生始终处于不断学习的过程之中。"人生有涯、学海无涯"。

学校毕业以后，马上又进入了一个新的大学，这就是要学习终身的社会大学，这个大学比清华更复杂，更生动，更丰富也可能更痛苦。除了智商的提高，还有情商的修炼；有设计和研究，也有人际关系的处理；有个人的努力，还有集体的合作。

这就要努力向国内外已有的经验学习、向实践学习、向专家学习。

20世纪80年代初，我受委派东渡日本，到东京丹下健三城市建筑研究所去研修，丹下健三是有着国际声誉的日本建筑大师，1964年东京奥运会的主体育馆和游泳馆就是他领衔设计的。在这个早已进入后工业时代的国度里，我感到强烈的震撼。日本的建筑格局是那样的精雕细琢，城市环境是那样的优美怡人。这反过来对比我们很熟悉的祖国，对开阔眼界、学习技术、比较研究都有很大的收获。我将丹下健三等人的作品和理念拿来剖析、研读，领会其中的精髓和含义，并与中国传统建筑形式和理论进行横向比较，力图探索适合中国的富有时代精神的最新设计观念、理论和方法。这对我回国后，赶上亚运会工程的设计和主持奥林匹克体育中心的规划与设计有很大的帮助。

进入社会大学以后，不管你毕业学校如何、学历如何、大家重新站到了同一条起跑线上。虽然我们学有专长，但只能是寸有所长、尺有所短。我刚到北京建筑设计研究院时，院里的大学毕业生并不很多，许多中专毕业生或没有学历的设计人员都有丰富的实践经验，尤其是学校教育和社会需要还是有距离的，所以必须从零做起，从基础做起。我到设计院后独立设计的第一个工程就是一个公共厕所，其规模就是男女各有一个厕位，为此我只画了两张施工图。但只有做好了小工程，往后才有可能设计难度更高、规模更大的工程，才能取得领导、业主和同事们的信任，才能形成默契的团队，直到最后承担和完成几十万平方米的重点工程，光图纸就有近万张。如果小事不愿做，大事又做不来，那在激烈的竞争中就会无立足之地。

我亲身经历的工程都是比较大的重点工程，或是国家重点，或是北京市重点。我常有一种如履薄冰之感。很多人说，你做这么大的工程，又得名又得利，多好啊！实际上我并没有那种心情，因为这种工程很难做，每一个细节都要非常小心，不能出一点纰漏。要让大家都满意，领导满意，全国人民满意，那是很难很难的，所以每天都提心吊胆、精神十分紧张，真是感到累心，常常会在早晨三四点钟的时候突然就醒来了。一醒来，就像过电影那样把工程中还没有解决的问题都回顾一下，想想都该怎么做。好在我的背后有一个强大的技术后盾。我们院里有很多的老专家，有很多高水平的人，有比我能耐大得多的人。所以我可以请教他们，他们会给我提出几种方案，然后我可以根据情况综合选取一种最好的方案。

除了不断学习外，不断总结积累也很重要。"锲而不舍、金石可镂"。设计院日常的工作很紧张，包括假日都要加班，很少有总结研究、发表论文的机会。我就给自己定下了一个目标，这就是一年中争取在学术刊物上发表两篇文章，10 年就能达到20 篇。实际常常突破这个指标，这样积累下来至今已陆续发表了两三百篇文章，出版了 4 本专著。靠的就是那种锲而不舍的精神。

同学们，在刚结束的清华百年庆典纪念大会上，胡锦涛总书记给我们青年学生提出了几点希望，为同学们的发展指明了方向。衷心祝愿同学们抓住清华百年契机，继承和发扬母校的优良传统，发愤图强、努力奋斗，在迎接母校新百年的征程中再添光辉。

最后预祝大家身体健康、家庭幸福、事业有成！

向母校报告！

不负韶华
卓越有你

清华大学毕业典礼
校友演讲辑

院 系 篇

下编

坚守初心　逐梦航天

——在航天航空学院 2020 届毕业典礼上的发言

戴政

　　2003 年进入清华大学航天航空学院（简称航院）学习，先后于 2007 年、2009 年获得学士、硕士学位；毕业后进入中国运载火箭技术研究院工作，后加入蓝箭航天空间科技股份有限公司，现任蓝箭航天火箭研发部总经理。

尊敬的航院老师、同学们：

大家好！

很荣幸能有这样一个机会回到母校回到学院，和大家分享我的一些心得体会。

我是 2003 年本科考入工程力学系，那时候还没有成立航院。当时我印象很深刻，入学一个多月，国庆假期结束后第一天，在阶梯教室上微积分大课，课间坐我前排的同学翻开了报纸，整个版面大篇幅报道了我们国家首个航天员杨利伟上天成功的消息，报纸上印满了宇航员的照片。那天早上的阳光是金色的，斜斜地从窗外洒在报纸上，报纸上的五星红旗显得格外耀眼。这个消息震撼人心，这个场景给我留下了极为深刻的印象，也使我开始认真地关注我们国家航天事业的发展。幸运的是，2004 年，学校决定以工程力学系为主体组建航院，自己也在入学一年后成为了一名航院的学生，从此自己与航天结下了不解之缘。

在航院本科和硕士的学习期间，学院老师严谨的作风给我们树立了良好的榜样。我特别感谢学院对我们的培养，不仅仅是扎实的理论知识给我们打下了良好的基础，更重要的是思想上的引导和教育。我一直有一个感受，咱们航院有一种独特的气质和文化，有一种为国家民族贡献力量的家国情怀，这也是军工行业所有军工人都具有的一个特点，大家的心中，都有一个大国梦。我印象很深刻的一件事，学院曾经组织我们观看一部英国广播公司（British Broadcasting Corporation，简称 BBC）拍摄的纪录片，叫 *Space Race*（《太空竞赛》），讲述的是 20 世纪 50~70 年代美苏之间的太空竞赛，我建议大家如果感兴趣也可以看一看。这部纪录片给我留下了极为深刻的印象，人类最早的这批航天科学家深深感染了我，甚至可以说，硕士期间观看的这部片子让我坚定了毕业后从事航天事业的决心。

毕业以后，我进入了中国运载火箭技术研究院工作，之后主要负责某型号箭体结构系统的相关设计工作。在新建的海南文昌发射场，见证了我们国家最大规模的液氢加注，300 多立方的液氢加注。那个发射场特别美，发射工位距离海岸线只有几百米，蔚蓝的海岸线和天空几乎海天一色，从那个工位起飞的火箭格外醒目，有一种从地球升起的感觉。关于在院里工作的这段经历我想跟大家分享一个小故事，就是我入职半年后，负责我们国家当时直径最大的整流罩的设计研制工作，那是我从学校毕业后第一次作为设计者完整经历这样的过程，从方案论证、设计出图到产品生产，在生产过程中处理生产问题，看着产品从图纸一点点变为现实，最后装配成为一个完整的整流罩。我当时站在整流罩里，感觉就像一个小房子一样，很震撼也很感慨。后来整流罩要做各种工况的静力试验，还有分离试验，都很壮观。最后我跟着型号队伍送它去发射场进行首飞，送它上天。这段经历很难忘，这个产品就像自己的孩子一样，经受住了各种考验，最后迎来人生的大考。发射前最后的倒计时，我的手心都在冒汗，原来我看电视上的航天发射，看着一群穿着白大褂的人在测控大厅，我是一种看热闹的心态，只有当你真的身处其中，才能体会到这种压力和责任。特别是你自己设计的产品，真的是比谁都紧张。飞行的结果很圆满，当我听到指挥员播报整流罩成功分离的声音时，我长舒了一口气。作为从学校毕业后走上工作岗位的我，第一次看着自己设计的产品飞向蓝天，那种震撼和成就感真的让我极为难忘。那次发射是我们国家一个非常重要的项目，应该说这段经历让我第一次深切体会到，站在一个主流大舞台上带给你的荣誉感。你会发现你做的一些事情，已经是这个行业里你能接触到的最顶尖的任务了，在这个行业的某些领域，你已经站在了最顶端。也只有在这样的平台里，我才有机会在离开学校短短的几年里就接触到这样的任务，我想这就是平台的力量。

随着国内商业航天的兴起，我在 2016 年离开了工作多年的中国运载火箭技术研究院，加入了蓝箭航天。我印象很深的是，去年 10 月 26 日，在蓝箭浙江湖州发动机试车台进行国内首台大推力 80 吨液氧甲烷发动机 200s 长程试车点火试验的时候，当时行业内的主管机构以及相关单位的许多重要领导都到场观看。试验成功后，领导们对民营航天研制的大推力液氧甲烷发动机表达了充分的肯定，鼓励蓝箭的科研人员大胆创新，做中国航天力量的有益补充。液氧甲烷是国际上商业航天公认的最适合商用的低成本推进技术，蓝箭的80吨液氧甲烷发动机填补了国内相关领域的空白。让我感动的是，虽然是民营企业做出的成果，但仍然得到了主管机关领导的高度认可，这让我再一次感受到，其实社会对一个群体的评价，在于我们为这个国家、民族和社会做出了什么，做的事情是不是这个国家所需要的。如果能够拓展我们国家进入太空的能力，降低进入太空的成本，拓宽我们在太空的活动范围，这正是国家很希望看到的。也只有在这样的主流里做正确的事情，才会得到国家和社会的认可，所以时至今日，我越来越能理解学院鼓励的"立大志、入主流"的深刻含义，和它背后的职业发展观。

同学们，你们的职业生涯刚刚开始，你们的人生刚刚扬帆起航，未来是属于你们的！我衷心地预祝大家都能够发挥所长，能够"立大志、入主流"，成就一番事业，不辜负学院对我们的培养和教育，同学们，加油！

忘掉清华的标签，脚踏实地再出发

——在计算机科学与技术系 2020 届毕业典礼上的发言

周枫

1996 年进入清华大学计算机科学与技术系（简称计算机系）学习，先后于 2000 年、2002 年获得学士、硕士学位；后赴美国求学，获加州大学伯克利分校博士学位；现任网易有道首席执行官。2006 年加入网易后，周枫主持有道词典开发、有道搜索平台架构、密码认证系统"将军令"开发等项目。2019 年 10 月，周枫带领网易有道在美国纽交所挂牌上市，成为网易系中首家独立上市的子公司。

各位计算机系的老师、同学们：

大家下午好！

从清华计算机系毕业 18 年后，今天非常荣幸能回到清华以学长的身份跟学弟学妹们做个分享。

我在清华度过了从本科到研究生最美好的 6 年时光，攻读硕士学位的时候师从郑纬民老师，郑老师对学生宽容又支持，给了我很多自由发展空间。最重要的是，在清华的校园我认识了我的太太庄莉，找到了一生的伴侣。所有这一切都是清华计算机系带给我的，这 6 年的经历成为我人生中的宝藏。

我们正处在全球新冠疫情这样一个特殊的时期，这场疫情给社会方方面面带来的改变与不确定性非常大，怎么看待这些变化？这让我想起，计算机科学中一个重要的概念，叫不变量，很多问题解决的窍门在于找到不变量。我衷心希望，大家都能找到自己成长过程中那些重要的不变量，拥有更幸福和有收获的生活。

你们就要开始人生新的篇章，借此机会和大家分享三点我在工作和生活中的体会，与大家共勉。

交叉与跨界前途光明，保持终身学习的能力和习惯非常重要

这里的交叉与跨界，可以是学术上的，可以是工业界的，也可以是思维方式上的。我一直认为交叉与跨界带来更多机会，虽然开始时可能很难，但长时间来看更有收获。

　　我在清华读研究生期间，研究领域是计算机系统。而在美国加利福尼亚大学伯克利分校（UC Berkeley）博士的第二年，就主动选择了将系统与编程语言（PL）相结合的研究方向，来解决操作系统中的包括稳定性在内的各类问题。开始的时候，PL 方面的非常理论化的研究方法把我搞得很头大，但是一年后特别的事情发生了，科研中一下子取得好几个不错的原创性的成果。后来我总结，不是我一下子灵感爆发，而是跨界使得我找到了研究的处女地，因此收获满满。

　　如果现在有两个这样的机会摆在你面前，A 是你熟悉的领域，未来几年可以做得顺畅轻松，但与你竞争的人可能很多；B 是需要两个及以上领域交叉结合，中间有一些技能你暂时并未掌握，但结合可能产生巨大的价值。你会如何选择？我毫无疑问会选 B，学科之间交叉前途远大，只有当基因融合才能产生突变和创新，创造的社会价值潜力无穷。

　　彼得·蒂尔（Peter Thiel）是一位硅谷的风险投资家，他说企业失败的原因都是相同的，它们都无法逃脱竞争。所以去跨界，走出自己的专业，站在更高的维度去看问题，就往往可以避免同质化的竞争。当然，跨界同时意味着风险，需要跳出舒适圈，本质上是一个人自己和自己的竞争，而战胜自己往往难度更大。

这里面离不开的必然是我们每个人学习的能力，现代社会终身学习已经从趋势变成了事实。我想强调的一点是终身学习的能力不是单纯获取知识，更为重要的是个体在社会中经验习得的总结。"三人行必有我师"，我们要善于从现实生活中的各个维度、各种人那里吸收和建立认知。

面对复杂多变的状况，训练自己大处着眼、小处着手

有道诞生之初是一家搜索引擎公司，但创业 6 年经过各种尝试之后，我们不得不接受现实，放弃成为主流搜索服务的努力。这成为当时有道和我个人的一个"坎"，几个月内裁员数百人，公司本来不高的收入也腰斩，看着很多曾经一起并肩作战的同事离开，如果当时我就此放弃，可能就没有今天的有道。

这个时候，仔细盘点之后，我们认为公司还存在转型的机会，2012 年移动互联网浪潮袭来，之前无心插柳做出的有道词典这个产品，虽然在当时几乎没有收入，但用户量增长迅速，这可以成为新业务的基础；同时我们还有来自网易的一定的资金支持，并不需要立即结束运营。所以我们决定基于有道词典的业务，转型移动互联网，专心打磨互联网产品，后来基于词典的大体量用户使得我们有机会做了在线教育，也就是在放弃搜索之后的第七个年头，我们在去年底以中国领先的智能学习公司身份登陆了纽交所。

回顾这个惊险的过程，我的体会是：面对失败，意志品质上的坚持固然重要，但更关键的是要冷静客观地认清自己手中的牌，才能有柳暗花明找到新出路的机会。这点说起来容易，能做到在复杂的情况下，从大处着眼，从小处着手，实则很难。要从现在开始有意识地训练自己这样的能力。

带给用户和社会长期正面价值的技术和事业才能长久

今天在座的同学们都是计算机系的学生，"效率"和"性能"是我们再熟悉不过的词，我不知道各位有没有想过自己将来所从事的研究或者工作直接带来的社会价值是什么。

技术是中性的，它原本只是一把锤子，使命感才是这把锤子可以带来什么价值的最终解，这个问题在当今技术和互联网渗透到各行各业的情况下，变得越来越重要。每位技术工程师虽然可能每天都周旋于程序、语言、算法，心里始终都要明晰一件事：我所做的这件事情有没有真正推动正向的社会进步。

有道初期创业时，创始团队大都来自清华，大家都带有理想主义色彩，信奉工程师文化，简单而天真地认为技术可以让世界更好，搜索项目失败让理想主义败给了用脚投票的市场。然而我很庆幸，团队相信技术必须让世界更美好这点信念始终没有变。这成为后来我们做了很多很好用的工具的动力源泉，帮助上亿的用户能够更好地学习。

当下这个大加速的社会，一夜之间总能改变很多，有人成名、有人暴富。德行和品格也许不能让你快速取胜，但可以让你成为时间的朋友。

最后，请大家从明天开始就忘记清华的标签，如果你读过《无限游戏和有限游戏》这本书，你就知道，"当一个人被他人以头衔相称，人们的注意力便放在了已经结束的过去，关注的是一个已经终结的游戏。"今天从清华毕业，你们只是赢了一段很小的有限游戏，人生的无限游戏才刚刚开始，这个游戏里没有标准答案。所以忘掉这个标签，只带上清华的精神，脚踏实地，再次出发。

祝所有计算机系的同学们前程似锦，毕业快乐！

人生态度

——在精密仪器系*2020 届毕业典礼上的发言

王东华

　　2001 年进入清华大学精密仪器与机械学系（简称精仪系）学习，先后于 2005 年、2007 年获得学士、硕士学位；毕业后进入中国航空技术进出口总公司（后更名为中航技进出口有限责任公司）工作，历任中航技进出口有限责任公司产品部无人机处副处长、海湾代表处常驻代表，现任中航技公司销售二部副总经理，党支部书记。曾荣立中国航空工业集团公司个人二等功、三等功，获国家国防科技工业局国防科技工业军品出口"先进个人"称号，2020 年获得"航空工业杰出青年"称号。

尊敬的各位老师、同学们：

大家好！

我是清华精仪系 2001 级校友王东华，首先祝贺大家顺利毕业。

非常荣幸能够见证大家的毕业，在这个特殊疫情时期，我们没有办法面对面交流，没有办法穿着学位服见面，相信大家肯定有些遗憾。但我们有着这样一种特殊的经历，以这样的形式奉行毕业典礼，又显得尤为特殊，相信这样一个毕业典礼会成为你我日后值得回忆的瞬间。

水木清华，荷塘垂柳，清华学堂，书声鸟鸣。感谢命运的垂青，是清华让我们相聚于此，分享着彼此的喜悦和点滴感悟。

19 年前，我来到清华念书。6 年中，我和同学们忙碌地穿行于清华园中，有考试周的挑灯夜读，有宿舍楼里的欢声笑语；有做试验失败时的一筹莫展，也有试验成功时的成就与欣喜；有老师和学长们的教导与帮助，有兄弟姐妹们的纯纯友情。想起自己在系学生会工作带大家参加"一二·九"活动，在校团委工作帮大家开展社团活动，在艺术团参加新年音乐会，在学校的日子充实而忙碌。清华已经成为我人生中最重要的标签之一，母校带给我耻不如人的人生信条也是我工作中永远的坚守，是鞭策我，激励我不断学习，面对挑战的内在精神动力。

2007 年我硕士毕业后投身到航空军贸领域，怀揣着航空报

国的梦想，行走在南亚、中东、非洲、南美的每一个角落，推
介着中国制造的军工产品。多年以来，我一直坚持在军贸一线，
从事过售后、科研、制造、销售等工作，一直到现在走上了领
导岗位，负责中东和非洲地区的市场营销工作。多年耕耘，我
为中国航空产品走向世界作出了自己的贡献，我本人也因此获
得中国航空工业集团杰出青年、国家国防科技工业局军品出口
先进个人称号等荣誉。一路走来，风雨兼程，初心不改。

　　下面我想跟大家分享一下我这些年工作中的所想所得，希
望可以给大家在走上社会后，面对选择或者困难时提供一些参
考。总结过去工作生活的感受，最深刻的体会是：人生是一种
态度，态度决定你的人生。在此，我有三点感想与大家分享。

做一个有理想的人

　　现在的你们面临很多的选择，无论继续深造，或是走向社
会，不管选择如何，都希望你们能够沉下心来，思考自己的理
想和未来发展方向。在成长的过程中，我们总会经历各种未曾
预想的情况，或是机遇、诱惑，抑或是挫折、磨难，如此种种，
总会敲打着我们的内心，试图勾起名利的欲望或是经历内心的
煎熬。在这个时候，只有理想能带给你安宁和坚定，告诉你该
如何走，怎么走。坚守理想的路上，获得的每一分成就，都是
甘甜的感受。

我从小就喜欢飞机，读书的时候就希望自己以后能成为一名航空人。所以我 2007 年硕士毕业后就加入了中航技公司做航空军贸项目，那时刚好碰到航空军贸行业的低谷，公司手中没有适合市场的新产品，而上一代产品已进入暮年。公司为了生存只能出口水泥、倒腾船运、贩卖农副产品。一个军火商开始卖菜卖鱼了。很多老员工、同龄人纷纷离开。那是第一次理想的力量让我选择了坚守，我相信航空装备终有厚积薄发之日，而我也将在其中实现自己航空梦的理想。我下工厂、学技能、跑市场、摸需求，终待拨云见日，我们抓住市场机会，推出了适合市场的新的航空产品，在西方军火商环伺的中东市场，打开缺口，2009 年实现新型察打一体无人机的首次出口。10 年时间，出口超过 100 架，产值超过 150 亿元。理想的力量，信念的力量，超乎你的想象。

做一个奋斗者

有了理想，也需实干奋斗！"与其坐而论道，不如起而行之"，"万丈高楼起于地基，万钧之力发于内功"。理想的厚度，需要行走的脚步才能得以丈量。年轻人有扎实的专业能力、丰富的创造力和近乎无限的精力，你们需要做的就是让自己坚持不懈地奔跑。我们既要有做大事的勇气和担当，又要有做小事的细致和耐心。

　　我刚进公司，老领导就要求我们熟记歼七飞机每一个零部件的图号和装配关系。记忆数以万计的生产配套关系，是一个对产品加深理解的过程，但也是很多人未能完成的痛苦经历。感谢公司老领导对我的鞭策，也感谢母校给予我的踏实勤勉的作风，至今十多年过去了，我仍记得每一个零部件对应的国内生产单位和生产流程。而这一过程形成的"肌肉"记忆，让我能够应用到后续的工作中。随着先进航空装备出口，很多技术、装备已逐步缩小与西方同行产品的差距，我仍习惯于以技术路线为抓手，深入掌握技术细节，用"技术流"来做市场营销，赢得用户的信赖。

做一个善良的人

　　坚实的理想，实干的作风，再加上一些机遇，或许已足以让我们事业成功。而做一个善良的人，可健全我们人生的维度，让我们的生命有温度。可以料想，在我们前进的路上，会有诸多险阻、磨炼、竞争、机遇，作为清华学子，我们应勿忘初衷和本性，做一个善良的人。自强不息，厚德载物。既是母校对学子的寄语，也是我们重要的人生体悟。人性的弱点是贪婪和恐惧，这些弱点在逆境或者机遇的时候，往往会更加凸显。如何保持善良？那就是不忘初心，并且内心坚定。善良不是软弱，善良使我们更加强大，在荆棘满地的前行道路上可以找到那盛

开的鲜花。保持初心，那是你力量的源泉；内心坚定，那是你
面对困难的勇气和韧性；内心善良，可以让你在黑暗和迷惘中，
内心平和，眼里有光。

各位学弟学妹，愿今天的你们，怀揣理想、踏实肯干、满
怀善意的拥抱着世界。愿明天的你们，依旧初心不改，在历尽
艰辛之后依然可以享受理想、奋斗和善良带给你的快乐。

愿大家，心中有光、不负韶华。

谢谢大家！

立大志，懂隐忍，行远足，做栋梁

——在土木水利学院 2020 届毕业典礼上的发言

张宇

2001 年进入清华大学建设管理系学习，先后于 2005 年、2010 年获得学士、博士学位。现任中国国际金融有限公司研究部董事总经理、大中华区房地产研究主管和首席分析师。研究领域涉及住宅开发、商业地产、仓储物流、物业管理、代理服务、地产科技、资产证券化等方面，覆盖 A/B 股和 H 股相关上市公司及部分在新加坡、美国上市的有关中国公司。连续多年被评为《机构投资者》"大中华区最佳房地产分析师"、《亚洲货币》"最佳房地产分析师"（A/B 股、H 股、香港本地股）。

尊敬的各位师长、亲爱的同学们：

大家好！

今天非常荣幸也非常激动，能够回到母校，回到土木水利学院，与各位师生欢聚一堂，共同见证 2020 届同学们的毕业典礼。

"新冠"无情，学院有爱。今天，在百年风雨的老土木馆和水利馆前举行的这场特别的毕业典礼，一定将令你们终身难忘。首先热烈祝贺同学们顺利毕业，无论你们在这个夏天之后是继续深造，还是奔赴工作岗位，都将是人生新篇章的开始，预祝你们的新征程一帆风顺！

看到今天的你们，不禁回想起当年的自己。19 年前，我本科考入土木工程系学习，于今天而言算得上是遥远的"1 字班"了。大二分专业时我转入建设管理系，2005 年进入房地产研究所跟随刘洪玉老师攻读博士学位。毕业后加入中国国际金融股份有限公司（中金）从事房地产行业及上市公司研究。目前担任中金研究部董事总经理、大中华区房地产研究主管和首席分析师，带领团队连续多年在国内外权威财经媒体上获评"亚洲／大中华区最佳房地产分析师"。同学们一定要记得，无论你将来取得多大的成绩，最不能忘的就是师恩。在此，我衷心感谢学院的培养，感谢各位恩师，特别是导师刘洪玉教授的悉心栽培。

坐京师西北，倚燕山而望，百年来清华园为无数学子所向往。身为其中的佼佼者和幸运儿，你们用这最难忘的几年时光完成了从普通人到清华人的蜕变。而这注定将影响你们的人生，你们的家庭乃至整个国家。在你们即将开启人生新篇章之时，我想结合自己的经历，跟大家分享四点感悟。

立大志

所谓"立大志"，就是要怀揣梦想、不忘初心。我相信我们都是同龄人中最有理想最有斗志的那一群人。我们都曾经把清华作为理想而努力奋斗过，而且我们都成功了。今天，在你们毕业之际，我要问你们每一个人："你未来的理想是什么？"这个问题可能要比当初立志考取清华还要重要，因为你此时的理想，将在更为宽广久远的时空维度中决定你最终的人生高度。人无大志，草木一生。

十年前我加入中金时立志"做房地产行业专家，让全球资本市场客观认识中国房地产"。在此后每年20万公里飞行、近千场路演的周而复始之中，我和团队逐渐让管理全球数十万亿美元的上千家投资机构，特别是那些本来看空中国的外资机构，摘掉了有色眼镜。这是一件非常有成就感的事情，而且这件事情出自于一家地地道道的中国公司、地地道道的中国团队。如外交部发言人耿爽近期辞别时所讲的金句——"讲好中国故事"，这也是我的志向所在，也是我这第一份工作就做了十多年仍满怀斗志的动力源泉。大家也要找到这样的志向所在，胸怀国家，心无旁骛，笃定践行。

懂隐忍

所谓"懂隐忍"，就是要戒骄戒躁、厚积薄发。毫无疑问，大家都是同龄人中的佼佼者。但是从今往后，不论是深造还是工作，你身边都会出现很多"非同龄人"。他们可能跟你有不近相似甚至完全不同的背景，"年龄相同级别比你高、级别相同年龄比你小"的尴尬情况并不鲜见。这时候怎么办？大家记住，心态平和很重要。你要收起清华光环，收起昔日光芒。"清零"，是你最好的起跑姿态。

我博士毕业进入中金时 27 岁。27 岁对于博士头衔来说算不上老，但对于职场新人来讲绝对不算小。加上我进入的是金融行业，同事当中经济金融专业的年轻硕士生、本科生比比皆是，也都是海内外名校毕业，刚才提到的尴尬处境在我身上体现得尤其明显。说实话我心中也"碎碎念"过。所幸，"严谨务实、行胜于言"的清华精神最终将所有杂念一扫而空。"清零"之后，我从基础做起，不慌不忙，不卑不亢。随后连续获得升职，最终只用了 7 年时间就做到了董事总经理，是全公司成长最快的分析师，公司领导也因此在这几年的校招中格外关注清华的工科生。今天回到咱们学院，我想给所有毕业生打打气：咱土木水利学院一点儿不土、不木、不水，工程领域咱自然是当仁不让，而即使跨界经济金融领域，我们照样不输各校经管学院。只要我们戒骄戒躁，我们一定能厚积薄发。

行远足

所谓"行远足"，就是要脚踏实地、持之以恒。如果说毕业是给定时间的达阵，那么毕业之后则将是无限时长跑。不知道在座当中有多少人在毕业这一刻为再不用测验 3000 米 /1500 米而拍手称快，但是你们要知道，人生的马拉松才刚刚开始。成功的关键不在于瞬间的爆发，而在于一步一个脚印的坚持。所以今后即使再难，纵有千百个理由放弃，也要给自己一个坚持下去的理由。因为这一分钟不放弃，下一分钟就会有希望。

我常叮嘱我的团队成员特别是新人，要学会"长跑"。怎么能把长跑跑好？你们都是最优秀的人，不需要跟你们强调保持努力，我更想说的是另外三个"保持"：第一个是保持节奏，你会发现善于管理时间和控制节奏是今后人生中的核心竞争力；第二个是保持平衡，既有工作 / 学习 / 生活的平衡，也有家人 / 同事 / 朋友的平衡；第三个是保持健康，这一点上希望大家秉承"无体育，不清华"的优良传统，自律生活，坚持锻炼，为祖国健康工作五十年！

做栋梁

所谓"做栋梁"，就是要胸怀家国、自信笃行。百年清华，培养了诸多对中国近现代史有深刻影响的国之大师。大家不要觉得离自己很远，更不要误以为"时代不同了"。国歌里唱的是"中华民族到了最危险的时候"。而今，中华民族实现伟大复兴也到了最关键的时刻。如果说改革开放的头 40 年我们赢得了难能可贵的国际局势机遇期，那么在可预见的将来，这一有利外部条件正在发生迅速变化。习总书记讲："只有创造过辉煌的民族，才懂得复兴的意义；只有经历过苦难的民族，才对复兴有如此深切的渴望。"时代正赋予我们这一代人的历史使命，而我们清华人没有理由不去勇敢担当。为什么？因为我们毕业于"红色工程师的摇篮"。大家回头看看老土木水利馆前的这尊大铜鼎，不正是对我们要担当国之重器的嘱托吗？

我至今仍清楚地记得大一入学第一堂土木工程概论课上刘西拉教授的一句话："恭喜同学们考取了一个有生之年都不会失业的专业。"刘老师所言不虚，即使是 20 年后的今天，大土建在中华大地仍方兴未艾。我相信未来很长一段时间内，在国家坚定推进新型城镇化建设的历史进程中，大基建和大地产毫无疑问仍将是中国经济实现中高速增长的最大内需引擎，是城乡建设实现高质量发展的最强有力保障，没有之一。今天，你们从这样一个值得自豪的专业毕业了，希望这个专业不只带给你养家谋生的技能，更能将你塑造成家国之栋梁。

聚是一团火，散是满天星。同学们，几年前你们在清华土木水利学院聚沙成塔，如今你们学有所成，再散开时，你们不再是沙，而是磐石。你们今天毕业了，希望你们在未来的岗位上立大志、懂隐忍、行远足、做栋梁！自强不息，坚若磐石。也希望你们不忘老师恩情，不忘同窗友情，不忘学院深情，在不久的将来为母校带回璀璨荣光。

最后，祝福各位同学前程似锦，祝福各位师长阖家安康，祝福母校和土木水利学院桃李芬芳！

谢谢！

人生是一种态度

——在电机工程与应用电子技术系*2019届毕业典礼上的发言

汤和松

1984年进入清华大学电机系学习，1989年毕业后进入清华大学经管学院继续攻读研究生，1992年获得硕士学位；后赴美攻读芝加哥大学工商管理硕士（MBA）、哈佛大学公共管理硕士（MPA）。曾任职于美国思科公司、应用材料公司、微软公司等国内外知名企业；后担任百度公司副总裁，全面负责百度的战略投资并购，操盘了一系列在中国互联网行业具有很大影响力的战略投资并购项目。其中包括91无线、去哪儿、爱奇艺、PPS、糯米等在内的一系列在行业内有重大影响的投资并购案例。现任襄禾资本创始合伙人。

* 根据学科结构和发展的需要，1988年电机系改为电机工程与应用电子技术系。

尊敬的各位老师、各位同学：

大家下午好！

今天非常高兴来到这里，和大家分享交流。两个多月前，我也在这里参加我们毕业 30 周年聚会。现在看到在座的同学学有所成，青春洋溢，意气风发，怀着对理想的憧憬，仿佛看到了自己 30 年前的样子，非常亲切。回到咱们电机系，我的心情既高兴激动，又有些惭愧。高兴和激动，是因为清华电机系是我人生中最重要的标签。在我个人的人生经历当中，从到清华求学，本科从电机系毕业，研究生保送至经管学院，后来到美国，先后在芝加哥大学、哈佛大学和斯坦福大学求学，工作于思科、微软、百度等企业，直到现在自己创业做投资基金。每当别人问我，你是哪个学校的？我都会简单而直接地回答：我本科毕业于清华电机系。我来自江苏宜兴的农村家庭，是清华的一纸录取通知书和电机系的召唤，让我离开了江南小山村，从南京来北京，第一次见到了公共汽车，第一次看到了火车，第一次开始用普通话进行生活和学习。记得当年第一次到北院买东西，营业员根本听不懂我要什么，出了很多笑话和洋相，用今天的话叫交易成本极其高。但恰恰是在电机系的 5 年本科经历，给我的工作生活带来了质的变化，成为我人生永远最重要的里程碑。我对咱们电机系有特殊的感情，所以今天回来分享交流，感到非常高兴和激动。当然也有些内疚，我从电机系毕业之后没有从事电力系统专业相关的工作，而是转向了IT和投资行业，从事战略、投资和并购，感觉有点对不起电机系老师的辛勤培育。

系里请我来分享，我想了很久，最后选择了"人生是一种态度"这个主题。现在，导师名言和心灵鸡汤遍布网络，非常抱歉，我今天讲的，其实也是一碗心灵鸡汤。当然了，我这个"鸡汤"跟别人的可能不太一样，毕竟我姓汤，自家炖的，比较正宗。换句话说，这是我过去工作学习的二三十年中总结出来的感受，就是人生是一种态度，态度决定你的人生。我为什么选这个题目呢？很重要的原因是我在想，我们清华同学还缺什么？我们清华同学都很聪明，我们不缺聪明，不缺知识，甚至也不缺能力。那我们需要什么？或者说需要注意什么？除了运气，我们清华同学需要拥有的就是正确的人生态度。

人生的态度应该是什么？我对这个问题的看法，大都融入到了我现在创业的团队的文化和管理之中。在此和大家做些分享。

第一，招人时招什么样的人？我经常讲招人就四个字：聪明、踏实。**聪明是能力，踏实是态度**。踏实就是做事非常仔细、可靠，让人放心。这一点，我们在工作中是非常看重的。我在百度战略投资并购部时，团队中绝大多数是清华毕业的，我现在的合伙人也是我曾经的部下。在我创业襄禾资本时，之所以选择她做我的联合创始人，其中很重要的原因是她非常踏实可靠。我举个例子，如果我发送带有附件的电子邮件给客户或合作伙伴，并抄送给她时，她会打开附件仔细查看，提醒我文中用词是否合适甚至指出错别字。还有一次，我在美国，那时我们正在考虑投资"运满满"，我在中国时间周一早上9点多给她打电话，她已经在运满满上海分公司开始工作了。我问她怎么这么早，她说早上6点多飞机过来的，想抓紧时间做尽职调查，尽快推进项目进度。这就是一种态度，她不是做给我看的，是她自己认为应该抓紧时间，扎实做好各项工作。她现在已经是合伙人了，我们投资企业有时送来几十上百页的数据包，她依然会花好几个小时仔细查看和分析，再进行内部讨论或和对方公司探讨。这种踏踏实实的工作风格，是无价之宝。我们清华同学不缺聪明，而这种踏实做事的态度，的确无比珍贵。

第二，在内部管理时我经常讲八个字：**认真做事，宽厚待人**。认真做事，就是做事做到极致，要做就做最好的。这是一种追求极致和卓越的态度。什么叫最好的？我再举个例子，在百度的时候，我带领属下做一个项目的研究，第二天向老板李彦宏汇报，我跟部下经常讲，我们要做，就做最好的。什么是最好的？我说我也不知道。但我觉得就是问你任何问题，你必须都能回答我说，这就是最好的。我觉得这就是一种追求极致和卓越的态度。

第三，在当今竞争激烈的环境下，怎么才能做得好，靠什么来赢天下？我说三点：**一勤奋、二聪明、三人品**。首先是勤奋，要享受勤奋、享受成就。因为，运气是上帝给予，聪明是父母遗传，你能把握的，只有勤奋。聪明人很多，如何比别人更聪明？我的逻辑就是，俗话说"三个臭皮匠顶个诸葛亮"，三个省状元顶一个业内顶级专家，这就是所谓的集体智慧。这个说时容易做时难。就像我们襄禾内部任何的项目讨论，几个小时的讨论，最后整个团队在一个白板上对投资项目根据几个维度，分别由每个同事打分，并且讲述理由，最后当然由投委会决策。这个流程看上去很简单，没有什么了不起，但是非常难。原因是什么？很简单，你怎么让初级的同学能说出他的真实想法，甚至否定你上级领导的意见，他不用看你脸色，不用琢磨你的想法，选择性说话。这最重要，这是靠什么？靠领导的态度。你是要面子、要权威、摆架子的人；还是就事论事、追求真理的人？这是一个基本态度问题，甚至是品质问题。所以我讲集体智慧需要充分民主、善于集中，充分民主是品质问题，善于集中是水平问题。所以，我经常讲"两个平等"、两个不平等。人格平等、思想平等，决策不平等、思想不平等，这个本质就是人是否有谦卑的态度，对人平等、对事敬畏。第三点就是人品。什么叫作人品？我经常讲的一句话，就是永远做对的事情。什么叫做对的事情？也就是 10 年以后，20 年以后，回过头来看，仍然是对的。这就是人品的界定。人性的弱点是贪婪和恐惧的，我们都会遇到诱惑，祸福相依，每一个诱惑背后都会有坑。恐惧和焦虑也会让人变形，就会扭曲，就会做一些越过底线的事情。所以，面对诱惑和恐惧的态度就很重要。我经常说人品是什么，当然你可以说是正直、诚实、大气、厚道等等，对我来说，可以很简单，就是永远做对的事情。那么如果这样子，有些同学们可能会疑问，这样我们势必会失去一些机会。你发觉很多成功的人，比较坦率地讲，人品并不是让人很称道，甚至很差。历史上如此，现实中仍存在。这个怎么看？同学们，这点我也不否定，但是呢，世界上有些机会是不属于你的，不属于你的就不要去争取，不属于你的就要学会放弃。放弃了，也许你少"成功"了一点，但祸福相依，那样的成功长久看未必是好事。所以坚持人品的底线，你可能会失去一些机会，但失去机会也不要后悔。我一直讲人类社会永远是两股力量交织在一起往前推动，一股力量，用我们电工学术语，属于零输入响应，就是"丛林规则"，你死我活，胜者为王；另外一种力量，则是零状态响应，就是"人文主义"。随着社会的发展，人文主义越来越重，但是"丛林规则"在今天还是大行其道。在乱世，"丛林规则"往往取胜；在盛世，人品口碑、诚信关爱这样的人文情怀往往会起到很好的作用。幸运的是，我们生活在越来越文明的社会，我们生活在一个相对平安和盛世的社会，所以同学们更有理由坚持人品底线，靠道德的力量，赢得口碑尊重。一个聪明、勤奋、人品"三位一体"的人，万事俱备，只欠运气，是无敌的。

同学们，还有两点，我也想跟大家分享：一点就是成功的核心要素究竟是什么？我也见了很多很多创业者，有些非常成功，包括我老东家的比尔·盖茨、李彦宏。他们为什么成功？行行出状元，为什么他们是状元中的状元。状元中的状元由行业来决定，行业中的状元是由人来决定，也就是讲成功的第一要素是由选择的舞台来决定。用我们风险投资行业的话，就是赛道来决定，在同一个赛道中，是由人来决定。那么个人的素质，最重要的是什么？也就是我在不同的场合经常在问一个问题，创业成功的人最重要的是什么？我认为最重要的就是执着，持之以恒、坚持不懈。我见了这么多成功的创业者，坦率地讲，很少是他们的聪明让人惊艳，创业成功的人往往是一种性格在起决定作用，也就是执着和专注的态度，让他们与众不同。

最后跟同学们分享一个我们清华同学要注意的所谓的模糊决策能力。我们清华同学大部分学理工科的，逻辑很好，模型能力很强，数据能力也很牛了。可是社会的现实，例如在军事、在商业、在政治、在社会学、在领导力，大量的是模糊的，简单讲世界的本质是连续函数，不是离散点，不是简单的0和1。

如何在模糊情况下做决策？这可能不是我们清华同学平时训练和擅长的。某种意义上讲，学文科的同学这方面感觉可能更强一些。既需要数据和逻辑，又要有概念和框架思维，两者要结合。也就是我经常在投资中讲的看树木见森林，近距离观察，远距离决策，定量分析、定性决策。模糊决策需要有勇气，需要克服对不确定性的烦恼和恐惧，也就是勇气问题。而这点，是事业成功非常重要的因素之一。

我刚才唠唠叨叨跟同学们分享了很多，其中的核心还是人生的态度问题。第一，做任何事情，成功第一要素是要专注和执着；第二，勤奋和踏实是无价之宝；第三，要永远谦卑，尊重人、敬畏事；第四，好的人品，永远做对的事情，是人生永恒的平安符；第五，方法论上学会模糊决策。最后我要给同学们一个建议，当你们接受各种心灵鸡汤追求人生成功的时候，千万不要忽视了人的本质是为了追求幸福，成功学不是幸福学。要平衡好成功和幸福之间的关系。成功是幸福的重要因素，但如果越过了若干的红线，例如身体红线，家庭红线，成功不会带来幸福，甚至适得其反。所以最后希望同学们毕业后，身体多保重，工作多努力，家庭多照顾，同学多联系。就像我们班同学一样，30 年后仍在清华园再次相会！

谢谢大家！

专业、自由和使命

——在法学院*2019届毕业典礼上的发言

林朝雯

　　1993 年进入清华大学环境工程系学习，1996 年进入清华大学法律学系学习，成为法学院复建后第一届本科生，1999 年获得法学和工学双学位；后留学英国布里斯托尔大学获得商法硕士学位，曾出版散文集《游学欧洲》。现为国际公司治理专家，担任北京君百略管理咨询公司合伙人，同时担任世界银行集团旗下的国际组织——国际金融公司（IFC）治理高级顾问、德勤高级顾问、中国企业改革与发展研究会高级研究员。在世界银行集团工作的 12 年间，负责对东亚及太平洋地区的投资企业构建治理风险策略，并积极促进与国际组织的交流与合作，为亚太地区各国的监管者、政策制订方及公司企业提供公司治理建议。

---

* 1999 年 4 月 15 日，清华大学 1998~1999 年度第 14 次校务会议讨论通过《关于恢复建立清华大学法学院的决定》，决定恢复建立清华大学法学院（简称法学院），不再保留法律学系建制。

尊敬的各位老师，各位同学：

感谢申院长的盛情邀请，让我在毕业 20 年之后，有机会再次回到法学院。我来自法三班，1993 年入学，1999 年毕业，是清华法学院复建之后的第一届本科毕业生。是的，1993 年到 1999 年，我读了 6 年的本科，是清华历史上为数不多的大六学生。我们 1993 年入学的时候，进入的是清华各个理工科院系，我本人进入的是环境工程系。1996 年法学院（当时还叫法律系）复建的时候，我们 36 个同学从各个理工科系考入法律系作为第二学位，同时修两个系的课。所以我们是用了 6 年时间拿到了两个本科学位。当时，我们白天上理工系的课，晚上上法律系的课，这两个领域反差如此之大，有同学形容自己的脑子就像一个"双掷开关"，在两个领域内来回交叉，耗能极大。我在环境系的毕业设计是参与了环保部主持的一项环保立法，名字叫作《固体废物防治法实施细则》，算是把环境和法律的交叉学科运用得非常到位。什么是固体废物呢？简单地说，就是垃圾。所以，我那几年经常会标榜自己是一个"垃圾法"专家。即使作为前垃圾法专家，今天我恐怕也无法对网上流行的垃圾分类问题给出准确的答案。

我毕业以后在三家律师事务所工作过，11 年前我加入了世界银行集团，成为一个公司治理的专业研究人员。今天，我想结合我的工作经历，和大家分享一些我的心得。

今天我想讲三个词，专业、自由和使命。

关于专业

今天，是各位同学的毕业典礼。毕业，意味着要把曾经的法律梦想变成一件很实在的事情，就是工作。我有一个律师朋友，他成为合伙人之后就有一个苦恼，他的团队士气不高，工作不够努力。后来他就想方设法让他们去买房，等他们都买了房背上了沉重的房贷以后，他们就开始非常努力地工作，就再也不问"我为什么要努力工作？"这些哲学问题，工作就变成了经济问题。但在我看来，工作还有另外一层含义。虽然律师的工作非常辛苦，但我至今仍然非常感激我在律师工作中受到的训练，它让我拥有了和别人不一样的看待世界的视角，让我养成了严格自律的职业习惯，更让我受益的是法律的专业精神。今天在座的诸位未来可能会进入各种各样不同的行业，但是**专业精神会是你们的立身之本**。我理解的专业精神包括三个层面，第一个层面是对专业的精益求精，第二个层面是不受干扰地作出独立判断并能坚持自己的判断，第三个层面是不谋取专业之外的利益。在这三个层面中，坚持自己的独立判断是最难的，但这也是判断一个法律人是否足够优秀的标准。即便所有人都反对你，但他们会尊重你，最终，他们会因为你的坚持而感激你。这是我想讲的专业精神。

关于自由

今天我要讲的自由不是法律意义上的自由，而是心灵的自由。因为，任何一项工作，都可能成为牢笼，你所拥有的可能恰恰就是禁锢你的东西。刚才我说到专业精神，说到坚持自己的独立判断，你有没有一点担心，专业精神走到极致会变得顽固不化、因循守旧？我刚刚从律师行业转入国际机构，从法律合规视角变为研究视角的时候，我体会到了旧的思维模式的限制。当我可以渐渐打破原来所固守的思维模式，但依然能坚守专业精神的时候，是我最为欣慰的时刻。我的律师同事有的离开律师工作后组建了摇滚乐队，而另一些人在 50 岁的时候从别的行业转过来，从律师助理开始做起，就为了实现自己的法律梦想。而我自己，现在正在考执业医师资格，我的计划是从 60 岁开始做一名懂法律的医生。法律是你们的职业起点，但不一定是终点。大家都知道，西方的很多政治家、投资家、银行家，甚至哲学家、文学家是法律背景出身。我所在的法三班在毕业 20 年之后仍然在从事法律专业的大约占 1/3，其他 2/3 分散在各行各业，他们都成为自己行业里的翘楚，我们在法学院所受到的法律思维训练让我们拥有了更多选择的自由。面对未来的多元化的世界，各个学科和专业领域之间的分界线会越来越模糊。我建议大家通过多种视角来观察世界，从不同的维度来参与社会，自由地拥抱变化。**我希望你一直都拥有选择**

的自由。

关于使命

加入世界银行以后，我理解了一个很大的词，叫作"使命"（Mission），这是我今天想讲的第三个词。世界银行集团的使命是"消除极端贫困，促进共同繁荣"，这就是我们经常说的，世界银行是一个扶贫机构。但是这又是一个很庞大的金融机构，金融业务对社会实体的影响的传导链条往往是很长的。有时候，我们会有怀疑，究竟我们做的这些事情和扶贫是什么关系。有一次，我去印度尼西亚参加一个小额贷款项目的评估。我们从印尼首都雅加达开车3个多小时到了农村，去看这些穆斯林女性是如何放贷的，去看世界银行的钱如何经由这些瘦弱的女性之手发给那些贫困的农民。农民们拿到的不过是在城市里吃一顿大餐的钱，就已经足够买一些饲料，让全家人改善一年的生活。这是很美好的扶贫故事，不是吗？但这仅仅是故事的一部分，是你们在大多数的媒体报道中都能看到的扶贫故事，并不是全部真相。真相是，如果在放贷过程中没有严格的风险管控措施，这项业务将血本无归，没有任何人任何机构能够持续地做下去，这就是发明格莱珉银行的尤努斯能够得到诺贝尔奖的原因。所有人都知道，穷人需要钱，但只有金融家知道，金融需要可持续。这里的管控风险包括法律风险就需要专业的人才来设计和实施。在整个放贷的过程中，采用了许多严格的管控措施，包括借款的农民需要每周集中开会，定期现场还款，不断地强化还款的意识。我们通过签订看似严苛的条款，其实是保障了更深层的可持续性。所以，在这个链条中，我重新认识到了法律的价值。著名的历史学家史蒂芬·茨维格在《人类群星闪耀时》一书中写过这样一句话："一个人生命中最大的幸运，莫过于在他的人生中途，还年富力强的时候，发现了自己的使命。"我祝愿大家都能拥有这样的幸运，**尽早地发现自己的使命，用自己最好的年华去实现自己的使命。**

我在英国留学的时候，去参观威斯敏斯特教堂。大家知道这是英国的皇室教堂，历代国王都葬在那里。同时，英国历史上知名学者也葬在这里，包括达尔文、牛顿这些人类历史上名人。教堂地下室的一个祭坛上刻着这样一句话："我是世界之光，追随我的人将不会步入黑暗（I am the light of the world; whoever follows me will not walk in the darkness）"这句话极大地震撼了我，在我人生的不同阶段激励着我。今天我把这句话分享给你们。我希望，当世界陷入黑暗中时，你是那个举起火把的人，你是那个把希望带给世界的人。为此，我们都会为你感到骄傲。

谢谢大家！

感恩前行

——在计算机科学与技术系 2019 届毕业典礼上的发言

李向阳

    1990 年进入清华大学计算机科学与技术系（简称计算机系）学习，1995 年分别获计算机系、经济管理系双学士学位，1999 年和 2001 年在美国伊利诺伊大学厄巴纳 - 香槟分校（University of Illinois at Urbana-Champaign，简称 UIUC）计算机系先后获硕士和博士学位。一直从事物联网、移动计算、无源网络、智能感知、安全隐私、数据共享和交易等方面的研究。2014 年当选国际电气和电子工程师协会会士（IEEE）；2019 年当选美国计算机协会会士（Association for Computing Machinery，简称 ACM）。2015 年底，辞去美国教职全职回到中国，先后担任中国科学技术大学信息与智能学部常务副部长、计算机科学与技术学院执行院长。曾于 2014—2015 年任清华大学软件学院 EMC 讲席教授；2012 年起任无锡清华信息科学与技术国家实验室物联网技术中心副主任。

尊敬的各位来宾、各位老师、各位同学和家长：

大家下午好！

非常荣幸能够收到邀请，出席贵系隆重庄严的毕业典礼，让我诚惶诚恐。24 年前，我从这里毕业，24 年后重归熟悉的母校，水木清华，栏外山光，窗中云影，还是我离开时候的样子，当然，我曾经居住过的 9 号楼已经拆除，校园建起了更多新楼。看到台下正青春年少的你们，我似乎回到了热血沸腾的青葱岁月。此时心中不仅有种张若虚"人生代代无穷已，江月年年望相似"的感慨，更多的是激动，是喜悦，是幸福！今天，我想借此机会，向经过了清华熏陶、留下深深的清华烙印、将继续深造或工作、迈向新生活的师弟师妹们表示热烈的祝贺！

今天是我第二次参加我们系的毕业典礼。上一次还是在1995 年，那时我和在座的同学们一样坐在台下，聆听着毕业典礼上师长的殷殷祝福。这两天在校园里溜达，回想我们读书的时光，真是感慨万千。还记得，我本科毕业设计是给数据库操作设计访问控制，我们用的是要插 5 英寸软盘的古董 286 电脑。当时国内计算机行业一穷二白，这一新兴行业虽满地黄金，但由于对外界和未来的未知，我们心中仍充满了忐忑。

一晃 24 年了，现在我们国家在人工智能、大数据、物联网等应用理论方面的成果已经与国际最先进水平并驾齐驱，甚至在某些方面已成为执牛耳者。通过与系里老师的交流，以及看到的相关新闻报道，我了解到在座的很多同学已经在各个领域的顶级会刊上发表论文了，有些同学甚至获得了最佳论文奖，真是后生可畏呀！不同于当时我们的"拔剑四顾心茫然"，现在我在各位师弟师妹的眼中看到的是"我辈岂是蓬蒿人"的自信和坦荡！

收到在此次毕业典礼上发言的邀请之后，带着对母校的思念，回望我过去这24年的时间，我问我自己，"你最想和大家分享什么"。第一时间，我给我自己的答案是，我想和在座的青年朋友们聊一聊感恩和担当，想和意气风发的你们分享八个字：心怀感恩，砥砺前行。

心怀感恩

我是通过数学竞赛保送进的清华大学，现在又有机会站在这里和大家交流，我非常荣幸。但是，这件事很多年前我是想都不敢想的：我曾留过级并被当作全校的坏学生典型。

我在村里读小学二年级的时候，就因为爱玩和严重"偏科"，被劝说留级了。那年期末，语文不及格，数学60多分，当然可能还有些其他的原因，咱也不知道，咱也不敢问。因为重读二年级，我有幸遇到了我的启蒙老师，他讲课风趣易懂，从我60分的试卷中挖掘出了数学潜能，并格外关照培养我，让我对数学充满了兴趣。到了乡里上初中，在那种打着"摸底"旗号，实则想给新生下马威的入学摸底考试中，我是当年唯一一个数学勉强及格的学生。因此学校的一个非任课老师找到了我，鼓励我参加数学培训和竞赛。每个周末他都亲自骑自行车带我去县城上奥数班，这么寒来暑往地坚持了好几年，我终于通过数学竞赛获得了到清华读书的机会。在清华的 5 年本科岁月，我得到了一个农村孩子根本想象不到的教育资源、师资条件和学习氛围，清华也以其独特的魅力，将我培养成了一个德智体较全面的学生，一个敢想敢为、愿意挑战的人。我高中体育勉强及格，是清华培养了我锻炼的习惯，是清华培养我入了党，是清华给了我读双学位和辅修的机会，是在清华实验室的师长带我进入科研的殿堂，培养了我对科研的执着。遗憾的是，清华的音乐课还是没能突破我的五音不全。

我感恩老师，让我能够在学术的道路上一路前行，在自己喜欢的事情上心无旁骛潜心探索。我这个农村来的孩子，曾经的坏典型，不像当时很多同学一样早早就辍学回家，而是有机会来到清华这个学术殿堂，有机会站在毕业典礼的讲台，都是因为你们——我的老师。你们没有抛弃当时困窘的我、迷茫的我，没有放弃顽劣的我、少不更事的我，而是谆谆教诲，引我前行。谢谢你们！

我感恩清华。母校走过百年沧桑，宠辱不惊。她开放包容，不偏不倚；她脚踏实地，朴素育人；她让我们每一个学生成为更好的自己，她也将在以后的日子里继续给我们更多的自信和机遇；我感恩清华，给了我科学探索之精神、团队协作之意识。时间早已将我在清华得到的一切，如良师益友，治学之态度、求知之精神，乃至待人接物、为人处世的种种方式和领悟，都烙印在我骨髓里，成为我精神的一部分。

我也感恩这个时代。狄更斯说，"这是最好的时代"。作为一个"70后"，我们正赶上了祖国改革开放、高速发展的时代。我们很幸运生长在了这么一个和平而繁荣的中国，这里有丰富的机会，这里有你我的舞台。当代哲学家陈嘉映说，"我梦想的国土是一片原野，容得下跑的、跳的、采花的、在溪边濯足的，容得下什么都不干躺在草地上晒太阳的。"各位同学应该能感受到这个时代的选择多样性：你们可以在国内继续深造科研，也可以去国外看看外面的世界；你们可以成为企业界的张朝阳，音乐界的高晓松，人文界的梁实秋，自然科学界的华罗庚；当然你也可以选择休学一年体验生活，可以继续做计算机行业，也可以选择其他你热爱的领域。现在的中国比以往任何一个时代都更接近这样的一片原野。

同学们，希望你们在被生活的洪流裹挟着前进的时候，能够停下脚步回头望一望，回忆初心，坚定信念。你会发现，这一路走来，你从来都不是一个人在战斗，转身看看身边的朋友，回头看看家里的亲人，趁着毕业之际，和他们说一声谢谢吧。

常怀感恩之心，常念感激之情，帮助他人，不计得失，不求回报。正如华罗庚老先生所说："人家帮我，永志不忘；我帮人家，莫记心上。"此句与大家共勉。

砥砺前行

我 1996 年离开清华后在海外求学工作 20 年，后又归国工作 4 年。在本科、研究生、博士毕业和以后的工作中，有许多选择和诱惑。在这毕业季，我还想和你们分享一些对方兴未艾的国内计算机行业的感悟，和大家聊聊担当。

刚刚狄更斯的那句话我只说了一半，另外一半大家知道的，"这是最坏的时代"。最近，大家一定都了解一些中美贸易摩擦的问题，美国以巨大的货物贸易逆差为借口，挑起中美双边贸易摩擦，并出台系列措施压制中国。美国围堵中国，扼制中国的崛起，意在继续主导世界经济的发展，防止中国对美国霸权的挑战。为了达到这个目的，美国在挑起贸易摩擦的同时，已经在政治、经济、军事、文化和科技各个方面对中国进行了全面施压、围堵和遏制。这样一场没有硝烟的战争，影响了中美贸易，也波及了国内计算机行业。这样竞争的时代将会是未来的新常态。在这样一个时代，我们深刻体会到核心技术是要不来、买不来、讨不来的，一定要掌握在自己的手里。不光是科学家是有国界的，有时候"科技"也是有国界的。只有坚持

四个自信，实事求是，做好科技自主，守正创新，务求实效，
我们伟大民族的复兴才能够脚踏实地。

改革开放40年来，中华大地日新月异，科技水平突飞猛
进，取得了骄人的成果。虽然我们在某些方面取得了不错的成
绩，但是也应该清醒地认识到，在我国许多行业，我们还存在
很多被人卡脖子的地方。对于计算机领域，也是如此，如憋屈
的中信协议，再比如华为与美国的摩擦。我国大部分行业的落
后，使这场没有硝烟的战争打起来格外不易。例如在国产芯片
这个领域，虽然已经诞生了"申威""龙芯"和"寒武纪"这
样自主国产的产品，但是核心技术和行业占有率相对来说却比
较低，原因是多方面的，包括工程技术的积累、高端人才的密
度、软件生态的匮乏。而芯片的研发科技、工程及生态扩张又
是一个漫长且艰苦的过程。又如，在完全自主国产操作系统上，
我们似乎也并没有能够拿得出手的市场级产品（华为的鸿蒙操
作系统还需要历练检验），商用操作系统主要还是依赖微软，苹
果，IBM等。我们现在需要替代微软英特尔（Wintel）体系，
去IOE（消除服务器提供商IBM、数据库软件提供商Oracle和
存储设备提供商EMC三者对企业数据库系统的垄断）。在目前
这种国际形势下，国家的信息和网络安全也因为在许多领域的
劣势而显得十分严峻。行业落后的背后，可能更多的是工程能
力的弱化，是核心技术的缺失，是科学创新的匮乏。非常遗憾

的是，计算机行业的大部分核心科技仍然不属于中国。

时势造英雄。因势而谋，才能谋定后动，顺势而为，才能为不能为。机遇总是垂青弄潮儿。清华大学诞生于旧中华积弱积贫的耻辱之上，无数前人先辈前赴后继，才有了吾校庄严，巍然中央。而在中华已经崛起的新时代，担当有了新的定义。清华校友高晓松说"名校乃国之重器"，我们身为清华人，身负清华荣光，便要身担清华之责，立德立言，无问西东。美国封锁相关设备、技术和人才，面对一系列的困难和挑战，正需要我们大家，尤其是你们这一代优秀学子们以"筚路蓝缕、以启山林"的决心去研究和探索，执着攻关创新！

英雄也可以造时势，在当前国际形势下，我们更应该自信，真正做到道路、理论、制度和文化自信。我们为我们自己而感到自信，为我们的科技而自信，更为我们的国家而自信。很多时候国内的一些产品技术，不是不行，而是需要各行各业使用，越不用越没有机会发展。大家有了自信并使用，我们的科技产品才有机会，也就有了发展和进步的空间。有些技术不是中国做不了，只是短期内难以见效，中国科技史上有的是弯道超车的例子。1978年，在外方对计算机技术的严防死守下，在国内手摇式计算机和人海战难以满足天气预报和航空航天的计算需求下，我国开始了充满艰辛也充满辉煌的超级计算机研发历程，目前，我国已以200多台的超级计算机遥遥领先于其他国家。

要做好新时代下的弄潮儿，做好砥砺前行，在四个方面与同学们共勉。首先，要开放。这也是我们青年朋友们做得很好的一点，就是保持开放与发展的心态。封闭带来隐患，开放带来进步，即使有摩擦有争端，我们要坚持无所不学的求知欲，与国际同行不断交流，学习多元的文化、理念、知识与科技，促进我国和世界计算机科学技术与应用的繁荣；其次，要坚忍，校园之外没有温室，请不要把偷过的懒变成打脸的巴掌。以后在工作中，要耐得住寂寞，坐得了板凳，突破非一朝一夕之事，是水滴石穿之功。没有足够的积累，是没法走捷径的；再其次，要包容。我们在日常工作生活中要拥抱同理心，要坚持多样性和包容性。尊重和你不一样的文化、不一样的信仰、不一样的观念和不一样的方法；最后，要树立团队精神。计算机技术的发展与许多学科不一样，通常需要团队通力协作，攻关创新。要把团队放在个人地位和荣誉之上。你再有才华，如果不把团队精神放在首位，会毁掉团队，会把好牌打烂。包容、开放与坚忍才会让大家一起成长、进步、飞翔！

回到我们清华的校训：天行健，君子以自强不息；地势坤，君子以厚德载物。希望大家为了美好人生、光辉未来而奋斗；为了行业振兴、国家进步而努力；用广阔的胸怀和无尽的求知欲去攻坚克难，同心协力，为国家科技进步作出贡献。如保尔·柯察金说，当你们回首往事时，"不因虚度年华而悔恨，也不因碌碌无为而羞愧"。我们和平而繁荣的中国正处于重要战略机遇期，我们的民族正奋进在伟大复兴的决胜期，师弟师妹们、青年朋友们，这是你们的时代，去永怀初心、去砥砺前行、去追求真理、去满怀激情地奋斗吧！当你们回首往事的时候，就可以骄傲地说，我已不遗余力地为祖国、为人民健康工作五十年！

谢谢大家！

勇于挑战偏见，不要让名校毕业成为你一生最大成就

——在人文学院 2019 届毕业典礼上的发言

邓亚萍

　　1997 年进入清华大学外语系学习，2001 年毕业，获文学学士学位后赴英国诺丁汉大学、剑桥大学学习，先后获得硕士、博士学位。原中国女子乒乓球队运动员、奥运冠军、乒乓球大满贯得主。退役后，曾任共青团北京市委副书记、人民日报社副秘书长、现为河南邓亚萍体育产业投资基金创始人。

尊敬的各位老师，亲爱的同学们、家长们、朋友们：

大家上午好！

很荣幸今天作为见证者，参加学弟学妹们的毕业典礼。我从清华毕业是 2001 年，18 年前那一刻的感觉，到现在都还记得：终于毕业了！

但是你们知道吗？那次是只有我一个人的毕业典礼。因为我要去莫斯科参加 2008 年申奥陈述，赶不上学校举行的毕业典礼，所以学校在外语系专门为我举办了一个人的毕业典礼。当时就觉得，咱们清华大学的学历可比世界冠军难拿多了！

今天，我从台下走到了台上，想先问大家一个问题："清华"这两个字，对各位学弟学妹们意味着什么？

可能意味着荣誉，意味着骄傲，意味着过去几年的刻苦学习；意味着初恋，意味着失恋，或者更大的可能，意味着 4 年的单身——不用怕，因为可能还有第 5 年、第 6 年。

但作为学姐，我想和大家分享的是：小心"清华"两个字，变成你的枷锁。

年轻人，你没有资格迷茫

其实认真算起来，我第一次"毕业"是在 1997 年，我宣布从乒乓球队退役。"世界冠军"这个身份，就差点成为我的枷锁。

那年我刚满 24 岁。我当年的名气，可不比现在的流量明星差。我退役前已连续 8 年排名世界第一，获得了 18 个奥运冠军和世界冠军，是女子乒乓球大满贯第一人，也是当时世界公认的、历史上最优秀的女运动员之一。

但你们知道这意味着什么吗？这意味着，有 99% 的可能，那就已经是我的人生巅峰。几乎所有人都认定，那一定是邓亚萍这辈子取得的最高成就。

这意味着，无论我未来 50 年做什么、怎么做，我都极大概率不可能超越自己前 20 年的成绩。如果我去从政，就算做成了处长厅长甚至部长，也不过是众多官员中的一位；如果我去经商，就算赚到 100 万元、1000 万元、1 亿元，甚至连富豪榜都挤不进去。

你说我这下半辈子，还有啥意思？

我非常确定，我下半生的每一次出场，哪怕我去唱嘻哈、跳街舞，都会被介绍说是"前世界冠军、前女子乒乓球运动员邓亚萍"。比如刚才，老师就是这么介绍我的。

在那个时候，其实从任何角度来说，我的人生已经被紧紧封住了。在我面前，是一条笔直的、清晰的下坡路。

所以，我有时候听到年轻人说迷茫，我就觉得好笑。对不起，他们没有这个资格。在座的每一位，你们都没有这个资格。

连我面对如此"黑暗"的未来都不曾绝望，你们又从何谈起迷茫呢？

挑战偏见，从清华到剑桥

我退役前，就开始考虑之后究竟要去干什么。周围 99% 的人都建议去当教练。当教练，带出来全国冠军；当个更大的教练，带出来世界冠军；再当总教练，带出更多的世界冠军。这也是以往的运动员退役后，最顺理成章的一条道路。

甚至直到前两个月，我去央视解说世乒赛，都有很多观众非常热心甚至是带点惋惜的语气留言说："唉，邓亚萍解说得真好，不去当教练真可惜！"

我们有个特点，但凡你做出一点特立独行的、不一样的事，大家就会围上来，用特别好心、特别温暖的语气给你提建议："别这么干。"

可我那时候就是不想当教练。反正我面前一定是一条下坡路，那我就要做点不一样的事儿。你们不是觉得运动员四肢发达、头脑简单吗？你们不是觉得运动员读书都是镀金、混学历吗？那我偏不信，我偏要证明给别人看，运动员也能做学问！

我就较上劲了。这就是我退役后到清华大学求学的初衷，我就是想要挑战这种偏见。

母校当年录取我，也是顶着不小的压力。外界有评论说，录取邓亚萍，你们清华是不是在傍名人、捧明星？但感谢老师们集体讨论，遵循"鼓励差异、用人所长"的传统，同意我入学。

所以我从来不曾松懈。一篇英文演讲稿，可能你们不到半天的时间就能记下来，我要一句话一句话地去模仿，就得花上一个月。

这样一个过程虽然很艰辛、很困难，但我慢慢地开始找到一点自信，感觉自己并不是那么笨，说不定还真能做点学问。

直到 11 年后，我从剑桥大学博士毕业的那一刻，才敢对母校说："你看，我邓亚萍，没有给咱清华丢脸！"

成功不必在我，功力必不唐捐

学士毕业、硕士毕业、博士毕业，加起来算是我人生的第二次毕业。这一次毕业，虽然没有了我退役时的光环，不会被那么多媒体报道，但对我自己来说，却更加自豪。

你可能会问，这有啥特别的，邓亚萍你真的成功了吗？事实上自我退役之后，各种质疑、批评的声音从来没断过。我都知道。

一件事如果做好了，那是因为我借助奥运冠军的名气；如果没做好，很多人就开始嘲笑："你看，果然搞砸了吧！"

但我一直记着胡适先生的一句话："成功不必在我，而功力必不唐捐。"是的，仅仅就我自己的事业而言，我的确不是最成功的代表，但我证明了一件事或者说我做到了一件事，那就是运动员可以有不一样的选择。

你想想，如果再有一个运动员退役，他面临的选择一定不仅仅只有做教练、带队伍。在他前面，已经有一个叫作邓亚萍

208

的人，闯出了一条读博士、做投资、做管理的道路。

而且更让我自豪的是，他所承受的压力一定比我要更小。因为他只要是做得比邓亚萍更好，就足够了。他不用成为最有才华的博士，只要他学问比邓亚萍更扎实就足够了；他不用成为最有眼光的投资人，只要他赚得比邓亚萍更多就足够了。

他要承受的比较，已经不是运动员和非运动员的比较，而是他自己和邓亚萍的比较。对这一点，我一直都非常骄傲。

媒体也好，舆论也好，大部分时候只关心你的成绩，而不会关心你做这件事的意义。但对我自己来说，这才是最大的价值。

放下"清华"的标签，从零开始

刚才说，这是我人生的第二次毕业。但很快，我发现自己又遇到难题了。

2008年，我在剑桥大学拿到了正儿八经的博士学位。我突然成为女博士了。在座的各位，女博士不少吧？在咱们人文学院，我这么看一眼，女生的比例也应该比男生更高吧？那你们一定知道，一个女博士毕业了，该面对多少社会的压力。

直到今天，在我的微博留言和私信里，还不停地有人说："邓亚萍，你都快50岁的人了，好好相夫教子不行吗？你都这么强了，你还想干吗呀！"嘿！我就纳闷了，什么叫"我还想干吗呀"？我做投资、做管理、做咨询，这不都是工作吗？

如果一位男士中年转行，你们就说他是勇于挑战；一位女士中年转行，你们就留言说"你要干吗"？凭什么啊！

其实说了这么多，我也知道，清华学子身上肩负的压力。你们从4年前甚至10年前，就被父母、老师、同学、周围所有人寄予厚望，所有人都在等待着你们成功，而且是"大成功"。

学业上、工作上出了点成绩，一听说你是清华毕业的，"哦，怪不得……"；如果出了问题，那语气就变成了："清华的就这水平呀！"

整个社会用最高的标准来要求咱们清华人。你周围的每一个人，都会给你温暖的提醒：你应该去留学，你应该去外企，你应该去静下心来做研究……每一个提醒，都包含"应该"和"不应该"。

可是，凭什么呢？

凭什么，清华学生毕业就只有那么几条道路可以选择？我深深祝福、期望每一位学弟学妹们，都能够打破周围的偏见和枷锁。

回首人生，我第一次"毕业"——从乒乓球队退役，最大成就不仅是那些金牌，而是证明了：个子矮的运动员，同样可以拿世界冠军。以前那些因为个子矮在第一轮就会被教练刷下来的小队员，在邓亚萍出现之后，获得了更多的机会。

第二次毕业是学业上的毕业。我拿到的不仅是一张文凭，而是向后人证明了运动员也能来读书！运动员不等于"四肢发达、头脑简单"！

现在，我期待着第三次毕业，我希望能让性别不再成为世人关注的焦点。

同学们，今年全国高考人数超过了 1000 万，而咱们清华的录取名额大概只有 3000 人。也就是说，只有大概 0.03% 的同龄人，才能考上清华大学。

我自豪的是，没有让"世界冠军"这 4 个字成为我一生中唯一的成就；我也祝福各位同学，不要让"从清华毕业"成为你一生最大的成就。

从今天这一刻起，我祝福你放下一切，从零开始。只有一点，希望能留在你的心里，那就是咱们清华人的"骄傲"。我们可以打破所有的偏见，但有一个"偏见"希望你能留在心中，那就是"自强不息，厚德载物"。

君子应该像天宇一样运行不息，即使颠沛流离，也不屈不挠。如果你是君子，待人接物度量要像大地一样，没有任何东西不能承载。

我们的每一个选择、每一份工作，不仅仅是为了自己，应该是为了更广阔的人群，为了人民，为了祖国，最终，应该是为了整个人类！

为祖国健康工作五十年，清华人，加油！

勇敢追梦，不辱使命

——在新闻与传播学院 2019 届毕业典礼上的发言

梁馨文

2010 年进入清华大学新闻与传播学院学习，2012 年毕业并获得硕士学位。毕业后在中央电视台新闻中心策划部工作，2014 年 5 月作为记者赴中央电视台中东中心记者站工作，2018 年 1 月回国。2018 年 8 月至今在中央广播电视总台新闻新媒体中心《国际锐评》栏目担任评论员。2014 年，短新闻《本台记者亲历喀布尔枪战》荣获"首都女记协好新闻"二等奖。

尊敬的各位老师，亲爱的学弟学妹：

大家下午好！

首先要恭喜大家毕业了！终于不用为期末考试和毕业论文发愁了。但请相信我，工作之后愁事会接踵而至，比如 10 天前接到要在毕业典礼上讲话通知的我，就无比发愁。我在网上看了十几篇清华北大校友毕业典礼上的讲话，他们事业有成、经历丰富，无比惶恐的我给王健华老师回信息，还是换人吧。王老师回复了 7 个字："就你了，没有备胎。"感谢学院的信任，我决定关掉校友讲话的网页，鼓起勇气，和大家分享毕业以来的收获与想法。

实现梦想是一件艰难又美好的事

2014 年 11 月，刚刚成为一名驻外记者的我被派往阿富汗，我们住的是外国人聚居区，治安条件好，但也成了塔利班袭击的目标。袭击过程一般如下：引爆炸弹—击毙保安—攻进房屋—喀布尔军队随后赶到—激烈枪战—塔利班殊死抵抗—死前引爆身上炸弹。

有一天晚上，距离我驻地 100 米的客栈就经历了上述全过程，轰的一声，卧室的整个窗户都在震颤。保安上楼将还处于混沌状态的我拽到了地下室，我光着脚穿着睡衣在冰冷的地下室待了 4 个小时，外面的枪战声此起彼伏，似乎下一秒钟就要攻进来。那种直面死亡的恐惧与无助弥漫在我身旁。大概快夜里 12 点，枪声停止，我拖着已经冻麻了的脚走上楼，突然发现墙上有个洞，地上还散着一些墙面的白色粉末。而再往右边看，贴了防爆膜的窗户也破了一个洞——哦，天哪，是子弹打进了屋内。那一瞬间，我的腿一下子软了下来，坐在地上靠在床边，把头尽量压低，怕窗外来的子弹打进来。我不敢想，如果这颗重机枪子弹在打进来的时候我刚好走到窗边会是什么后果。

两三个小时后，北京已经天明。当得知我的住所遭遇枪击，后方第一反应竟是质疑为何没有拍下来。恐惧还未消散，我洗了把脸，拿起摄像机讲述了昨晚的经历，又再次走访了爆炸现场。

如果你没有办法阻止战争，那就把战争的真相告诉世界。可这条路好难啊！我的同事因为看过由于很多天没有食物供给的民众哄抢大饼的景象，在很长的一段时间里都无法享受美食；我的另一位同事因为不断地看见支离破碎的尸体，一度抑郁辞职。妈妈说："太危险了，回来吧。中央电视台没有你还可以继续运转，咱们家没有你就完了。"如今我也是一名妈妈了，每每想起这些话，它们都像子弹一样击中我的内心。在那些枪声不断难以入眠的夜晚，在那些因为看见鲜血与死亡而无比揪心的深夜，我确实很怕，怕危难降临；但我也无比坚定，因为我知道，抛开恐惧与泪水，认真记录、发掘、呈现，才是一名战地记者的职责与使命，而那是我的初心与梦想。

请心系祖国，心怀感恩

2016 年底，我在伊拉克极端组织控制区域摩苏尔周边采访，走在遭受过空袭的村庄，目之所及都是坍塌的房屋，冰冷得没有一丝生气。虽然对这些早已司空见惯，但当看到散落在地上的、写着歪歪扭扭字体的课本，一件件破旧的还没来得及打包的衣裳，一张张被灰尘覆盖的全家福，还是会心头一紧，因为这背后是匆忙逃跑的孩子，是绝望痛苦的母亲，是破碎的家庭，是遗失的梦想。

我走着走着，到了一个满地是药瓶的屋子，像是发现了宝。我对翻译说："这都是药啊，为什么不拿到前线去救人？"我的翻译告诉我，这些是给动物看病的药，原来这曾是一家动物医院。我不禁感叹，这个曾经连动物的药品都供应充足的国家，如今大量受伤士兵民众因药品供应不足在前线医疗点生命垂危，这就是战争对一个国家的摧残。

在难民营里，一个从摩苏尔城区逃出的孩子在采访中说："我再也不想当医生了，我爷爷被炮弹击中了，肚子上都是血，我看过他们把叔叔的头割下来。我真的好害怕血。"

今天和学弟学妹们畅谈梦想，你们梦想成为一名优秀的记者、导演，成为企业家，成为影响世界的人，但大家是否想过是什么让你的梦想如此清晰，是老师家长的鼓励？是内心的坚定吗？

2018年初，我刚刚回国，那时的我在座无虚席的影院里会手心出汗，对周围人充满警觉，我时不时会冒出一个念头，如果电影院突然有人引爆一枚炸弹怎么办？

在大连老家，一大早结婚的邻居在小区鸣放鞭炮，那响声让还在倒时差沉睡不醒的我突然坐了起来，第一反应是我在哪儿，是有枪战了吗？每每如此，我都需要长叹一口气，拍拍自己，回来了。

7年前，我是一个十足的愤青，对社会的不公充满怨气，对官僚主义作风满腔愤恨，希望成为一名社会不公与黑暗的揭露者。7年后，梦想没有变，但我更希望成为时代真实客观的记录者。在记录不公与黑暗的同时，也让大家看到祖国巨大的发展成就和人民日益改善的美好生活。

经历过战火纷飞枪林弹雨，我才深刻地感受到一个强大稳定的国家才是对每一个色彩斑斓的梦想最有力的支撑。将个人命运与祖国的发展结合在一起应当是清华人的责任与使命。心系祖国，心怀感恩，祖国强大，每一个人才会更好。

关心世界的贫穷、战争与不平等

在中东，我去过迪拜酋长的官邸，见识过绝世的奢华与壮观；我也去过阿富汗首都喀布尔，目睹城区卡拉索桥下尸横遍野垃圾成堆，成群无家可归的瘾君子在吸食毒品，那种差距我想远超过天堂与地狱。在叙利亚，我们的摄像花光家里所有积蓄，通过黑中介逃到了德国难民营，然而又不顾反对返回叙利亚，有谁知道他经历了多少纠结与痛苦；在阿富汗，我们雇员刚出生 3 个月的儿子就夭折。你们知道吗？阿富汗新生儿的死亡率是发达国家的 50 倍。在踏上中东这片土地之前，我从未如此深刻地感受到人类在财富、健康、机遇上的不平等。

在一个追求流量、爆款、物质最大化的时代，有人说清华人的内涵是与生俱来并不断孕育的爱国奉献精神。但我想不仅仅是爱国奉献，不仅仅是关注祖国的命运，我们更应该胸怀天下，去关注这个世界的疾病、贫穷、战争与不平等。尽己所能让世界变得更美好。

以上就是工作以来我发自内心最真实的感受，但总觉得略显单薄，所以昨天我在 2010 级国新班微信群发了信息，听听其他学姐学长给你们的建议：

"你们的麻烦才刚刚开始。"

"人生还是要做一次自己喜欢的工作。"

"不要让生活被工作填满。"

"赶紧找对象。"

"勇敢尝试，找到自己最喜欢的职业。"

"你将经历的一切要么带来成功，要么带来成长。一切皆值得。"

希望在座的你们在未来有解决麻烦的智慧与勇气，也有心系祖国胸怀世界的理想与抱负。

谢谢大家！

做"关注当下"的法律人

——在法学院 2018 届毕业典礼上的发言

常宇

　　1993 年进入清华大学精密仪器与机械系学习，先后于 1998 年、2002 年、2011 年获得清华大学精密仪器与机械系、法学院、人文社科学院学士、硕士、博士学位。毕业后留校任教并外派挂职锻炼，历任北京市平谷区发展改革委副主任、平谷区夏各庄镇党委书记、北京市对口支援和经济合作工作领导小组办公室综合处处长、新疆和田指挥部党委委员及专职副指挥、共青团北京市委员会书记，现任北京冬奥组委新闻宣传部部长、市委宣传部副部长。共青团十七届中央委员会常委，中国共产党北京市第十一届委员会候补委员。

尊敬的清华法学院的各位老师，同学们：

很荣幸能来参加清华法学院的毕业典礼，感谢院长的热情邀请。能来再次聆听我以前的各位老师的教诲，能来感受同学们朝气蓬勃的精神，使我回想起 20 年前在清华法学院读书的样子。那时候清华的法律学系刚刚恢复建立，大概全系只有三五个老师。我们是第一批校内选拔的本科生，当时叫"法三班"。我们班有 36 个人，来自 19 个不同的院系和专业，成为清华园内一群比较特殊的学生，兼学自己原来的专业和法律。

当时，大学入学以后调整专业几乎是不可能的，所以当法律系提出要从校内大三学生中选拔转系学生的时候，还是引起了不小的轰动。我们这些经过多轮考试和面试进入"法三班"的人，心里还是带着一点小小骄傲的。当然，多学一个专业也是要有付出的，当时清华很多专业是五年制的，我们兼学法律又延长了一年，使我们荣幸地成为当时清华绝无仅有的"大六"年级的学生。

作为一名曾经的"大六"的学生，今天来参加同学们的毕业典礼，感受很多。从今天起，你们要开启一个新的人生阶段了。结合毕业以后工作的经历，我给大家的建议是，要努力做"关注当下"的法律人。

今天，我们处在一个瞬息万变的社会，作为一名法律学生，你永远有使命关注当下，把你在清华学的那些罗马法、德国民法典，那些法律的基础知识和理论，运用到现实生活当中去，去探究公平和正义的具体体现和落实。这样的目标听起来很简单，但无论你明天走上什么样的工作岗位，是在企业、在政府、在律所、在法院、在大学，你都会发现，解决当下的问题，很多时候并不那么容易。那么，什么是"当下"呢？

高流动社会

我们处在一个人类历史上前所未有的流动社会中。诺贝尔经济学奖获得者斯蒂格里茨说，21世纪影响人类的两大要素，是新一代科技革命，和中国将有6亿人从农村走入城市。在这样的背景下，新的城市运行模式和生活方式直接挑战我们对很多既有社会运行规则的认识。人们离开乡间，一系列基于原有农村集体经济制度的权属关系，因所有者的外流而需要重新建构；人们从乡间来到城市，自然就产生了更为复杂的建筑物区分所有权问题，产生了更复杂的相邻关系和社区物业管理的法律关系；人们大规模跨省迁徙，就会遇到教育、医保等社会公共服务异地衔接的法律问题等等。这些都是高流动社会必然面临的、当下的法律问题，需要我们去捕捉、去解决。而且，这些都是拖不得的问题。这就是我们常说中国的改革进入了攻坚期的重要原因之一。

互联网生活

我们处在一个把人类业已习惯日常生活快速地搬到互联网上的时代。以前我们看报纸，现在我们看手机；以前我们在路边等出租车，现在我们在网上预约出租车；以前我们在商场里买东西，现在我们在网上买东西；以前我们去银行排队，现在我们在网上理财等等。当我们发现，我们几乎全部生活都搬到了网上，我们社会准备好了吗？我们的法治体系准备好适应这种快速的、每时每刻都在产生新需求而且具有很强的自我创造能力的网络社会了吗？在网络社会环境下如何进行金融监管？在网络环境下如何划定什么是人的隐私？在网络社会下如何认定一个案件的证据链条？我们每个人每时每刻产生的网络数据是什么东西？是财产吗？是私有财产吗？是公共产品吗？是自然资源吗？应该用何种法律手段来进行权利的确认和监管？这些都是当下的法律问题。你不去迅速发现它、捕捉它、分析它、探究它、适应它、解决它，它就会像脱缰的野马、决口的大河，本来是可以驾驭的磅礴力量，能推动这个社会生生不息、永远前进，结果可能却成了无孔不入、四处破坏的力量。这也就是我们说国家治理体系现代化改革永远在进行，需要大家共同努力的原因。

国际化进程

我们处在中国快速成为国际大家庭中重要一极的时代。20

年前，很多同学出国留学。记得当时一位在美国留学的同学对我说，在美国的电视里，一个月也不见得有一条跟中国有关的新闻。但是今天我们看国外的主流媒体中几乎天天都有中国消息。无论视角是否一致，结论是否相同，毕竟，中国的国际影响力在那里，世界才会关注你，了解你，品评你。由于现在工作的原因，我有很多时间是在跟国际组织、国外媒体和电视机构打交道。我能切身地感受到，今天，大家都在关注中国，希望了解中国。希望了解同样一个奥运会，在中国的社会体制和结构下，是怎么组织实施的；希望了解同样一个奥运会，在中国能给普通人的生活带来什么不一样的改善和收获。戴着有色眼镜看中国的人越来越少了，认真聆听和思考我们的制度和政策的人越来越多了。2001 年我正在英国利物浦大学学习 WTO 反倾销规则时，中国已成为世界贸易组织的新成员。那时候，我们是多么欢欣鼓舞，如饥似渴地了解学习国际条约和规则，努力适应地球大家庭。今天，我们要回过头审视这些年我们走过的路，甚至要为维护国际多边贸易体制、维护人类全球化的进程而采取必要的法律措施。其实，这不是周而复始又回到原点，这恰恰说明，中国融入世界的进程，是法律人永远都要面对的当下问题。人类命运共同体是我们的世界观，建设共同繁荣的世界是我们的主张。正是因为中国融入了世界，我们的体制优势托举了我们的国际地位迅速发生变化。当你的份额变化了、地位变化了、影响变化了、别人看你的目光也就变化了、你遇到的问题自然也就变化了、需要用法治的手段去解决的问题也变化了。这就是说，在国际化进程中的法律问题，永远是当下的问题。

高流动社会、互联网生活、国际化进程，都是每个法律人要面对的时代问题和当下问题。

很多年前我还在清华法学院上学的时候，我有幸给一位著名的中国税务律师当助手，参加了当时影响很大的国家税务局与中国中央电视台和泛美卫星公司（PanAmSat）的一起国际税务纠纷案件的处理，做一些很简单的辅助工作。通过这个过程我深刻地感到，法律的职业是一个连接个体与社会、民族与国家的崇高职业。作为一个法律人，你将永远面对"小我与大我"的关系问题。你可以讲好一堂课，签好一个合同，代理好一个案件，过上一个不错的小日子。但同时作为一个法律人，你的所有工作都会面对公平正义，都会联结着社会责任，都可能对国家和民族有所贡献。

今天大家即将走上社会，我想告诉你们，处理好小我与大我的关系，把日常工作生活的成败得失与国家的强盛、社会的公平正义联结起来，做一个心怀大我，关心国家和民族、努力为中国能更强大地屹立于世界之林作出贡献的、关注当下的法律人。

甘于平凡，不甘平庸

——在土木水利学院 2018 届毕业典礼上的发言

岳清瑞

1980 年进入清华大学土木与环境工程系结构工程专业学习，1985 年毕业并获得学士学位。中国工程院院士。历任中冶建筑研究总院有限公司总工程师、党委书记、董事长等职。先后主持并完成了 16 项国家重点科研项目，其中"863"课题 6 项，科技支撑与攻关课题 4 项，国家专项及部委科技课题 6 项。获得国家科技进步二等奖 1 项，省部级科技特等奖 3 项、一等奖 1 项、二等奖 2 项；主持完成我国第一部碳纤维在土木工程中应用的行业标准与国家标准，共主编完成国家标准和行业标准 7 项，主持并参编国家标准和行业标准 10 项；出版专著 4 部，发表论文 149 篇，SCI/EI 收录 27 篇。

尊敬的各位老师、亲爱的学弟学妹们：

大家好！

非常荣幸能有这样的机会再次回到母校，回到清华这个温暖的大家庭。看着即将毕业的同学们，朝气蓬勃、从容自信、健康阳光，我仿佛回到了 33 年前我毕业的那一天，喜悦与泪水交融，壮志与梦想共存，感觉终于学业有成，可以投身国家建设、报效祖国和家庭。

我是清华大学土木系 1980 级校友，1985 年本科毕业后，来到了全国建筑科学研究中最具影响力的科研院所之一——冶金工业部建筑研究总院并攻读硕士研究生，随后即在此工作，至今已 33 年。刚刚毕业时，还是一个懵懂青年，对科研与工作的理解是狭义的，以为坐在实验室搞分析研究，就能搞出高端成果。但到了单位，跟着老前辈们，也包括清华的学长，他们言传身教，既教怎么做研究、做分析，还教如何解决工程中的实际问题，更教如何处事、如何做人。我毕业工作时正是我国改革开放初期，我们既要做研究还要进行创收。还记得我拿着设备，顶着近 40 度高温爬百米烟囱做检测，汗水浸透的衣衫可以自己立住了，每天下来洗澡的水全是黑泥汤；还记得汶川地震后，我和同事深入灾区对建构筑物进行检测鉴定及抢险救灾，身旁还有不时滑落的沙石和倒塌的墙板，等等。就这样，我跟着师傅们一起干活、一起交流、一起出差，一代带一代，薪火相传，一干就是30多年。我从专题组副组长、组长、研究室副主任、主任、副所长、所长，直到副院长、院长，其间还兼任多个国家平台的职务。长期的基层经历和坚守一线让我拥有了丰富的实践经验，也让我懂得了本事是实践中锻炼出来的，技术必须要在实践中检验、实践中发展、实践中创新，实践才是检验真理的标准。刚才也介绍了我在去年有幸被评为中国工程院院士，这既是对我过去30年工作的认可，也是我的团队共同努力、协同奋进的成果，更是母校的培养、清华前辈和校友的大力支持的结果。我依然清晰地记得毕业至今恩师陈肇元院士对我的殷殷教导与鼓励，清晰地记得聂建国院士对我的无私帮助与付出，还有土水学院的各位老师与校友的大力支持，再次衷心地感谢他们！

同学们！由己而发，你们即将走出校门，我有幸在这里跟大家分享我过去的一些经历，希望能够给你们今后要为之奋斗的事业提供一些参考。

母校——清华大学，是一个不论你们以后走到哪里都会被高看一眼的资本，但随着时光推移，当母校的光环渐渐淡去，你们中的绝大多数可能在平凡的岗位过着平凡的生活。到那时你们是否还记得自强不息，厚德载物的校训？是否还能坚定当初的信念？是否还能不忘那颗赤诚之心？是否还能坚守为人的浩然正气？这里，我把自己的体会告诉大家，就是在平凡的岗位上，一步一个脚印，做出不平凡的事。要做人成标准、做事是标杆，一辈子至少干明白一件有益于家国的事！

"你们处于一个最好的时代"，它有着无限的发展空间和丰富的资源供你们去施展才华，成就梦想。但"你们也处于一个最坏的时代"，有太多的压力需要你们去承担，还有无数的挑战需要你们去迎接。我希望你们慢一点，静一点，定一点，给自己的心一点时间和空间，能甘于平凡，守住寂寞，但绝不能平庸地活着。

有人说这是一个信息爆炸、知识廉价的时代，但我仍希望，几十年后的你们依然坚定初到清华时追求知识和真理的信念。毕竟，学识过人是我们清华人的看家本领。

有人说这是一个金融造富、地产称王的时代，但我仍希望，几十年后的你们依然不忘技术报国、事业兴邦的赤诚之心。毕竟，精英报国是大家给予我们的期待。

有人说这是一个全民娱乐、围观无过的时代，但我仍希望，几十年后的你们依然坚守做人正派、为人正气的豪迈。毕竟，厚德载物是母校对我们的谆谆教诲。

穷则独善其身，达则兼济天下。清华人自应有清华的风骨。我对我们单位干部的要求是"政治坚定、品行高尚、作风过硬、纪律严明、业务精湛、视野广阔"。要想改造一个世界，首先必须融入这个世界、认识这个世界。作为清华人，可以不从事政治工作，但不能不关心政治，否则就可能迷失了方向；品行是一个人为人处世的基本德行，是决定你生活和事业是否成功的根本，清华人理应具有高尚的道德情操，身系家国，苟利国家生死以，岂因祸福避趋之；作风与纪律是成功的根本保障，各位校友走入工作岗位就必须高度重视作风与纪律培养，有深厚的业务功底再配以过硬的作风和严明的纪律，必将给你们插上腾飞的翅膀；业务是我们立业报国之根本，也是清华人得以骄傲之处，必须干中学、学中干，实践出真知，真知可以指导我们更好地建设世界和改造世界；同时还要有广阔的视野，今后越来越是一个多文化、多学科深度融合交叉的时代，只有拥有更加广阔的视野，才能使得我们立于不败之地。

同学们，你们正处在一个伟大的时代，中国也正处于发展中的一个关键阶段，清华学子要胸中有情怀，肩上有担当，还要头顶有星空，脚下有行动，更要眼里有世界，心中有宁静。

祝学弟学妹们青春无悔、前程似锦！

谢谢！

如何面对充满不确定性的世界

——在新闻与传播学院 2018 届毕业典礼上的发言

刘宏宇

2004 年毕业于清华大学新闻与传播学院，获硕士学位。毕业后任职于北京奥组委新闻宣传部，主管影视宣传项目。现为纪录片导演、制片人。2008 年至今从事纪录片创作，采访了上百位全球各界杰出人士，见证了北京奥运会、中美建交 35 周年等时代大事件。主要作品包括《探寻人工智能》《永恒之火》《筑梦 2008》《中美之间》《穿越海上丝绸之路》等，荣获中国电影华表奖、蒙特利尔电影节特别大奖等多个国际国内奖项。

亲爱的老师、同学们、远道而来的家长们：

大家下午好！

谢谢你们叫我回家，分享你们人生重要的时刻。好像上一次站在大礼堂的舞台，是 17 年前，参加学校"一二·九"大合唱，跟你们的男神院长周庆安一起。

学院说，毕业典礼你代表校友回来发言吧，我的第一反应是惊诧。因为自己毕业后走了一条非主流的道路。在奥组委工作四年半后，我选择成为一名自由职业者。而后花了 10 年的时间，去了世界上很多地方，遇到了很多有故事的人，镜头记录了奥运会、中美建交 35 周年、"一带一路"倡议、人工智能爆发等大事，也给自己的头衔加上了"纪录片导演 / 制片人 / 工作室老板"等字样。大多数时候我会被称呼为"刘导"或是"刘总"。同时，我是一个 6 岁孩子的妈妈，是家长社团的活跃分子，在非洲鼓队演出，在戏剧团带着妈妈们排戏，在沙龙里分享育儿心得，在那些场合里，我的名字是——"纽扣妈"。你看，好像活得有点斜杠青年的模样了。

所以，当我接到发言任务的时候就在想，我这样的一个样本，对于你们具有怎样的参考性？又或通过这 10 年，我拍过的故事，看过的人生，能带给你们怎样的启示？

今天，当你们把学位帽抛向空中的时候，内心是否也涌起对未来的焦虑？我的工作有前景吗？出国会是更好的选择吗？

或者更远一点，10年、20年后，我会在哪里生活，做什么工作，成为一个怎样的人？

很难回答吗？14年前，走出清华园的我也一样。但和14年前不一样的是，今天的世界，充斥着更多的不确定性。从马航失联、英国脱欧，到特朗普当选，甚至正在热战的世界杯，这几年黑天鹅事件频发；公共领域的一些小概率事件也时时撞击着我们脆弱的神经。科技进步突飞猛进，人工智能的医生、律师、记者已经上岗，阿尔法狗（AlphaGo）在人类最引以为傲的智力游戏中，把我们杀得片甲不留；而今年大热的区块链，更是有重构世界规则的势头。媒介形态的更迭则更是让人眼花缭乱。这些在课堂上研究过的案例，也是你们将要面对的真实的人生现场。

未来的10年、20年，你们中的很多人会经历结婚、生育、甚至亲友的离去，生活带给你的不确定性会与日俱增。你可能会发现，当得了清华学霸，却管不好自家的熊孩子；能与各界名流谈笑风生，却不知道如何处理婆媳关系。你发现自己新陈代谢在变慢，在美食面前不能再随心所欲。你可能因此焦虑、沮丧，甚至变得脆弱。

所以，如果不确定性不可避免，要如何拥有掌控自己的自由？如果融合、分离、转变、创新已经成为社会的常态，你有没有不断归零的勇气？又或者如果你发现原来的领域、圈子已经烂透了，你有没有随时离开的能力？新闻教育带给了我们观察社会、认识社会的方法，也让我们对于这个世界的变化格外敏感甚至焦虑。请珍视你的敏感和焦虑，这是这个社会可贵的良知，但不要陷于对不确定性的排斥中，看到其中也蕴含着机会，大胆尝试，在试错中成长。"脆弱的反面不是坚强，而是反脆弱"。毕业时我选择为北京奥运工作，除了因为能参与百年圆梦的盛事，一个重要的原因是这份工作只有 4 年。如果不适合，4 年后，还有重新开始的机会。在奥运结束后，有机会进入大国企大公司，但我再次选择了告别稳定。

你是否拥有归零的勇气和自由，取决于你是否拥有终身学习的态度和能力。我知道咱们清华园的孩子最不缺这个，所以请继续保持你的这种态度和能力，这是社会前进的动力，也是个人通往人格独立的入口。

如果今天世界的关键词是"变"，那么不变的是什么？拍完纪录片《探寻人工智能》，经常有家长问我"孩子要从小培养怎样的特长、选择什么专业才不能被机器取代？"阿尔法狗的缔造者杰米斯·哈萨比斯（Demis Hassabis）的导师，麻省理工学院（MIT）托马森·泼吉奥教授（Tomaso Poggio）告诉我，我们造得出阿尔法狗，但我们造不出相当于 3 岁孩子智能的机器人。为什么？因为孩子拥有的，那些人类几亿年进化中积累起来的常识，最难被编程。人工智能如同一面镜子，对人工智能的探寻又将我们带回到人类自身：我是谁？是什么成就了独一无二的我？所以，发现你自己，探索你自己，在不确定性的世界中，找到自己"以不变应万变"的确定性。

毕业十多年，在充满不确定性的旅程中，我也渐渐找到了自己的确定性。一次次离开，再一次次上路，继续结识有趣的人，寻找有力量的故事。这是吸引我走下去的"不变"，也是当初走进清华怀揣的理想。很幸运，在经历了一些人生的不确定后，不惑之年的我，虽然依然困惑，但回头望望，还能看到心中的那个少年。

今天回家，其实有很多话想跟家里人聊聊。但这几天准备这份发言稿，我却变得惶恐而焦虑，我不知道这些个人的感悟是否能帮助你们，更从容地面对这个不确定的世界；我担心你们发现在喝下这碗鸡汤后，一转身还得面对生活的一地鸡毛。其实，无论升学，还是就业，都是幸福人生的节点，而非终点。教育正是让我们发现自己在宇宙中的位置。我一直觉得新闻传播是很有意思的一门学科，它教我们理解世界、观察社会、处理关系、认识自己；它教给我们采写的技巧，也带给我们生活的智慧；它让我们的脚踩在泥土里，又不忘眼望着云端。有这样的学科背景的人，人生多半也会丰盈而有趣。未来，无论大家封侯拜相，还是平凡一生；无论大家是否从事媒体的工作，还记得多少课堂上的理论，但这几年在园子里，那些浸润到你骨头里的、成为你肌肉记忆的东西，就是清华对你的馈赠，它将伴你一生！

亲爱的同学们，今天的离开，又是新的启程。愿你面对不确定的世界，收获确定的自由和幸福！

用不懈奋斗成就青春回忆

——在社会科学学院 *2018 届毕业典礼上的发言

田小飞

2003 年进入清华大学人文社会科学学院学习，2008 年毕业并获哲学博士学位。其间曾担任学院 2003 级本科生思想政治辅导员，赴美国锡拉丘兹大学访学半年。博士毕业后被选调至基层党政部门工作。2012 年，遴选至共青团中央工作，现任团中央青年发展部副部长。

---

* 2012 年 10 月 27 日，清华大学在原人文社会科学学院的基础上，分别成立人文学院和社会科学学院。社会科学学院简称社科院。

尊敬的各位老师，同学们：

大家好！

很高兴也很荣幸能够代表毕业校友在这里发言，跟大家交流一些体会和感受。我是人文社科学院 2003 级博士生，5 年直博学习，2008 年毕业，眨眼间离开学校已经 10 年。接到此次发言任务后，我一直在想，在这样一种情境下应该说点什么才更有意义。但是，浮现在脑海中的，却都是在清华读书期间的一点一滴。

清华就是这样，包容、宽厚，她对待每个学生，就像是对待自己的孩子，教他们做人的道理，给他们做事的本领，牵挂他们的成长，给予他们所有的帮助，努力让每个学生都成为对社会有用的人。清华文化的传承，不是抽象的，更不是虚无缥缈的，而是体现在每位老师身上，体现在每位同学身上。每一个曾经在这里学习和工作过的人，都是清华，都代表着清华。特别是对于即将走出校园、踏入社会的同学而言，我们更应该思考如何更好地代表和传承这种文化。借此机会，谈几点体会，与大家分享。

要保持追求纯粹的精神

真理是纯粹的，追求真理的过程就是追求纯粹的过程。清华给了我们这一方净土，让我们能够静下心来去追求学术上的纯粹。这种历练是一生宝贵的财富。走出校园，走向社会，可能会遇到一些复杂情况，但现在看来，即使再复杂的事情，可能都需要回到本真、回归初心，这就需要一种追求纯粹的精神。上周，共青团十八大刚刚召开，团十八大报告最根本的是在着力解决几个问题，共青团的初心和使命到底是什么？共青团作为一个组织存在的价值到底体现在哪里？新时代到底应该建设什么样的共青团？锻造什么样的团干部？培养什么样的青年？这是一些带有根本性、基础性的问题，需要一种纯粹的拷问，并在此基础上，给出旗帜鲜明的解释，让共青团真正成为他本身应该成为的样子。思维上纯粹，理论上才能清醒，政治上才能坚定。党的十八大以来，我国所发生的历史性成就和根本性变革，从某种意义上而言，都是回归党的初心的自然呈现。在具体工作中也是这样，我们可能会遇到各种各样的问题，产生各种各样的纠结，但如果能够保持一种纯粹的精神，多问问事情应然的状态，多想想事物本身的逻辑，多听听自己本真的追求，也许就没有那么复杂了。

培养兼济社会的情怀

清华毕业的学生，不能把进入精英阶层、中产阶级作为我们主要的奋斗目标，还应该更多地关心社会、关心他人。因为人是社会关系的产物，生活在这个社会，谁都不可能真正地独善其身。习近平总书记曾经说过，青年是标志时代最灵敏的晴雨表，青年的价值取向决定了整个社会的价值取向，要"扣好人生第一粒扣子"。清华也教育我们，要自强不息，厚德载物。我毕业后到一个县里工作，后来又到一个乡镇去当党委书记。有一次因为要建设西气东输的一个工程，需要征地 15 亩，因为补偿标准达不到老百姓的预期，乡镇政府与老百姓产生了一些矛盾。当时感觉压力很大。后来我就在想，我们到底为什么要干这件事，如果是为了完成上级交办的任务，那么解决这件事有更直接更快速的办法。但是，如果完成了这项任务，而使老百姓的利益受到损害，那么，我们办这件事的目的又是什么？这就是一个出发点和立足点的问题。不同的立足点和出发点决定了不同的处理办法。我们的发展要坚持以人民为中心，这是一个基本方略。如果发展不能给老百姓带来福祉，这种发展将毫无意义，所谓的繁荣不仅是虚假的繁荣，而且是虚伪的繁荣。兼济社会不一定只是在公共部门工作的人需要坚持的一种情怀，理论研究也需要立场，企业也需要社会责任，公益服务也是一种价值的体现。兼济社会，首先要兼济他人，你是否照顾了他人的感受，是否进行了换位思考，是否让你周边的人感受到了舒适。连我们的家人、同事、朋友，我们都兼济不了，何以去兼济社会。这跟物质没有关系，更多地应该是一种内在的价值取向。

练就从容淡定的心态

心态跟年龄应该没有必然的关系，但肯定与我们所处的环境密切相关。在轻松愉悦的环境中，我们更加容易举止从容、内心淡定。但是，大家都说，人生是一条波浪线，而不是一条直线，有高潮，也有低谷。走出校园，我们不可能一直轻松愉悦，可能会遇到一些棘手的问题，接到一些急难险重的任务；可能暂时买不起学区房，碰不到心仪的男女朋友；可能遇不到让我们感到舒服的领导，找不到得力的下属。总之，我们会或多或少遇到一些让人焦虑的问题。这个时候，就需要一种从容淡定的心态。这种心态，来源于自信，家国自信、个人自信；这种心态，来源于乐观，自强不息，积极向上，始终充满正能量。季羡林先生笔下的清新俊逸，不仅仅是指清华园的自然风光，更重要的是指清华精神，"永葆青春，永远充满生命活力，永远走向上的道路"。我们要努力将这种精神内化为我们的性格基因，转变为我们的日常心态，从而更加从容淡定地生活和工作。

以上是我个人的一点体会，也是我努力的方向，说实话，我个人做得还远远不够。

习近平总书记高度重视青年和青年工作，党的十八大以来，多次给青年回信，参加青年活动，指导青年工作，对我国广大青年充分信赖、寄予厚望。前几天，习近平总书记给清华大学马克思主义学院研究生毕业班全体同学提出勉励寄语，希望同学们坚定为祖国和人民矢志奋斗的信念，以实际行动书写无愧于时代的青春篇章。这不仅是对清华马克思主义学院毕业同学的寄语，也是对清华全体毕业生、全国高校毕业生的殷切希望。

我们处在一个伟大的时代，面临前所未有的历史际遇，我们这一代人也将与这一时代同生共长、同频共振。正所谓，青春逢盛世，奋斗正当时。祝贺大家顺利毕业！祝愿大家都能够用不懈奋斗成就属于我们自己的青春回忆！

最后，再次感谢清华赋予我们的一切！感谢各位老师的谆谆教诲和悉心指导！永蕴社会情怀，长继科学精神，祝愿社科学院越办越好！

清华人需要在国家最需要的地方有所担当

——在电子工程系2018届毕业典礼上的发言

单羿

2004年进入清华大学电子工程系学习，2008年开始攻读清华大学电子工程系博士学位，其间在伦敦帝国理工学院联合培养，在校期间曾获IBM全球博士奖学金。2014年毕业后加入百度研究院，2015年作为创始员工加入地平线机器人，2016年合伙创立深鉴科技（DeePhi），担任首席技术官，入选北京市骨干人才计划。迄今为止公司估值超过5亿美金，团队规模150余人，打造面向自动驾驶、智能安防等领域的多款产品。

各位老师、同学：

大家好!

我是清华大学电子系 2008 届本科毕业生、2014 届博士毕业生单羿。受到系里老师邀请的时候，我既激动又紧张，一方面是我其实读博士毕业才 4 年、资历太浅，有很多前几个 4 字班的师兄师姐做得非常出色；另一方面读书时候我也远不及各位学霸做得好。到了昨天，当我发现还没有准备好讲什么的时候，激动没了，就剩紧张了!

当然，园子里的 10 年以及毕业后每年一份新的工作的转换，让我经历一些事情也思考了一些事情，索性就分享下我自己的一些经历和感触吧，必然不及各位的将来精彩，但也是我当年坐在你们同样位置时所未预料的，所以作为一种可能性供各位参考。

接纳不完美的世界，压力将常伴左右

走出校园时，我也在想做好本职工作进化成技术骨干就够了，但当你看到你曾经奉为人生导师的大牛在不同场合表达了截然不同的观点，你的信仰还在吗？当你看到领导对你所做的事情细节毫无兴趣、只是每个月跟你要进度向上汇报，你的热情还在吗？当你看到喧闹的城市、往来的人群毫无意外地暴露着细节上的瑕疵，你对自己对周遭还那么确定吗？经济的发展、物质的丰富，带来一些我们看之不惯的地方。这在追求卓越的同学眼里也许会进一步放大，甚至在理想主义与客观现实的较量中变得焦虑。如能面对世界的不完美，多一分宽容与冷静、收敛一分偏执与戾气，也许会发现你所接纳的其实只是一个现实的世界，和一个还不完美的自己。

走出校园，我们没有机会每日接受师德沐浴、同窗鼓励，取而代之的是来自工作、科研、生活、社交等多方面的压力，这时的处事态度才是真实素质的体现，厚德载物，时刻与各位共勉。

遵循内心，不要用数学来计算你的人生

各位到今天为止应该已经做了很多选择题，回想我的经历，选择电子系是因为我们省前一届的状元选了这里，选择读研是因为听说毕业之后能赚更多的钱。多么简单粗暴的选择，几种未来及分别对应的收益和概率，求个期望，就决定了我人生的前几个阶段。

而毕业时候，硬件背景的我选择了一个并非最好的录取通知和一个我不怎么擅长的技术方向，在百度的深度学习实验室做算法研究，因为我知道这会是我值得去做的事业方向以及要补足的技术短板；一年之后，面对众多选择，我又选了一个我入职那天刚刚拿到营业许可的公司——地平线机器人，因为我更加清楚在这里我将学到如何在一家创业公司管理技术团队；又过了一年，

放弃了前一家公司可观的早期期权，和同为电子系背景的几位兄弟创立了深鉴科技。后面这些选择中，我放弃了用数学去计算收益，因为这些选择挑战越来越大、成功的概率越来越低。而这些被选中的、成功概率无限趋近于零的事情，往往才是我们内心追求的方向，是我们愿意不计回报地投入的事业。

清华的同学很聪明，短时间内就能找到当下对自己最有利的选择，执行力也很强，有时候甚至同时保留了多个选择期待着多份回报。而选择意味着对其他机会的放弃，多重选择甚至意味着放弃了选中的每一个机会，对机会的长远认知与专注决定了人生的高度，不可短视、更不可耍小聪明。

值得去守护的内心对每个人都不一样，于我而言，首先要有底线，远离内心的恶。这两天币圈的录音事件，会让你看到，有些人内心虽然也有很多坚守，形成所谓"共识"，但他的底线真的很低，做了这些，你的人生恐怕再也站不起来了；其次要有价值，可以通过我们的坚守让整个社会有一点点正向改变，"中兴事件"让我们看到缺芯少屏、大而不强是多么尴尬，清华人需要在国家最需要的地方有所担当。有底线、有价值的内心，试问怎会舍得用数字去衡量、用数学去计算呢？

和时间做朋友，相信坚持的力量

当我大四作为推荐免试研究生第一次见导师时，他给我推荐了软件故障和 NBTI 两个题目，我花了半个小时才懵懵懂懂知道个概念，这不是我喜欢的；在我们双方都迷茫了 10 分钟之后，他吃力地吐出了 4 个字："定制计算"。在后摩尔时代，我有幸沿着这一话题，在人工智能对计算力的爆炸式需求的大背景下，坚持了 10 年。其间，深蓝计算机的作者许峰雄博士曾是我两年微软实习生涯的导师，他一直和我讲，定制计算需要你去了解算法、软件、硬件体系结构多个方面，才能做出高效的系统，技术储备漫长是一方面，还要有一颗强大的内心面对过程中的艰辛以及不被认可。记得我第一次发表国际会议文章时，室友问我"听说你是大陆第一作者首次在这个会议上发文章的，不过会议名称叫 FPGA（Field Programmable Gate Array 现场可编程门阵列的简称），是个什么鬼？"在其他高产博士 3 个月扔出去一篇 SCI 文章的时候，我基本要两年才能完成一个系统设计，6 年博士也不过做了 3 个机器学习算法的硬件定制计算平台，发了 3 篇文章，勉强毕业。神奇的是，因为在定制计算领域的研究，我获得了 IBM 全球博士生奖学金，毕业时候也收获了一堆的特别录用通行证。毕业之后，我继续沿着这一方向开展工作，到了今天，作为深鉴科技的首席技术官，我所管理的研发团队达数百人，团队平均年龄超过我，公司估值超过 5 亿美元，是人工智能芯片领域炙手可热的创业公司，而那个发明 FPGA 芯片的 200 亿美元市值的上市公司赛灵思在他的宣传中写着"人工智能解决方案由深鉴科技提供"。

念念不忘，必有回响。各位是跑过百米冲刺、见过大场面的，在各种项目中历练过的（码天、码地、码人生）。而接下来我们要做的是一场五十年的长跑，试着和时间做朋友，平凡的人也能产生巨大的能量。

文化认同的校友是一路的财富

这也是我最后想要着重分享的，我们作为个体比拼的是自身素质，而作为一个团队往往决定胜负的是一种文化认同。环顾左右，看一下你周围的同学、师长，清华电子系在我们每个人身上印下了深深的文化烙印，请珍惜彼此。共同的经历和价值观，使我们很有可能在未来成为工作上的伙伴、生活中的朋友，也许你们当中部分还会有幸成为一家人。在清华尤其电子系的历史上从来不缺创业"同学帮"的佳话，网屏技术公司的邓锋、谢青、柯严学长，展讯的武平、陈大同学长，美团的王兴、王慧文学长，共同的文化是追求技术的渴望、是共度艰难的信任、是改变世界的使命。更为可贵的是这份精神的传承，邓锋学长是我很尊敬的人，邓锋学长将对其师弟所创办的兆易创新的投资回报全部捐给母校，这是校友互相支持、校友精神传承的典范。我读书期间也多次受益于资助学生国际交流的"登峰基金"，同时在深鉴的成长路上我也多次获得邓锋学长的支持与关怀。时光流逝，这份精神让我常念来自何方、去向何处。

清华的校训一路鞭策着我砥砺奋进，自强不息，在时代的巨浪中勇立潮头；厚德载物，用包容的胸怀去影响环境。最后，祝福各位在毕业之际，面对纷扰的世界能守住内心的宁静，做时间的朋友，实现人生价值，收获无量前程！

谢谢！

坚守理想、砥砺前行

——在精密仪器系 2018 届毕业典礼上的发言

张瑞雪

2007 年免试推研至清华大学精密仪器与机械学系（简称精仪系），攻读仪器科学与技术专业博士学位，师从张嵘教授和陈志勇副教授，主要从事微惯性器件的研究工作。在校期间，围绕微机械振动环陀螺开展关键技术的理论分析和实验研究。2012 年博士毕业后，加入中国兵器工业导航与控制技术研究所，继续从事微机械陀螺和微机械加速度计的研制工作，作为主要参研人员参与多项总装预研项目并作为项目负责人主持多项所内自筹项目。2014 年被评为副研究员，2019 年被评为研究员。

各位老师、同学：

大家下午好！

我是张瑞雪，2007 年推免至精仪系导航中心读研，师从张嵘教授，2012 年获博士学位，现任职于中国兵器工业导航与控制技术研究所。收到系里老师的邀请时，我还觉得诚惶诚恐，因为作为众多清华校友中最普通的一员，在毕业的这些年里，我本人也只是在国防军工领域，尽职尽责地做着一些力所能及的事情，虽然小有收获，但也谈不上成果丰硕。今天有幸参加大家的毕业典礼，面对这么多优秀的师弟、师妹们，我想，更多的是分享我自己的一些心得体会，希望对大家日后的工作和学习能有所裨益。

首先，在这样一个喜庆的日子里，我想送给大家两个恭喜。恭喜大家顺利毕业，开启人生新的征程；恭喜大家即将迎来新的挑战和新的困难。也许大家会说，师姐啊，好端端的毕业典礼，你怎么来给我们泼凉水来了，你怎么就知道我们会遇到很大的挑战呢？

因为这是一定的。在学校，我们有足够的时间和资源，不断地汲取新知识、新技术；我们毕业服上的"清华"二字也让我们先天地获取了更多的期望和关注。而迈入工作岗位后，我们当下所享受的光环，都会更多地转化成责任和使命：承担更重的任务，在最短的时间内，产出更多的成果。在这个过程里，我们会遇到很多没有想过的问题，可能没有老师答疑解惑，也没有机会犯错重来。因此，有些时候不可避免的，你会觉得孤立无援、甚至怀疑人生。我在博士期间做的是微机械惯性器件的研究，我们实验室的技术水平可以说国内领先。所以当我入职兵器导控所，继续微机械陀螺研究的时候，我觉得这应该就是换汤不换药，大同小异而已。但是，入职后就发现学校和研究所是两种体系。学校的技术研究重点在于创新研发，突出新颖性，关注点也是常见的性能指标。研究所是以产品的可靠性应用为导向，性能指标更复杂、更全面。有些指标可以说闻所未闻，更别提通过技术手段进行优化了。所以，即便从事的就是本专业的对口工作，很多时候也要学会从零开始。新入职的一年里，我重新阅读了大量的文献资料，推导了很多之前不愿意碰的理论公式，进行了繁重的试验验证工作。虽然很辛苦，但是现在回头来看，那段时间围绕应用层面、对基础知识的再理解，绝对是专业水平的又一次提升。所以，在我们年轻的时候，经历一些挑战、质疑和否定，未必是坏事情，很多时候，我们当下面对的困难，正是我们日后值得骄傲的资本。

那么，如何战胜这些困难呢？在这里，我也想与大家分享几点心得。

人生在世，当有理想

理想是什么？它是一颗种子，孕育着希望和力量，给它一片土壤，就可以生根发芽；它是一点点星星之火，初生虽小，却有燎原之势；它是一种信念，无论遇到多少艰难险阻、糖衣炮弹，依然初心不改，矢志不渝。少年谈理想，多的是雄心和抱负；成年谈理想，多的是清醒和坚持。以前，我的导师经常跟我们讲，"一个人还是应该有点理想的，当你们功成名就之时，一定不要忘了给理想留一点地方。"当时听着，只是莞尔一笑，工作多年，反复回味，才发现的确不易。前段时间，网上围绕娱乐圈和科研界国家精神展开了广泛的讨论。老一辈科研工作者，包括现在很多工作在一线的科研人员，都是加着最多的班，拿着少得可怜的薪水。但是之所以还愿意这样做，就是因为在这样的工作中，可以感受到为国争光的使命感和挺直腰板的荣誉感。以我们单位来说，光纤陀螺是我们所的主要产品之一，是导航系统的核心器件，目前，我们所的光纤陀螺产品从技术水平和市场占有率来说都处于国内领先水平。但是，十几年前，光纤陀螺的部分关键技术还不被国内研究机构所掌握，那时，集团公司领导亲自带队出国交流，不惜重资希望引进这项技术。但是国外公司在会议现场就把我们拒绝了。这在谈判会场，可以说是很没面子的事情了。为什么会这样？究其根本，还是因为我们自己没有技术，不被人尊重。后来，单位排除很多困难，自行研制光纤陀螺技术，性能也一步步接近国外先进水平。多年后那家公司来到中国，说"我们现在可不可以谈谈合作的事情，我们向你们提供产品或者建立维护中心"。领导说，这个问题我们先放一放吧。那么，是什么导致了前后两次谈判的地位差异，就是技术硬实力。而这个技术硬实力是怎么形成的？就是靠一群年轻人，在一栋两层小楼里，每天没日没夜地演算、试验和讨论换来的。相信，不论是我的导师，还是我现在的领导和同事，在他们毕业做出选择的时候，每个人都可以拿到薪酬更高、待遇更优厚的职位，但是都义无反顾投身到军工科研中，多少离不开他们自己心中的强国梦。现在，他们有的是行业专家，有的是部门领导，在成就梦想的同时，梦想也成就了他们。所以，希望大家在事业的重要选择口，不要忘了自己心中的理想和抱负，如果这个理想和抱负能够和祖国、民族的发展紧密联系在一起，那就更好不过了。

沉潜内修，底蕴的厚度决定事业的高度

我相信在座的每一位都有着闪耀的简历。上面写着各种的学术成果、学生工作经历、项目实习经历。但是，我想请大家在看见自己这些光鲜经历的同时，也客观地问问自己，这其中有多少是自己付出很大心血，拼尽全力，学有所成的；又有多少只是为了博人眼球，给自己贴金，到头来贡献寥寥，几无所学的。在我研究生 5 年的学习生活中，也参加了很多活动，比如商学院学习、世界银行实习，感觉学业和实践两不耽误，好不痛快。但是，有得有失，时间精力摆在那，表面的丰富多彩，可能实质上只是走马观花。如果上天再给我一次机会，我想我会更加珍惜学习的机会，如果一定要在这上面加一个期限，我想那会是一万年。所谓，十年磨一剑，一万小时定律，说的就是这个道理。我们之中大多数人天资秉性没有本质差别，谁能率先攻下第一个山头，靠的往往是功夫的积累和时间的沉淀。大家仔细想过没有，我们每天工作 8 小时，每周工作 5 天，还需要 4.8 年才能完成一万个小时。这中间还不算我们工作开小差、上网、玩手机的时间。而且再想想看，这 5 年当中，又有多少人可以一直工作在舒适区以外，每天不停地让自己攻克新的困难，研究新的问题；有多少人可以抵住各种诱惑，在一个岗位上孜孜不倦、任劳任怨。5 年不仅仅是一个时间指标，它更是一个人突破自我和持之以恒的双重体现。所以希望大家在看到别人成功的冰山一角时，不要忘了他们为此付出的隐藏在冰山下面更加厚重的基石。

兼容并蓄，外圆内方

在我们的传感器研究中，一个重要的指标就是品质因数，品质因数越高，能量耗散越小，传感器的高精度潜力也越大。体现在我们个人身上也是一样的，我们自己以及我们和周围人的内耗越小，向外输出的能力就越大，能克服的困难和能成就的事业也就越大。以前，可能多少受理工科思维的影响，我的脑子里基本就是 0 和 1、白和黑，凡事喜欢讲道理、论对错。但是我们知道，作为一个整体，当我们想要成为对的一方的时候，就必然有人被我们变成错的，可谁也不想一直是错的，而且世界上很多时候也并没有绝对的对和错。我现在有个 4 岁的女儿，她很喜欢整理东西。不巧我也是个收纳控。有一次，她在那叠衣服，我觉得叠得很丑，就把衣服拆开，说"你这样叠不对，我来教你"。她当时就生气了，说"你才不对呢，我就是这样叠的，你要重新叠回去"，说完就哇哇大哭起来。后来，我学聪明了，我说"你叠的衣服真好看呀，要是你能把这边的衣服再弄平一点，就更好了"。然后她很认真地把衣服重新整理好，看上去很满足的样子。几次之后，她不仅可以把自己的衣服整理好，还很喜欢帮忙收拾大人的衣服。所以，你看，表面的对和错，其实并不重要，重要的是你的目标是什么，怎样才能调动人的积极性把事情做好。古人曰："阳在阴之内，不在阴之对。"说的就是阴阳调和、对立统一的道理。万事万物，既然有优点，就必然有缺点，人也一样，他的优点就是他的缺点，他的缺点也正是他的优点，所有的优点和缺点，只不过是他的特点，关键在于你用什么样的视角去看待。你说这个人虎头蛇尾，持续力不够，但是他可能拥有很好的爆发力，可以开拓新技术。你说这个人行事琐碎，做事太慢，但是他可能思维缜密，对于技术细节把握得很到位。正因为同行的人比要去的地方更重要，所以，在我们和同事、朋友、家人的相处中，作为一个整体，只要大方向不错，多一分成全，就多一分鼓励，就多一分力量。表面上，是我们牺牲了自己，成全了他们，实际上是我们团结了一切可以团结的力量，在这个过程里，共同进步，互相成就。

今天唠唠叨叨讲了这么多，但是万变不离其宗，用一句话总结，就是我们的清华校训：天行健，君子以自强不息；地势坤，君子以厚德载物。再次祝贺大家顺利毕业，并祝愿我们每一位清华人，在未来的日子里，都可以践行我们的清华精神，用我们的行动续写更加辉煌、更加灿烂的新篇章！

谢谢大家！

从"心"出发 追求卓越

——在法学院 2017 届毕业典礼上的发言

程耀扬

2011 年进入清华大学法学院学习，2014 年毕业并获得硕士学位。毕业后到广西壮族自治区公务员局工作，2015 年 10 月至 2018 年 4 月受组织委派，担任南宁市马山县古零镇里民村第一书记，2018 年 11 月至今，任职于广西壮族自治区党委组织部。

尊敬的各位老师，亲爱的师弟师妹们：

大家下午好！

非常开心能够再次回到法学院，也非常荣幸能够作为校友代表参加今年学院的毕业典礼，来见证师弟师妹们人生中这一重要时刻。我衷心地祝贺你们完成了人生辉煌的一段历程，更要祝福你们，更加精彩的人生从今天就要启航！

我是法学院 2014 届硕士毕业生，3 年前我从这里离开，到广西工作。在机关工作一年后，我主动向组织申请，下村做驻村第一书记。刚才大家看到的那个短片，是 2016 年 11 月我驻村时的一段拍摄，广西卫视有一档栏目叫作《第一书记》，讲的都是真实的扶贫励志故事，让人感动，给人鼓舞，大家可以看一看。

3 年前，我同你们一样，站在人生最重要的十字路口，有过踌躇满志，也有过蹉跎彷徨。或许这个时候我们最应该做的事情，就是晚上躺在床上闭上眼睛摸着自己的小心脏问自己，5 年、10 年、20 年、30 年后我想成为什么样子，成就什么样的人生。这是一个仁者见仁智者见智的话题，无论做何选择，只要你能活出自己的精彩，那就是有价值的人生。

3 年前我初到广西工作时，几乎每个领导或同事见到我都会问同一个问题："你是清华毕业的，广西那么落后，怎么会选择来广西工作？"我的回答是："就是因为广西落后，我才要来。"

是的，就是因为广西落后，我们作为清华人，作为明理人才更应该有所担当，更应该迎难而上。祖国终将选择那些选择了祖国的人。我们的母校以"扶上马，送一程，关怀一生"为宗旨，对投身基层的同学予以关怀和培养，这几年学校领导每年都会到广西专程看望我们。我们的学院设立了"郑裕彤基层工作奖"，专门激励投身基层和西部地区的同学。去年冬天，我们敬爱的申卫星院长更是亲自带队，专程到广西看望在基层工作的校友，与我们交流座谈，带给我们温暖和鼓舞。到西部去，到基层去，到祖国最需要的地方去挥洒青春，去追求卓越，去建功立业，这是清华人的使命，也是明理人的担当。

有一句格言："看山是山，看山不是山，看山还是山。"放下自己，重新认识自己，重拾自己，是作为清华人毕业后需要经历的最重要的过程，没有之一。我和很多校友一样，有意识或无意识地，高调或低调地，很难放弃自己清华的光环。一位老学长讲得好："千万不要以为自己是清华人，就太把自己当回事，以为无所不能，你最多只能算上清华毕业生而已。"是啊，我刚到广西工作时，以为机关工作并不复杂，无非是按部就班地完成领导交代的那一部分工作而已。可是一位非常优秀的师兄告诉我，工作无小事，只要你有心，只要你想成长，处处是学问。在机关收发文件应该是再简单不过的工作了，可是有心之人却能将这么细小的工作做得出彩。比如能将文件的背景、意义、内容、文号掌握得一清二楚，待领导有需要时他可以随时替领导分忧。所以生活处处皆学问，工作没有高低之分，只要你足够用心，再渺小的工作都可以让你发光出彩。

在得到组织指派我下乡做驻村第一书记的通知时，我最担心的就是"酒精考验"的问题，因为我天生酒精过敏。几乎所有人都会告诉我："在农村没有喝酒解决不了的问题。"我内心万分忐忑，"难道不会喝酒就解决不了任何问题了？"下乡后，我积极跟村干部沟通交流，学说桂柳话，认真学土话，但却条件反射式地远离应酬和喝酒的场合。可这毕竟不是长久之计，通过观察我了解到村民要的不是你必须要跟他喝多少酒，而是要你对他足够尊重。我开始主动到农户家里拉家常，喝农家茶，吃农家饭，了解孩子上学情况，探讨家里脱贫思路，交流村里产业发展等等。后来贫困孩子上学问题解决了，村里产业渐渐搞起来了，一件件实事我做到了，村民才相信这个书记不是来镀金的是来干事的。所以，百姓是淳朴的，不要空摆花架子，只要你是真心实意为群众办实事、谋福祉，他们会信服你。

现在如果你们再问我，机关工作难做吗？基层工作复杂吗？我只会豁然一笑，明理几年的法学修为在那里，"自强不息，厚德载物"的清华精神在那里，只要你愿意放低自己，抱有归零的心态，只管去大胆经历，去努力提高，一定可以完成自我的蜕变、华丽的转身。

最后，我想说"事有所成，必是学有所成。"无论你们将来从事什么工作，工作有多繁忙，都要挤出时间停下来多读书、多总结。多读书不仅可以开阔视野、完善人格，还可以为我们提供应对复杂问题的方法论。我们要谨记母校严谨求学的校风，发扬明理人追求卓越的精神，自觉读书、坚持学习，我们还要懂得放低姿态、虚心求教，明白"他山之石，可以攻玉"的道理。广西一位女性副主席善于学习的故事至今让我印象深刻，也值得大家效仿。这位副主席无论是在工作上还是生活中，哪怕是在飞机上都会拿有一个笔记本，并且她始终都有三个本子：日常办公用业务工作本，睡前读书标在读书札记本，日常见闻记在逸闻趣事本。"好记性不如烂笔头"，日常工作琐碎繁杂、千头万绪，必须要有专门的业务工作本供你梳理重点，确保工作万无一失；"书中自有颜如玉，书中自有黄金屋"，读书可以为思想美容，让心灵更加精致，所以遇到好的句子、有启发的文章进行摘抄提炼显得无比重要；生活不是只有工作，还有诗和远方，所以逸闻趣事本确有存在的必要。

亲爱的同学们，青春无敌，你们的未来无限可能。无论你如何选择，希望你们都能从"心"出发、追求卓越，将自己的梦想与中国梦紧密地联结在一起，坚定地为实现你的人生价值而勇敢、专注地行动。衷心祝愿各位都能收获自己的人生精彩，书写属于自己的光辉历史！

我们从平凡出发

——在新闻与传播学院 2017 届毕业典礼上的发言

袁汝婷

　　2012 年毕业于清华大学新闻与传播学院并获得硕士学位。毕业后赴新华社湖南分社担任记者，2017 年挂职于新华社国际部多媒体编辑中心副主任，现任新华社湖南分社新媒体中心副主任。于 2015 年获得新华社"新锐青年"新锐中文文字记者称号、新华社 2014 年度"好记者讲好故事"十佳，2018 年入选新华社青年拔尖人才。入职以来，曾获"中国新闻奖"一等奖、全国人大"好新闻奖"、新华社社级优秀新闻作品、湖南省新闻奖一等奖等。

亲爱的老师们、师弟师妹们：

大家好！

非常感谢学院邀请，让我能在凤凰花开的季节回家。

毕业 5 年，似乎是弹指一挥间。今天我回到学院，见到了导师李彬老师、班主任司文岳老师，还有许多当年的"男神""女神"……我心里很温暖，还藏着一点儿惊讶——很奇怪，他们好像一点儿都没变老。

而我，却比毕业时胖了 15 斤。

接到校友发言的任务，我很惶恐。5 年，说短也不短，但还远没有长到可以积攒足够的人生经验，来给你们煲一锅有营养的"鸡汤"。

既然如此，"1988 年出生的中年女子"就来和你们说一说我的真实经历——

2012 年，也是这样一个夏天，我怀着万丈豪情进入新华社，觉得自己体内蕴藏着洪荒之力。

刚刚，周庆安老师提到了这 5 年我的一些小小收获。但我想告诉你们的是，与那些相比，过去 5 年，我 80% 的工作都像往湖心投下一块石子，涟漪阵阵，迅速消散，没有回音。

去年儿童节，因为持续跟踪和关注儿童性侵话题，我和同事挖掘了不少独家线索，推出了近万字的中国儿童性侵现状调研报告。当网站、客户端、报纸的头条被稿件占领，海量的评论迅速刷爆了微博、微信、新闻 APP，我觉得自己的努力一定很有效果，哪怕它没有马上改变某一条法律规章，至少它会让人警醒、形成震慑。

可新闻，从不给记者喘口气的机会——

不久之后，湖南又接连曝出了几起触目惊心的儿童性侵案。如果把视野放大到全国，2016 年，公开曝光的案件数，就同比增长了近三成。

那种拼尽全力想去阻止、悲剧却仍接连发生的感觉，让我产生了自我怀疑。我终于明白，人生不像考试，不是努力复习就能选到正确答案。

很多时候你努力再努力，你期待的答案依然在远方。

亲爱的师弟师妹们，未来某一天，你可能会像那时候的我一样问自己：

如果苦难总在发生，我还能每一次都愤怒吗？

如果呼喊听不见回音，我还要继续呼喊吗？

如果我这样平凡，力量微小，那我还有必要为了让世界变得更好而拼尽全力吗？我尽不尽力，对这个世界而言，又有什么不一样呢？

当我陷入这样的疑问，一条短信帮我找到了答案，它来自我所追踪的某个儿童性侵案中一个孩子的父亲。他说：袁记者，谢谢你帮我们把那个人绳之以法，你可能改变了我女儿的人生。

那一刻，我的疑问烟消云散。我们的力量真的非常有限，就像蝴蝶扇一扇翅膀，多数时候引不起一场飓风。

但是，在某一个平凡个体的命运里，扇动翅膀的力量，或许会吹开所有乌云。

有人说，教育的真谛就是当你忘记一切所学到的东西之后，剩下的东西。

从这个层面而言，清华到底给了我们什么？

回望这几年，我想跟大家分享我的答案：

我得实事求是地说，我不是成绩最好的学生，不是毕业论文最优的学生，直到今天，我依然觉得自己是清华的"中等生"。

清华，对于像我这样的大多数普通人而言，是过往人生中顶尖人才密度最高的环境，永远有人比我更优秀。

很幸运的是，这个园子从来都不是只关注第一名，每个人都可以在这里找到成长的空间，而我们可爱的老师，关心每一个学生的自我价值实现。

这是清华给我最大的馈赠——它让我认识并接受了自己的平凡；同时，学会了迅速找到自己的位置和价值。

它让我谦卑而不自卑，无畏而心存敬畏；它让我相信，我们赞美高耸的山峰，但平原和丘陵同样不朽。

师弟师妹们：

未来，你可能会因为头顶着"清华毕业生"的光环，而被身边的人称作"精英"。我祝福你，始终怀揣着警惕与自醒——被越多人称为"精英"，就越要做好每一件平凡的小事。

未来，你可能从事或不从事新闻行业。我祝福你，哪怕知道自己力量微小，也始终怀揣着清华新闻给我们的烙印：行动力和理想主义的热忱。

未来，你可能在祖国的建设中充当一片瓦、一块砖。我祝福你，不仅怀着"世界那么大，我要去看看"的好奇心，更怀着"世界怎么了，我们怎么办"的责任感。

最后，我想和你们分享鲁迅先生的一句话："愿中国青年……能做事的做事，能发声的发声。有一分热，发一分光。

这是我今天最想告诉你们的话——

我们绝大多数人，都是从平凡出发。去接受并拥抱自己的平凡吧，不吝惜用平凡的力量去让祖国变得更好一点、让世界变得更好一点，它就会化作坚韧的铠甲，伴你"为祖国健康工作五十年"！

祝福你们！谢谢。

肩负使命，筑梦启航

——在电机工程与应用电子技术系2017届毕业典礼上的
发言

张剑辉

1995年进入清华大学电机工程
与应用电子技术系（简称电机系）
学习，先后于1999年、2001年获
得学士、硕士学位。2001年到2010
年在美国学习和工作了10年，其中在
美国加州大学伯克利分校获得博士学位，
而后在美国国家半导体公司工作了6年。2010年回国任
西门子中国有限公司智能电网集团首席技术官。2011年，
自己创业成立了"北京海博思创科技有限公司"并担任公
司董事长。

尊敬的各位来宾，亲爱的老师、同学们：

大家好！

非常荣幸，今天有机会站在这里和大家交流。

我叫张剑辉，1995 年考入清华电机系，1999 年本科毕业，2001 年硕士毕业。2001 年到 2010 年我在美国学习和工作了 10 年，其中在美国加州大学伯克利分校获得博士学位，而后在美国国家半导体公司工作了 6 年。2010 年回国任西门子中国有限公司智能电网集团首席技术官。2011 年，我自主创业成立了北京海博思创科技股份有限公司。很多人都问我，为什么放弃了美国的高职厚薪，携妻带子毅然回国。我的回答很简单，只为了心中的使命感和梦想。

我在清华大学电机系读书 6 年，今天回到这里，倍感亲切。在这里，我不仅仅学到了知识，更是掌握了解决问题的方法，还获得了勇于探索创新的精神。在美国国家半导体公司工作期间，作为技术团队的负责人和主芯片设计人员带领团队完成了两款量产芯片的设计和开发工作。其中一款是光伏太阳能板微逆变器控制芯片，另一款是电动汽车电池管理系统芯片，这两款芯片目前广泛应用于光伏以及电动汽车行业，取得了很大的成功。可是即使在美国有着丰厚的收入、优渥的生活条件，事业蒸蒸日上，可是心里总是有个声音，如何能学以致用，为我的祖国贡献我的力量。尤其是我们研发的芯片的主要应用市场在国内。这不是一句冠冕堂皇的说辞，而是我心中真实的想法。

2011 年 11 月，我与在美国时的两个朋友一起，在清华科技园成立了北京海博思创科技股份有限公司。海博思创有两个含义，一个是借公司英文名 HyperStrong 的本义"超强"，希望公司发展更大更强；另一个含义就是，海归的博士想创业，干出一番事业。海博思创是一家提供新能源汽车动力电池系统及智能电网储能系统的整体解决方案的高科技公司。公司借助于技术上的优势及过硬的产品，很快赢得了业界广泛的认可。研发项目产品已经批量生产并得到广泛应用。由于多年来坚持走创新路线，公司已经成功申请多项发明专利。团队从最初的 5 个人，发展壮大到 300 多人，自主研发能力大大提高，获得了中关村管委会、海淀区、北京市政府的大力扶持。获得多项荣誉。

清华大学是国际顶尖的大学，培养出众多的社会精英，电机系更是人才辈出，他们用自己的知识推动社会的进步与发展，用自己的态度影响时代的变迁。在座的各位，作为新一代的清华人，必须肩负起新时代的使命，构筑梦想、扬帆起航。

首先，希望你们的梦想是纯粹的。不出于私利私欲，不带有任何患得患失、利益交换的色彩。只有这样的梦想才不容易被动摇。我做企业，在起起伏伏的市场经济大环境中，泡沫经济与实体经济都充满了各种诱惑，只有坚持最纯粹的梦想，企业才能做得更长久，才能发展得更稳健。

其次，要有"工匠精神"。在清华的学习，培养了我严谨的思维方式，耐心、专注的处事态度，坚持不懈、精益求精的好习惯。当今社会心浮气躁，很多人追求"短、平、快"带来的即时利益，从而忽略了产品的品质灵魂。企业更需要工匠精神，才能在长期的竞争中获得成功。

勇于担当，这也是新时代赋予清华人的使命。担当，需要十足的勇气。有敢为天下先的气魄，敢于发出自己的声音，敢于迈出第一步，要承担比常人更大的压力，要冒更大的风险。这样，才能领略到不一样的风景。担当是一种境界，境界越高、格局越大。"不畏浮云遮望眼，只缘身在最高层。"只有站在高处，才有不同于别人的视野，才能看见别人看不见的远方。我们做企业的更是在不断的技术以及商业模式上敢于创新，才能在不断变化的市场环境中立于不败之地。

最后，希望大家秉持正能量，乐观地看待问题。学习、生活、工作不如意的事情十之八九，如果只盯着那八九，无论何时，无论在哪里，都只有抱怨和遗憾。如果心中被那一二填满，璀璨的阳光才能照进生活、照亮自己，同时也会温暖他人。任何困难和障碍在当下都是艰巨的，可当我们跨过它再回头看时，却只是云淡风轻，留下的，是一串坚实的脚印。

有梦想，才能走得更远；有梦想，才能攀得更高。

最后再次感谢母校的邀请！感谢大家的聆听！

在伟大时代的熔炉里淬炼精彩人生

——在材料学院 2017 届毕业典礼上的发言

颜华

2000 年进入清华大学材料学院学习，2004 年毕业并获得硕士学位。现任航空工业成飞热表处理厂党委书记，高级工程师。荣获首届清华大学启航计划"志愿服务西部奖"一等奖，是成飞建厂以来的第一个清华研究生。历任冶金处工艺员、热工艺技术室主任、制造工程部副部长等职务。参与多个国家型号工程研制，并承担多项关键科研课题攻关，获得集团和省部级科技成果奖 8 项。先后荣获成都市杰出创新创业带头人、四川省"青年科技奖"和"全国青年岗位能手"等荣誉。

亲爱的同学们，尊敬的老师们，家长们，来宾们：

大家上午好！

感谢材料学院和同学们给我这个至高的荣誉，非常荣幸作为校友代表来见证同学们生命中这一个重要的时刻，首先请允许我向大家表示最衷心的祝贺！祝贺你们顺利完成清华的学业，开启新的征程。

我是 2004 年硕士毕业后去成飞工作，主要做热处理和表面处理等特种工艺研究。在热处理工艺中，有一道重要的工序叫淬火，就是把烧得滚烫的钢材放到冷水里急速降温。通常越是强度高、性能好的钢，越要经历多次淬火。比如，我们有一种牌号叫 A100 的超高强度钢，不仅得经受 1000℃ 以上高温和 8 万吨液压机的千锤百炼，多次淬火，甚至还要在零下 70℃ 的极低温条件下做深冷处理。凤凰涅槃、浴火重生，因此它的抗拉强度可以超过常规钢铁 5 倍，满足飞机起落架等关键零件的特殊使用要求。

所以，今天我想和同学们说的第一件事情就是，**人生的许多辉煌不仅在于狂热地宣泄，还在于冷静地凝结**。今天毕业典礼过后，你们中的有些人马上要走出校园，有些人还会留在园子里，但无论如何都将开启新的征程。在这个变化的年代，唯一不变的是变化本身。但有一点可以确定，就是每个人都不会永远一帆风顺。我希望你们在未来遇到困难的时候，永远不要退缩，把困难当作锻炼意志、增加能力的机会。

当人在顺境的时候，往往不会冷静思考，只有遇到逆境和挫折，才会逼着你去冷静、去反思、去沉淀。我到成飞第三年，就遇到了这样的人生淬火。当时我作为公司最年轻的主任工艺师和技术带头人，正充满信心地带领着一支近 10 人的团队，主攻某型号项目演示验证课题。这是一个全新的课题，国内还没有团队做过类似的研究。如果我们这个课题能够成功，将被用于现有飞机改装，飞机整体作战性能将有较大提升，因此备受军方和公司关注，我们整个团队也是夜以继日努力工作。

起初，命运似乎特别垂青我们，无论是技术研发、材料研制还是协作配套，各个项目看起来似乎都很顺利。我甚至已经开始憧憬研究成果在飞机上全面应用的美好前景了。

但课题验收前一周，有一个关键性能指标被发现不合格。这无异于给我当头一棒，因为如果推倒方案重来，原有的努力都将白费，再说时间也绝不允许。必须尽快找到原因，并解决它。

但时间一天天过去，无论是"人、机、料、法、环、测"的每个方面，还是特殊过程控制的每个细节，我们整个团队加班加点对课题进行数据复核，但一直找不到根本原因。我每天的睡眠时间不超过 5 个小时，闭上眼睛脑子里想的全是实验数据。可以说，那是我最忙碌又最痛苦的一段日子。

直到后来，当我彻底冷静下来，不再纠结于实验失败的严重后果并转变思考方式。不局限在公司内部找问题，而是扩大到上下游协作配套流程。问题豁然开朗。很快我们发现，是某原材料供应商为了局部优化，将铜含量从 3% 提高到 5%。这个局部优化却导致整个系统的失效。

问题被找到并解决，整个课题圆满通过验收并很快投入实际应用。我们团队只用了不到 10 个月的时间，就完成西方发达国家通常要 3 年至 5 年才能走完的路。

所以，我想和同学们说的第二件事情就是，**永远保持积极、乐观、冷静**。"问题"都是暂时的，坚忍不拔的努力迟早会取得回报。同时在这个以"智能制造""移动互联"为代表的知识经济时代，我们要解放思想、勇于创新。做事的时候要系统思考，局部最优不等于整体最优。要时刻牢记团队协作，因为一个人走得快，但一群人走得远。

我想说的第三件事就是，**希望你们永远坚持梦想**。一直以来，很多人追求成功，那么这个成功又是谁来定义的？我们能不能保持勇气，勇敢地去做独一无二的你自己！要知道，不是所有的花都适合肥沃的土壤，沙漠就是仙人掌的乐园。人生的许多成败不在于环境的优劣，而在于你是否选对了自己的位置。

同时，由于我们是清华人，得有一种情怀，超脱个人理想，做一些对社会有利的事情。我相信这其实也是渗入每个清华人骨髓的使命感。我们每个人之所以有今天，是因为获得国家、社会和家人对我们的关怀和帮助。某种程度上，这是他们对我们的一种投资。现在我们毕业了，是时候加倍偿还了。

因此我希望你们把个人理想和国家民族的需要结合起来，人生的目标不仅是让自己过上美好的日子，还要让这个世界更加的美好！同时请大家要时刻保持感恩之心，在我们有机会、有能力的时候去帮助那些真正需要帮助的人。

亲爱的同学们，这一刻我与你们一样激动。你们的未来有无限可能，希望每一位清华人永远坚持梦想，在这个伟大时代的熔炉里，不畏挑战、奋力前行，淬炼出精彩人生！

谢谢大家！

串起设计生命中的点点滴滴
——在美术学院*2017届毕业典礼上的发言

丁伟

1998年进入中央工艺美术学院（现清华大学美术学院）学习，2002年毕业，获得学士学位。华东理工大学艺术设计与传媒学院院长、木马设计创始人，中国著名设计师，设计"立县计划"推动者。获联合国教科文创意新锐奖、光华龙腾设计贡献奖银质奖章、中国十佳工业设计师、"上海青年五四奖章"、上海十大青年高端创意人才等荣誉。带领设计团队荣获12项德国红点奖和4项iF设计奖、日本优良设计大奖（Good Design Award，通称 G-mark 奖）、20项中国台湾金点设计奖、74项中国红星奖和最成功商业设计奖金奖等。

* 1999年11月20日经国家教育部批准，中央工艺美术学院并入清华大学，更名为清华大学美术学院。

尊敬的各位老师、学弟、学妹们：

大家上午好！

今天非常高兴作为校友代表参加母校的毕业典礼，首先请允许我向大家表示最衷心的祝贺，祝贺你们顺利完成学业，迈向人生新的征程！

今天能够参加母校的毕业典礼让我感慨万千，从2002年毕业到现在，已经过去了15个年头，我时刻怀念着大学的时光。这15年所有的奋斗与成果，都是在大学时期埋下的种子，一颗可以成长为参天大树的种子。

20年前，那年我17岁，和所有考生一样，背着画夹走遍了大江南北。第一次从山东老家来到北京，只为了一个模糊的想象——中央工艺美术学院。那天坐了一夜的火车，怀着非常兴奋的心情走出了北京站，坐上9路公交车，来到了光华路老校的大门口，只见校门上写了"衣、食、住、行"四个大字，寓意设计要为人的生活，为产业而服务。每次走过美院的校门，内心总充满了无比的向往，剩下的就是为进入这个大门而努力。

15年前的今天，我满怀大学4年积攒的万丈豪情，毕业了。然而那个年代的工业设计远不像今天这样受到关注，毕业即失业。我只身来到上海，做过电话推销、开过展览公司，最后在跌跌撞撞中创办了木马设计。创业是一个非常长期的过程，只有不断磨炼自己的意志，才可以在逆境中成长。

10 年前，木马设计团队开始崭露头角，总计服务了超过
1000 家企业，努力获得了包括德国红点奖和 iF 设计奖、美国
工业设计优秀奖（International Design Excellence Awards，简称
IDEA）和日本 G-Mark 等在内的 100 余项国内外设计大奖。

5 年前，我开始推动重要的社会创新项目"设计立县计划"，
帮助一些对于设计没有足够认知的城市建立新的设计秩序。经
过持续探索，已经在日照、马鞍山等地建立创新平台，通过对
接高端设计资源，为当地产业、城市、创业注入创新动力，推
动产业升级并提升城市竞争力。

今天，随着创意时代的到来，设计正受到前所未有的关注。
无论作为教师还是设计师，都要聚焦价值，持续探索设计与教
育的本质。要有敏锐的洞察力，不断地关注社会，认知变与不
变的世界，这样才能做出真正属于时代的设计。我们既要仰望
星空，也要脚踏实地！清华美院的老师都是各界的大师，他们
的一举一动都在无形当中影响着我们。当时不以为然，时间久
了就会发现那种影响力是真正持久的。我觉得清华美院的教育
对于学生而言，有三点是特别重要的：

第一，清华美院的教育不仅仅是技能、方法层面的教育，更
重要的是从精神层面对学生灵魂深处的触动，这种影响贯穿于我
们的一生。大学课堂是轻松和看似无序的，但是我们会为了做好
一个作业而彻夜不眠，只为了内心那一毫米的误差。我记得有一

次上木工课，一位同学每天都在锯一块大木头，一直锯了半个月。后来没有想到他把这块木头竟然锯成了一把小勺子。这个过程中，我们不知道他在想什么，但是可以判断的是他在与这块木头斗争的过程中，让自己从一个粗糙的人变成了一个细腻的人。

第二，美院更注重的是思维方法的教育，力求让每位同学建立起系统而严谨的思维模式。这种模式让我们对事物变化的规律建立起系统的认知。无论社会如何变化，这种不变的方式和方法，可以让我们时刻处在社会变革的前沿。

第三，美院的教育是终身教育，无论我们走到哪里，始终感受到母校的温暖。虽然我们离开了校园，但是每一个人都时刻关注着美院的变化。我们在很多论坛、会议、实践中会经常碰到像柳先生、鲁老师、蔡老师、严老师等，他们每一次都会与我们高效地交流，生怕我们在创业的道路上走偏了。这也成为我们在艰苦创业的过程中最温暖的那一盏明灯。

在今天这样一个大家即将走向社会的日子里，希望能与大家分享我的几个观点：

首先，"在大船甲板上往复奔跑，无法改变大船的航向"。**我们要看大势，在产业发展的背景下，找到自己。**

我们今天的世界正在无时无刻发生变化，过去的商业、技术正在以前所未有的速度进化，新的商业秩序规则又在不断地建立，只有终身学习，才能赶上不断变化的节奏。在过去的十几年间，我们看到产业在不断地轮回，从手机、汽车、智能硬件到人工智能和智慧城市，产业的不断轮回驱使我们要准确地预测、感知到这个趋势，才能处于创新的前沿。我们今天的知识系统在不断地更新，设计范式亦在不断地转变。我们从产品时代，强调物理逻辑和产品消费，逐渐转向交互逻辑和信息消费，再到今天转向服务设计和系统逻辑。掌握好的设计方法，才能引领好的设计。

其次，希望大家能够**聚焦有价值的创造，平衡好短期价值、中期价值和长期价值。**

我记得乔布斯有一个非常经典的故事，叫"串起生命中的点点滴滴"。讲到他在大学时期学过一门书法课，当时学它的时候并不知道有什么价值。但是当他在做苹果公司的时候，他就把曾经学到过的知识加以应用，于是就创造出了全世界最美丽的字体。同时，"要缩小作用面，增大压强。"当你面向某一个问题或方向的时候，只有持之以恒、不断努力、不断叠加，才能创造出突破时代的价值。

再次，**对今天的世界有系统的认知，在"变"与不变当中求得平衡。**

我们今天所有的实践和所有的梦想，都需要在主流的实践和问题的背景下发展和产生。当然今天的问题无处不在，从个人到社会，从城市到农村。哪里有问题，哪里就有设计、商业以及我们工作和创业的机会。所以我们要平衡好短期、中期和长期价值，对于未来的世界有系统的认知，在变化纷繁的今天，能够找到变与不变。大家都知道，技术一直在改变，商业模式与人的需求也在不断发生变化，那么不变的是什么呢？不变的是我们的情感、事物变化的规律以及一些创新的基本方法，我们要以不变的规律和变化的手段来应对今天的世界。

　　以上就是我与大家分享的三点，最后用一句话来再次祝愿大家，希望大家"专注于真正有价值的创造，让我们的设计生命更加灿烂！"

　　谢谢大家！

于国于民有利，要敢于冲在前面

——在经济管理学院 2017 届毕业典礼上的发言

楼继伟

1977 年进入清华大学计算机工程与科学系就读，1982 年毕业。现任十三届全国政协常委、外事委员会主任。历任国务院副秘书长、机关党组成员兼国家外汇投资公司筹备组组长，中国投资有限责任公司董事长兼党委书记、中央汇金投资有限责任公司董事长，财政部部长，全国社会保障基金理事会理事长、党组成员等职。清华经管学院顾问委员会委员、清华经管学院兼职教授。

清华经管学院 2017 届毕业生们：

我非常高兴接受钱颖一院长的邀请，参加此次毕业典礼，在此我向你们表示祝贺。

今天在清华经管学院 2017 年毕业生面前演讲，让我心生感慨。我和钱院长都是 1977 级清华"7 字班"的本科生。近 40 年前我们入学时，清华还是一所多学科工科大学。我考入的是计算机工程与科学系，其实应当是"计算机科学与工程系"。钱院长考入的是数学专业，属于"应用数学系"。这些都反映了当时计划经济对清华大学的定位。现在，经管学院的前身已追溯到 1926 年成立的经济学系，经济学泰斗陈岱孙教授曾担任系主任。在我们入学时，清华是没有这方面的系，更不要说学院了。

相比来说，你们接受了更为全面的教育，面临更为宽广的人生选择。你们接受了经济学、金融学、会计学、管理学、管理科学的教育，经管学院还同兄弟院系联合建立了"清华 x-lab"，为你们创造了培养创新创业能力的最好环境。你们是幸运的，相比之下，我羡慕你们，甚至有点嫉妒。

今天你们毕业了，将面对更加广阔、复杂，有时甚至是残酷的人生选择。作为 40 年前 1977 级的同学，我结合在清华学习和毕业后的经历和体验，以我的三段经历来讲三点感悟，希望能给你们一些启发。

设计未来人生，要抓住人生际遇

促使我决心从计算机改学经济学的重大事件是党的十一届三中全会。我清楚地记得 1978 年底的一个晚上，全会公报发布时，我正在东大操场锻炼，听到"把党的工作的重点转移到社会主义现代化建设上来"，"不再使用以阶级斗争为纲的口号"，不禁心潮澎湃。想到党、国家、人民的命运和前途，以及个人在其中的作用，当时就决定今后要转学经济学。一方面国家必然需要这方面的人才；另一方面原来就对经济学有兴趣。"文革"时期初读过马克思的政治经济学，"文革"刚过，东欧和西方经济学家辩论的书籍引介进来，我都想办法找到一睹为快。更重要的是，我们经历过计划经济的苦难，针对时弊，学以致用，必然更加符合实际，可以作出贡献。

学校十分开明。我们这些有一定工作经验的同学，除严格学习考核公共课之外，专业课可以通过考试免修。由于学前的工作经历，我的计算机程序设计专业课大都免修了，有更多时间做转学科准备。这样我提前半年于 1982 年初毕业，考入中国社科院研究生院数量与技术经济系。

在我研究生学习期间，1983 年国务院着手布置覆盖 1986 年至 1990 年的"七五计划"研究，1984 年更是进入全面改革的元年。但大量课题已不是当时的各部委能应付的，需要各方力量的参与，从而我也参与了相关问题的研究。当时独立或与他人合作在价格、税收、财政、金融、贸易等各个经济领域，撰写了一些研究报告和政策建议，少量公开发表，更多的是以不足 2000 字的篇幅内部发表，产生了一定影响。

可能是这样的原因，研究生刚毕业我就被国务院办公厅调研室录用。调研室是国务院研究室的前身，当时主要的任务就是调研，提出政策建议，工作环境是相当开放的。参与调研、研讨，使我得以参加著名的"巴山轮会议"。在 1985 年我被借调到体改委开展经济改革总体设计的研究。我们将经济体制分为宏观经济政策体制机制、市场结构建造和企业改革三个层面，按照从计划经济向市场经济转轨，各方面改革按前提性、继起性、相互依赖性进行分类，设计改革的顺序。

在向领导们汇报时，我发现他们大多提问的是有关计划与市场关系的基础性问题。我感觉到我们的设计是从计划经济向具有社会主义性质的市场经济如何转轨，而当时社会讨论的主导性目标是怎样去改良计划经济，于是我做了补充，"改革要处理好计划和市场的关系问题，在模式上计划和市场的作用范围都是覆盖全社会的，两者的关系总体上是计划调节市场，市场引导企业"。我发现这一补充得到了充分的重视，这一提法被写入党的十三大报告。现在回想看，我们当时做的是国家部委层面组织的第一个转轨顶层设计，概括性的表述，虽然并不完美，但是针对了基本问题，因此得到重视。

从 1984 年起在农村改革取得巨大成功的基础上，改革的重点转向"城市改革"，即全面体制改革。改革总体上是市场取向的，但目标并不那么明确清晰，措施的重点更莫衷一是。到了 1986 年，中央要求这一年必须提出总体方案，在两年内实施。这一年春节我没有休息，埋头于以价格、税收、财政为重点的改革方案的设计、充实、修改。这个报告上报后，国务院给予高度肯定，决定以价税财联动为重点进行综合配套改革。1986 年 3 月 25 日以国发 37 号文通知成立经济体制改革方案研究领导小组，任务是研究明后两年改革方案和主要措施。领导小组下设办公室和各专业小组，我是财税组成员，当时我的职务是主任科员。

回想我在清华和社科院求学以及参加工作后的那几年，邓小平同志倡导的解放思想、实事求是的思想路线深入人心，冲破条条框框束缚，各种思想碰撞，国家急需人才，思路、言路十分开放。我转学经济学，赶上了好的机遇，在报效国家的过程中，树立起牢固的家国情怀，也设计了未来人生。

面对时代的需求，认清自己的能力，找准自己的定位，抓住人生机遇，这是我的第一点感悟。

认准目标，不断学习，逆境中敢于坚持真理

我在领导小组的财税组工作期间研究财税改革，在税制上主张推进增值税、消费税、资源税，规范十分混乱的企业利润分配形式，引入企业所得税。可是到了 1986 年夏天，国务院认为配套改革风险太大，主张全面承包，即信贷、税收、利润、外汇，甚至再贷款，按行政层次层层承包。这种全面承包既不是市场经济，也不是计划经济，这是有前车之鉴的。在此之前，我有一篇文章介绍了南斯拉夫所谓"契约社会主义""多中心国家主义"造成通货膨胀、经济低效，甚至离心趋势的后果。我深知其危害。

在 1987 年第一季度，我看到通货膨胀的迹象，并分析了承包制带来的机制性的顺周期作用。通货膨胀，使得包给上级和国家的部分贬值，留给自己的部分扩张。如果全社会都是这个倾向，中央政府是无能力、也无手段制止通胀的。我的一份报告警示 1987 年四季度开始将出现通货膨胀，次年更为危险。

果然，1988 年出现了高度通货膨胀。后来有人将这一年的通货膨胀算在邓小平同志"价格闯关"头上，完全是黑白颠倒。小平同志针对价格双轨制造成的腐败和经济秩序混乱，要求价格必须并轨，服从于市场，一点儿没错。价格决定于市场的必要条件是实行紧缩的财政货币政策，才不会造成严重的通货膨胀，即便这样，校正价格扭曲都会造成温和的结构性物价上涨。如果说失误，那就是在推行全面承包时埋下了通胀的根子。

在 1986 年下半年后，经济体制改革方案研究领导小组停止工作了，而我次年对通货膨胀可能性的警示也未起到作用。当时钱颖一同学告诉我，经济学前沿正在转到不完备信息条件下的机制研究，如公共选择、机制设计理论。我有心再到学术界充电，于是调到社科院财贸所。

不久，我调到上海市体改办，感到这是一个施展才华、做出贡献的机会。在上海主要参与了浦东开发的政策研究、上海证券市场建设以及相关国有企业转制的工作。

经济学是面向公共政策的，要有报国之心。当然，有的同学给自己的定位是在探索真理之海中遨游，那也要有公共之良心。致力于公共政策之士，要有扎实的经济学功底，要有提炼事实、切中要害的能力，和1500字之内把问题表达清楚的能力。有功底就有胆识，才能将个人安危置之度外。还要不断地学习充实自己，学海无涯。致力于公共政策之士，学习的是观点、方法，把握结论成立的假设条件，以及出现偏差的约束条件。在逆境中不要随波逐流，要敢于坚持真理。这是我的第二点感悟。

春风吹来时，在推动改革整体性跃迁中发挥才干

1992年小平同志南方视察，将改革开放推向新的高潮。这一年的春天，我调入国家体改委任宏观司司长。9月召开的党的十四大将社会主义市场经济确定为经济体制改革的目标。1993年

上半年开始，江泽民同志亲自主持十四届三中全会文件的起草工作，定位为社会主义市场经济的顶层设计。

在经济层面是另一番景象。1986 年以后开始的全面承包体制仍在起作用，而且愈演愈烈，通胀抬头。财政方面，各地竞相将财政收入从预算内转到预算外，1992 年底预算外预算内之比达到 1.1∶1 的水平。货币政策方面，央行的信贷规模包干到各专业银行总行，再包到专业银行分行，甚至再贷款规模也包到了央行的分行，造成货币政策扩张。到了 1993 年上半年，经济已经到了过热的状态。

不重回传统行政手段的治理整顿，开辟一条新路，按市场经济的做法规范各方面的纪律关系，同时加快改革，建立市场经济基本框架，就需要比 1986 年设想的"价税财联动"更为广泛的配套改革，需要一次整体性跃迁。而我们真的实现了，在1993 年下半年着手全力准备，1994 年 1 月 1 日各项改革措施密集出台。

大家若想了解这次改革的背景，可以阅读《朱镕基讲话实录》中的相关文章。启示性的一篇是 1993 年 4 月 1 日的"防止通货膨胀要始于'青萍之末'"，全面决策布置的一篇是 6 月 9日的"加强宏观调控的十三条措施"，以及下半年先后就金融、财税、外汇、外贸问题的讲话。其中著名的"十三条"是建立市场经济秩序的军令状，全面配套改革的动员书。

从 1992 年到 1994 年，我带领宏观司的同事，以问题为导向，分析制度原因，提出应对政策和改革方案，大都以内部报告形式报送，发挥了积极作用。在 1995 年，我将其中的主要报告编撰出版，书名为《宏观经济改革——1992-1994 背景设想方案操作》。

1993 年下半年体改委宏观司的同志们全面参与了各方面的改革。我们同各部门有合作、有共识、有争论、有取舍。总的原则是在既有条件下，确保可操作，务必成功。更为复杂的问题留下接口，在进一步深化改革中逐步解决。在原则性问题上据理力争，绝不让步，不留遗憾。重要的取舍，在财政方面，将预算外财政收入并入预算内和预算管理规范化，都先放一放，重点是分税制。税制上以增值税为主体，消费税和资源税为配合，选择生产型增值税，并将零售业之外的服务业先排除在外。企业所得税分内外资两大类进行整合，个人所得税内外资企业职工并轨，但还实行分类所得税制。房地产税因没有条件建立，留在今后。争论最激烈的是外汇体制改革，我们力主汇率并轨，单一汇率决定于市场，强制结汇，银行间无形市场，近期目标是经常项下可兑换，收回一些超前的资本项下开放措施。幸好，有党中央、国务院的坚强领导，果断拍板，改革获得了巨大成功。

这次全面配套改革是人类改革史上的一个奇迹。在严重通货膨胀的环境下，仅仅用不到半年的准备时间，建立起市场经济宏观管理体制框架，过热的经济趋于安定。这次改革建立的基础制度已有 20 多年了，十分稳定并不断改进。2008 年 1 月 1 日起企业所得税统一，增值税转型扩围到去年全面完成。预算外资金已全部纳入预算，这个概念不存在了。规范的预算管理、国库集中收付制度全面建立起来。专业银行的政策性业务分离，转成上市商业银行。中央银行坚守货币政策当局的定位，金融监管不断完善，多层次金融市场已经建立。1996 年实现了经常项下可兑换，有管理的浮动汇率体制初步成型。

我能够亲身经历，冲在第一线深度参与这场伟大的变革，是人生一大幸事，也获得了更深的感悟。多方面的历练对了解国民经济运作的机制大有裨益，知道什么是最关键的、急需的，什么是可妥协、可适当推延的，减少了理想化色彩。但理想必须坚持，于国于民有利，要敢于冲在前面。

致力于公共政策，有学必须有术。学问要扎实，不断掌握前沿理论。术也非常重要，就是各学科的基本原理要通晓，事实要掌握，政策的提出才不会让人不知就里，才是可操作的。这是我的第三点感悟。

以上是我结合求学和工作后的三段经历，同你们分享的三点感悟。

同学们，你们就要毕业了。你们中有的将从事公共政策。

我们的制度还不够完美，资源配置效率、体制的公平性和可持续性仍有待提高，改革的路还很长。习近平总书记亲自主持制定的十八届三中全会文件，对各方面改革任务都有明晰的表述，有志于公共政策的同学们应当在实现宏伟蓝图中贡献力量。你们中有的会继续学术生涯，"追求真理、实事求是"，是我要送给你们的话。你们中有的会选择就业，我要告诉大家，现实没有那么完美，有时甚至是残酷的，你们要有高于一般的创造力，怀有梦想。但达到梦想的路并不只有一条，运用综合性、批判性、分析性的思维，就一定能帮助你们找到适合自己的人生道路。

我们生于斯、长于斯，我们个人的事业是与人民的福祉和民族复兴联系在一起的。信守这一信念，拓展这一联系，就能找到自己最大的成功。我祝福你们！

不忘初心，坚守信仰

——在新闻与传播学院 2016 届毕业典礼上的发言

陆娅楠

　　1999 年进入清华大学外国语言文学系学习，后转系至新闻与传播学院就读，2006 年硕士研究生毕业后入职人民日报社。目前担任人民日报经济社会部工业采访室主编。曾 3 次获中国新闻奖，17 次获人民日报社年度精品奖，并获得"全国青年岗位能手""庆祝中华人民共和国成立 70 周年宣传思想文化工作中作出突出贡献的个人""中直机关五一劳动奖章"以及"全国先进工作者"等荣誉。

亲爱的老师、同学们：

大家好！

前几天，收到了学院老师的电话，让我给即将毕业的师弟师妹们讲几句。我当时就在想，我们班的毕业生里，我不是我们班第一个拿到中国新闻奖的，也不是第一个挣到100万元的，为什么让我来发言呢？

思前想后，我想到了一点，我是咱们学校毕业生里为数不多的扎根党报工作至今的人。或许就是这份不忘初心、坚守信仰的"一根筋"，让老师们觉得值得和大家说两句。

今天，你们也要告别母校，走上职业生涯了，站在人生的又一个十字路口，更需要想想那道古老的命题："我们是谁，从哪里来，到哪里去"。

我们是谁？这是根本问题。一个人信什么，决定了他会做什么。那么我们是谁呢？我想先讲一件真实的事。

上个月，经社部工业采访室到地方调研企业降成本的难点与痛点。起初，我们担心，企业有顾虑，会避而不谈或者避重就轻。没想到，每天不到8点半，发着霉味儿的小会议室里，就挤坐着十几位老总，还有人带着财务总监一起来。大家每天都畅所欲言到中午1点多，还不愿散场。一位创业近20年的老总对我说，"陆记者，去年底中央提出帮企业降成本后，你不知道我们接待了多少批各级各界调研团，我也会说两句，但场面话多。可是对你们，我重视，也想说掏心窝的真话。因为你们是人民日报社，你们能代表中央，也能把真话带给中央。我信任你们，相信你们不会犯错，也不会让我犯错。"

信任，是人与人交往的基础。能够赢得企业家的信任，是因为我们代表了媒体中最强的政治定力与鉴别力。那么你们用什么赢得职场生涯的第一次信任呢？

清华新闻与传播学院给予我们的教育与熏陶，让我们比其他的学生具有更强烈的政治意识、大局意识。或许，你会问，"搞新闻，讲那么多政治干吗，笔头好不就行了吗？"也或许你会说，"我又不搞新闻工作，何必谈什么政治？"

一个人，鼻子不灵、眼睛不亮、方向不清，笔头再好，脑子再机灵，也可能跑题、偏题，凭什么得分？更何况，新闻从来都不是散文，而是政治性最强的业务工作，是没有硝烟的舆论阵地，不需要聪明的糊涂人。这个道理在任何行业都说得通。

或许有人说，知道我们是谁就可以了，为什么还要追寻我们从哪里来？历史决定了我们的基因与骨血，影响着我们的信仰与方向。清华的毕业生有着代代相传的红色基因，以老院长范敬宜为代表的新闻学院老师有着引以为傲的新闻风骨。无论时代如何发展，媒体格局如何变化，面对纷繁复杂的焦点、难点、痛点问题，我们都应不回避、不迎合；在那些重要的改革十字路口，我们应该是社会大潮的领航者、公共舆论的定盘星。

当然，今天我们更需要知道的是"到哪里去"。这是个充满诱惑的时代，当我们快步奔跑时，不要忘记奔跑的初衷。无论你是从事新闻事业，还是在其他岗位拼搏，都希望你们继续做一个有原则、有格局、有思想、有情怀的"四有新人"。

做"四有新人"不易，可没有付出哪有收获呢？为了写高原铁路的新进展，我曾坐在颠簸的压轨车上，从拉萨一直呕吐到日喀则，被人说是"吐遍了项目部，写活了拉日线"；在路上很险，为了记录灾后重建的道路勘探情况，我曾冒着余震跟着勘探队徒步震区 20 多公里，夜里靠灌进白酒才止住浑身的颤抖；在路上也会无奈，为了反映保障房空置、公积金闲置等民生焦点问题，我也曾面对对口部门施加的巨大压力。现在回首看看，苦是苦了点，但新闻工作就是活泼的人从事的严谨事业，炙热的人肩负的冷静使命，浪漫的人从事的艰辛劳苦。没有苦，哪有乐呢？

做"四有新人"不易，但我们还有强大的后援团。无论何时、何地，清华新闻传播学院都是咱们的加油站，老师们、师兄师姐们都是你们的充电器。疲惫了、困惑了、焦虑了，别怕，回到宏盟楼来坐坐，给老师、学长们打个电话聊聊，第二天又是崭新的一天。正如茨威格的那句名言，"人生最大的幸运，莫过于在年富力强时发现了值得贡献毕生的使命。"我想，我们都会是这样幸运的人，也愿意珍惜这样的幸运，不忘初心、不改本色、不失信仰，做一名令人尊敬的清华人。

保持童心，发现改变未来的创新

——在计算机科学与技术系 2016 届毕业典礼上的发言

李竹

1984 年进入清华大学计算机科学与技术系（简称计算机系）学习，1989 年毕业，现为英诺天使基金创始合伙人、中关村天使投资联盟荣誉主席、清华校友总会互联网与新媒体专业委员会创始会长。获评"中关村天使投资领军人物"。被清科集团评为"中国天使年度投资人十强"、CCTV 最受创业者欢迎的"2019 中国十大投资人"。

亲爱的同学们：

恭喜你们从贵系毕业！

从明天开始，你们将开始新的生活。在学校，你们拼命地充实自己，用友情、知识、体力，但是，到了社会，却是要输出和贡献。那么校园墙外是什么样的风景？我记得 27 年前，我们毕业走向社会时，除了同学间的依依不舍，更多的是迷惘，后来被下海的大潮带动开始了第一次创业。运气好，才取得了一点成绩。现在，我愿意用天使投资的方式来帮助年轻人。

当下的社会，用一个字来描述就是：快！当年大学毕业几年后，就感到学校里学习的知识很多不够用或者没用了。而现在，世界变化更快，创新更快！快到已经超过了摩尔定律。PC普及到 10 亿人，花了几十年，而智能手机只用了几年。创新的加速化已经使公司小型化、万物互联、自由职业者增多、创业门槛降低、投资和并购活跃。而未来人工智能时代的来临，是比移动互联网大千倍的机会，将使得人类更强大、更健康、更自由。来到这样的世界，只有一个办法，就是保留你们的童心、对新事物的好奇心和学习精神，这是年轻的重要标志。

当你有了童心，愿意去尝试新东西的时候，难免会有失败。面对失败，我们应该接受它们。这是和学校考试不同的地方，考试是要尽量不犯错误，而到社会上就业或者创业，却要求容许失败的文化。在创新加速和未来不可预知的环境下，不断试错是必需的，关键是如何快速地失败、最小代价地失败，来获得认知，找到正确的方向。在硅谷，年轻人在咖啡馆大谈自己失败的经历和认知，反倒是引以为荣。

在大家做软硬件产品时，通过不断的失败和试错，目的是找到用户最真切的需求，然后不断把这个点放大、做好。现代社会的成功，已经不能依赖短板理论，把每个短板都修补好，拾遗补阙。当下需要的是长板理论，抓住一点拼命放大和发挥，当你抓住用户痛点，不断去满足它，足够专注，你会发现用户也会买账、合拍。做人也是如此，要发挥自己的长处和优点，而不是天天想着去找自己的缺点。要让喜欢你的人更喜欢你，而不是让不喜欢你的人喜欢你。记住这一点，会让自己活得轻松和快乐。

生于贵系，就有了创新的基因和烙印。国内初创公司和天使投资的领域，80% 都和互联网与新媒体产业相关，过去几十年数字化和互联网的进程，依赖于计算机科技的创新和发展，未来智能化的大时代，更是你们的机遇和挑战。刚才上台发言的同学，有的要去美国继续深造，那里也是清华校友聚集的三个主要地区之一。不管身处何方，就业还是创业，贵系的同学都要有一颗追求创新的心。

从我毕业的时代，到你们今天毕业，计算机技术已经发生了惊人的变化：终端，不再是个人计算机，而是随时随地上网连接世界的智能手机；带宽，已经不是几千字节的拨号上网，而是百兆光纤；获得信息，不再是中心化的报纸电视，而是碎片化个性化的社交媒体；推出一个产品，不再是火箭发射式的长期埋头苦干，而是快速迭代的精益创业⋯⋯

不管变化再快、再多，有一点是不变的，那就是同学情、师生情、校友情。这是最弥足珍贵的。我们毕业时，大家是那样依依不舍，晚离校的同学把每个人送到车站、机场；毕业时的纪念册，有每个同班同学的照片和留言，现在翻看感觉犹在眼前，更加珍贵。清华校友中间有一种浓厚的百年文化，就是互相帮助。当你们走出校园的墙，面对社会，干着自己喜欢的事情，会需要帮助或资源，会有挫折、失败。不用担心，校园墙外还有我们，贵系的学长，还有众多的清华校友。

最后我要对即将毕业的同学们说：欢迎来到校园外的精彩世界，让我们一起建立连接，保持童心，去发现改变未来的创新！

秉持清华精神　奉献航天事业

——在航天航空学院 2016 届毕业典礼上的发言

汤波

　　1999 年进入清华大学工程力学系学习，2003 年本科毕业后直接攻读博士研究生，2008 年博士毕业后进入中国运载火箭技术研究院北京宇航系统工程研究所工作，先后从事运载火箭 POGO（推进系统和结构系统间的耦合效应所致自激励振动）抑制研究、动力系统总体研制、火箭动特性分析等工作。

尊敬的各位老师，亲爱的学弟学妹们：

很荣幸今天回到这里，来和大家聊聊。我是 1999 级工程力学系力 92 班本科生，2003 年师从李俊峰老师攻读博士学位，2008 年毕业后进入中国运载火箭技术研究院北京宇航系统工程研究所从事火箭总体设计工作。也就是有些学弟学妹们刚来清华园时，我刚从这里走出去。

从初来清华园到今天的十几年间，校园环境变化很大。1999 年入学时，系馆在图书馆东南角、同方部正北边一个风景很好的小院；2003 年本科毕业时，系馆搬到了东门附近的逸夫技科楼。那时，丁香园还不叫丁香园，叫十四食堂；更没有芝兰园和玉树园。2004 年，工程力学系改名为航天航空学院，也逐渐开始有毕业生去一院工作。当时我们还奇怪，咱们这个专业去"医院"干什么？然后就到了 2008 年，我自己也来到了这个"第一研究院"。之后偶尔回学校，发现总有新变化，有了新的博物馆、图书馆、食堂，以及"芝兰玉树生于庭阶"的新航院大楼。

在学校的 9 年，是快速成长的 9 年。因为在清华，总能感受到一种催人奋进的力量，不断促进自我追赶与成长，不是追赶别人，而是追赶不断觉醒中的自我。

时光荏苒，现在工作也快 9 年了，经历可能比大家多一点，有一些体会，在此与大家分享。

首先是信心的提升。在学校的时候，我的成绩属于中游，而且是属于那种学习还算认真、但成绩中游的，所以很受打击。但工作几年后，慢慢找到自信了，发现很多问题都能被我解决，而且都能更快、更好地解决。

我工作后，开展的是运载火箭跷振（POGO）抑制设计工作，与我博士期间所研究的带自由面液体数值模拟问题相距甚远，完全一抹黑。但半年后，我提出了一种稳定性相图的半定量分析方法，直观地解释了载人航天中发生的POGO振动现象。之后，我转岗动力系统总体设计，主要面对火箭发动机等参数设计和工程协调这些新领域，就更是一窍不通了。但在几年后，我写了一本内部发行的小书，从另一个视角解读了发动机，获得了不少赞誉。当其他室的型号出现火箭分离方面的问题，久攻不下时，我被调去协助分析。尽管从未接触过此类工程问题，我却能快速抽象出物理模型，帮助找到解决办法。现在，我有信心完成任何工作上的挑战，这种信心的源泉，是清华赋予我们的良好功底，是终身学习的习惯，是勇于担当的自我要求。秉持着这种自信，我们在工作中面临各种各样的门槛时，多一份从容，多一份专注，多一份担当。应该相信，这些门槛在我们面前，其实从未成为真正的困难。

除了切实解决难题，清华人的底蕴究竟体现在什么地方呢？就航天这个行业来说，大部分工作已经有了完备的基础，只需在前人编好的程序、设定好的模板上开展工作，专业要求并不高，只需要细心。还有一部分工作，要求在短时间内综合分析，抓住主要矛盾，马上给出结果，这就需要综合能力了。譬如，在发射场，碰到一个问题，能否第一时间定位、处理；在会议上，对专家提出的新问题，能否马上给出解释，速算出初步结果，还能给出历史上的经验教训，增强说服力，使所有人接受。这种场合，就凸显了一个人的专业能力和知识底蕴，清华人在这方面做得很出色。我个人把这种能力集中定位到数学和计算机。清华长时间扎实的数学训练，使我们具备了犀利的眼光，面对陌生问题时可以快速抽象出主要矛盾。而熟练的计算机操作则代表了一种动手能力，利用它，你能把想法迅速变为现实。

再具体说一些我在工作中的经历和感悟。我认为，清华的平台很高，在学校里大家不觉得有什么，一旦脱离这个平台后，谁都想继续将自己维持在这个高度上。而离开学校后，清华的声誉既给你提供了便利，同时又提供了足够的激励。大家会因为你是清华的而尊敬你，认为你该行。更关键的是，你自己也不允许自己不行。我们有个研究室，招了不少清华学生，而且现在还喜欢招，为什么？当某个型号繁忙时，我惊奇地发现，加班的十几个人，大部分来自清华。是因为他们干活慢吗？我想不是，是因为他们内心自尊、自强，愿意为了共同目标而付出。在某型号最忙的时候，我从动力系统再次转岗，全权负责其动特性修正工作。从事这项工作需要对箭体结构有全面细致的了解，对产品特性有充分的认识，需要具备娴熟的建模与计算能力，以及对大量数据进行分析处理的高效手段。总之，首飞在即的时刻，这是一项无论时间进度、还是技术难度都比较大的工作。当时，我没日没夜地加班，提出了9项微创新，编写了60多个程序包，提前做好了所有准备。在试验完成后，硬是用5天时间给出了分析结果，完成了以往至少半年的工作。然而，在焦急等待首飞的日子里，我的心情并不轻松，因为其中的技术风险并不像进度风险那样马上显现出来。而且还有人说我傻，说我在动力系统已经混得很好了，为什么还来干这么高风险的事情？尽管压力很大，但我从不后悔，因为我很希望能用掌握的知识，为中国的航天事业作出一点贡献；同时我也深信，在这件事情上，没有人能比我做得更好。后来型号首飞成功了，我们都很高兴。

说完工作，再讲讲生活。我的感受是，要培养一项长期的、健康的兴趣爱好，要有一些有亲密感情的朋友。如若不然，生活将枯燥无味。

有兴趣的人生才是充实的。我有一个爱好编程序的同事，经常加班到11点回家，工作很枯燥。但是他会打开电脑，编个小程序，一下子就开心了，乐在其中。我们现在所处的时代，很多兴趣的成本大幅降低，变成了大众化的活动。旅游不再那么昂贵，美食不再那么难做，读书不再那么复杂，看场电影、听场音乐会都变得那么容易。我想说的是，一定要以一项爱好为内核，让其开枝散叶，让生命因为爱好而丰富美好。有一年，我去参观格林威治天文台，第一次知道了钟表匠哈里森；然后在威斯敏斯特教堂，意外地发现了哈里森的石碑，当时的兴奋难以言表；于是在网上搜索，又看到一本好看的书《经度》，娓娓道来哈里森的工作；之后又在逻辑思维里听到了"击溃牛顿的钟表匠"哈里森的故事。每次把这些小事件联系起来时，都会在心灵中泛出一点点涟漪。

联系是事物之间的客观存在，同样，也是人类社会的客观存在，人的心灵需要亲密关系的滋养。由于一院在南四环以外，和同学、老师聚会的机会比较少，但每次聚会时，大家都会聊得很久、很开心，聊聊以前的好事窘事，说说现在的乐事愁事。和爱人的亲密关系也很难得。我的妻子也是你们的师姐，虽然我们在生活层面上有不少矛盾，但最终还是走到一起。总结起来，是因为我们除了有不少共同的兴趣爱好之外，还有的，就是清华给我们的烙印——"自强不息、厚德载物""行胜于言"的三观。

在这里，我要感谢李老师的邀请。在学校时，我没少让他为我操心。同时，感谢在座的各位老师，你们都是给予过我教

导、并影响我一生的良师益友;感谢在座的各位同学,祝愿大家以后的学习、工作和生活都顺顺利利,也将如下这句话与你们共勉:

今天我为母校而骄傲,明天母校因我而自豪!

坚守清华精神，活出精彩人生

——在水利水电工程系 2016 届毕业典礼上的发言

王殿常

　　1991 年进入清华大学水利水电工程系（简称水利系）学习，2000 年获得水力学及河流动力学专业博士学位。历任国务院三峡工程建设委员会办公室培训中心高级工程师、副处长，国务院三峡办水库管理司副处长、处长，现任国务院三峡工程建设委员会办公室水库管理司副司长。获"中央国家机关青年五四奖章"，中共重庆市委、重庆市人民政府"扶贫开发先进个人"奖励。多次被国务院三峡工程建设委员会办公室评为优秀公务员、先进工作者和优秀共产党员。

尊敬的各位老师，亲爱的师妹师弟们：

　　感谢院系领导的信任，非常荣幸有这个发言机会。说实话，接到丛振涛老师的邀请时，我心里是矛盾的，一方面想尽点责任，分享自己的工作体会，以对大家有所助益；另一方面又担心误导大家，毕竟我本科毕业已整整20年，国家发展日新月异，人的思想观念也发生了深刻变化，不知道我讲的内容是否符合现实的情况。还好，组织方只给我15分钟时间，我相信自己没有那么大的本事，在这么短的时间内误导你们这些年轻的聪明人。

　　接到任务后，我在想，我的代表性在哪里？第一个重要的原因，恐怕不是我的行政级别，而是我一直坚持所学的专业，无非是想让我来证明，不仅学水利有前途，干水利同样有前途（我很乐意被利用来做这个证人）！第二个原因，我至今没换过工作，15年了，这本来是大家认为没有出息的表现，但主流观点是不能频繁换工作，特别是对于初入职场的年轻人来说。当今社会坚持在一个单位到退休的恐怕不多了，目前我还算是一个坚定分子。当然以后可能会有机会，另当别论。

　　接下来，我结合个人经历和工作体会，给各位同学提3点建议。

境界高一点

　　清华人的传统，历来都有家国情怀和胸怀天下的气度。这很重要，你的胸怀决定了你的格局，有多大格局才能干多大事业。如果一个人平时定位不高，没有格局意识和日常积累的话，不可能一夜之间就登上高峰。谈到胸怀，并不是说一定要有多大成就，主要是指一个人的境界与修为，这样做了，你的心胸就会宽广，你的人生价值就会无形之中增值。当你着眼大局，着眼大势，久而久之，你的眼界、视野、心胸就会与众不同。作为一个个体，终究离不开大环境的塑造。只有那些把自己的发展与国家的前途命运、所处的时代紧密结合的人，其人生才是最有价值的。胸怀天下，思想层次和境界高一点，与国家发展和民族进步结合，这不是说教，也不是炫耀，而是实实在在需要面对的问题。慢慢你会发现，当你坚持这么做的时候，你是高贵的。

那么，怎样培养和修炼个人胸怀呢？我给出的答案是，坚持做个读书人，这是一条可实现的路径。现在的社会风气大多追求物质享受，这本无可厚非。但有一个事实，有钱人只是凤毛麟角，即使你所从事的职业很赚钱，但也很难达到所谓富人的水平。何况，我们绝大多数的单位挣钱是很有限的，也就是居家过日子。承认这个基本现实，有智慧的人就应该把主要精力从物质层面转到精神层面。我想强调的是，一个人要有精神层面的追求，通过不断地修为和心理调适，把自己打造成为精神贵族。我的体会和建议是，始终把自己定位为读书人，不论从事什么工作，发展到什么高度，把自己作为读书人是会受益终身的。作为中国最高学府的毕业生，是有这个条件的，就看你愿不愿意这么做，坚持一辈子。事实上，读书已成为我的习惯，成为生活甚至生命的一部分，再忙也要读书，哪怕只有 15 分钟，而且是非功利性的，除了工作所需，主要补知识结构的短板。近几年，我主要恶补经济类，我感到，治理国家和社会，不懂经济肯定不行，万一有一天国家需要我呢？我要事先做好准备。2014 年，中央组织部考察干部，我有幸被列为考察对象。在介绍个人兴趣爱好时，我把读书列在第一位，这不是吹牛，我确实是这么做的。我把近期的读书单子列举了一番，其中谈到新加坡国立大学郑永年教授，考察的领导还与我讨论了对他的观点的看法。事后才知道，这位领导是一所著名大学经济系毕业的。

付出多一点

我用三个关键词来解读。

关于奉献　默默无闻，踏踏实实，甘于奉献，这是所有单位都提倡的。这些年，我观察过刚进入单位的年轻人，刚开始大家都差不多，时间长了，差别就越来越明显了，那些注重学习、工作态度好、愿意多承担一点的年轻人，成长就快一些。一定要坚信，付出终究会有回报，机会总是会来到，只是时间早晚的问题。我刚参加工作时，在德国完成博士后回国，经老师推荐，到了现在这个单位。公务员"逢进必考"，单位觉得我这样的条件再去参加考试确实太亏，但又不愿意直接给我一个副处级，于是就把我的人事关系放在事业单位，人在机关工作，有一段时间以专家身份，发点补贴，有点像"黑户"。虽然当时自己认为经受了不公正待遇，但还是坚持了下来，工作业绩和大家的认可是靠自己干出来的。干了两年，提拔副处长，又过了一年，正式调入机关。后来听说主管人事工作的领导对此有一段很长的批示，总的意思是，像这样踏实工作、任劳任怨的好同志，早就应该提拔了！其实就是瓜熟蒂落了。当我们在底层工作时，我们自己可能不知道，中高层对我们的工作状态和成绩是看得非常清楚、了如指掌的。这一点，是等我到了中层以后才发现的，真的庆幸自己当时没有偷懒。到了工作单位，我的体会是，努力比聪明更重要。

关于用心　细节决定成败。工作中的大事少，特别是刚步入工作岗位的前几年，要甘于做小事，用心地把小事做实、做精、注重细节，比别人多付出一点，善于把握机会、日积月累，积小胜为大胜。我坚持学以致用，理论与实际相结合，把中央的大政方针用于指导工作，经常作些思考，写写理论方面的文章，比别人多付出一些。比如，有一年，我们领导在传达中央经济工作会议时，提出了"四个三峡"的理念，很长时间有关部门没有任何反应，我抓住政治学习大会交流的机会，针对生态三峡，系统阐述了其内涵、哲学基础、重大意义、指导思想、目标和实现途径等，取得了震撼性的效果，令人刮目相看。2007年，党的十七大前夕，三峡工程出现生态环境方面的舆论危机，我作为骨干技术人员被推到前台，花了一个月的时间顺利平息了危机。在陪同三峡办主任到中央电视台新闻会客厅接受专访的第二天，也许是时间巧合，我被提拔当了处长。这件事情说明，平时你要注意积累，做好准备，机会来了就抓住。你若没有准备，机会也会白费。

关于卓越 古人讲："取法于上，仅得为中，取法于中，故为其下。"由此可见，要想做好一件事情，必须高标准严要求，凡事都要追求卓越，时间允许的情况下，要把事情做到极致，至少自己要满意。举个小的例子，今年国家保密局组织中央国家机关人员进行保密考试，我现在主管保密工作，想着一定要考个好成绩，当然是满分了，因为清华人不一样，定位要高，要有这样的态度和精神。备考时我在想，若定位在及格，其结果可能不及格；若定位优秀，可能是良好；只有全部掌握并深入理解，才可能得满分。经过努力，结果当然是如愿以偿。再次证明，清华人历来都有一种不服输的精神，骨子里是高傲的！

为人好一点

有人说，再好的关系，好不过人品；所有的成功，都是人品的成功。是的，人品，决定了一个人的境界，决定了他的深度，也决定了他能走多远。我认为，有好的人品，你走得不一定快，但一定会走得远。人品是支撑，坚守正直的品格，与人为善有时候能够化干戈为玉帛。2009 年，我们单位接受审计，审计人员带着线索到重庆延伸调查，形势比较紧张，当时我正在重庆挂职锻炼，负责接待审计人员。我想，虽然是监督与被监督的关系，但他们也是人，也讲感情，经过真诚沟通，我取得了审计人员的理解和信任，后来还成为很好的朋友。再举一个例子，有一位单位的老同志，有一次陪他出差，他跟我开玩笑说，你小子现在对我不错，等我退休后恐怕就不行了！我只是低调回应说等着看吧。事实上，退休后我更加尊重他，经常去看望他。人们常说，人走茶凉，我想，做人不能这样。我给各位的忠告是，不论你从事什么职业，走向什么岗位，都要始终记住：坚守良知。岳麓书院有一副对联写道："是非审之于己，毁誉听之于人，得失安之于数"，做人要尽量抱有这样的人生态度。

我上面讲的三点：境界、付出、为人，其实是清华精神"自强不息、厚德载物"的具体化。我认为，人与人之间的差距，其实不大，就是那么一点；人生的道路很长，但关键就在重要的几步，也就是那么一点。我相信，只要你以境界格局作引领，自强不息作动力，厚德载物作根基，比别人多那么一点点，你的人生，即使不辉煌，一定会精彩！

从这里出发，你们每个人都将踏上新的征程，愿清华精神永远照亮你前行的路。

感恩清华，品味人生

—— 在计算机科学与技术系 2015 届毕业典礼上的发言

廖春元

1993 年进入清华大学计算机科学与技术系（简称计算机系）学习，1998 年毕业并获得学士学位，2001 年获得硕士学位，同年赴美国马里兰大学学习，获得计算机博士学位。博士毕业后在著名的富士施乐硅谷研究院担任研究员。四年工作期间，曾三次获得杰出成就奖，是迄今为止获此殊荣的唯一华人科学家。2012 年底回国创立亮风台信息科技公司，专注于图像识别、增强现实和人机交互领域的技术、产品和服务。公司现已经成为中国增强现实技术（Augmented Reality，简称 AR）行业领先企业之一，获得多家国际知名投资机构数亿元人民币投资。

尊敬的各位老师，各位同学，各位家长，各位来宾：

大家下午好！

今天很荣幸回到母校，参加 2015 届计算机系毕业典礼。

首先向各位学弟、学妹，以及你们的家长表示热烈的祝贺！祝贺你们人生又完成了重要一步。

同时也代表系友向我们的老师们表示衷心的感谢！感谢您们数十年如一日为祖国培育了一批又一批栋梁之材！

此刻，我仿佛又回到 1998 年 6 月我的本科毕业典礼时。记得是在主楼前，从当时的校党委副书记、教过我们《控制论》的张再兴老师手里接过我的学位证书，正式宣告 5 年本科岁月的结束。那一幕，至今依然历历在目。

17 年过去了，岁月如梭。今天，作为各位同学的师兄，我想跟大家分享一些我毕业近 20 年来的一些感受。作为清华学生，大家从小到大听到的表扬太多了，所以今天我主要谈谈一些初入社会的误区，不一定正确，但一定是我的亲身感受和肺腑之言。

要说本科毕业至今，最大的感受是什么？我个人的答案是三个关键词：多元化、包容和坚持。

成功的评价体系是多元化的。

在本科阶段，GPA（平均学分绩点 Grade Point Average 的简称）几乎是唯一的标准。在清华，可能在座的大多数非学霸同学都有过学习压力山大的经历。比你聪明的人，学习比你更努力。怎么办？

那就换一条更适合自己的跑道！

当我们走出校园、走向社会，你会发现成功的途径可以有很多很多，绝不限于考试刷 GPA。所以，对于大多数的广大非学霸同学们，这是好消息！

记得我 1993 年入学的时候，正是计算机系招生形势高峰时期。身边的牛人太多。大一到大三，我跟大多数的、非学霸同学们一样，年轻的心灵被摧残无数次。

当然，我要感谢学霸们，让我变得更坚强、更谦虚。

改变，发生在大四。各种选修课程开始了，我也参加了教研组工作，考试也不再限于统一的笔试。我发现，我其实在自己的那个领域做得还可以，不需要去跟人比 GPA 了。在我导师史元春老师的指导下，我的硕士论文被评为当年的校优秀论文，过了 10 多年，至今还被作为师弟师妹们的论文模版。

后来我在美国马里兰大学获得博士学位后，在富士施乐硅谷研究院做研究工作。我的同事中计算机科学四大牛校——麻省理工学院（MIT）、斯坦福大学（Stanford）、美国加利福尼亚大学伯克利分校（UC Berkeley）、卡内基梅隆大学（CMU）——毕业的博士比比皆是。不过，我不需要跟他们做完全一样的东西，埋头努力做我喜欢、擅长的方向就可以了。在我辞职回国的时候，我是研究院唯一在 4 年内获得 3 次杰出成就奖的新员工。

在创业的过程中，这样的例子更多。我们没有必要去跟巨头比拼同一的产品，而是在细分市场上单点突破，先在小领域内奠定自己的相对优势，然后再逐步扩展。

所以，我想说，走出象牙塔，你有更广阔的道路去选择、去发挥，不要局限在考试、也不要局限在技术，更不要人云亦云。找到自己喜欢、擅长的工作，努力去做，你可以自己定义你的成功！

要包容不同的思想和人

当你走出清华的时候，你要做的一件事是——"忘记清华"！

为什么，因为在清华多年的耳濡目染，有可能是把双刃剑。一方面我们感谢母校给我们的知识、能力和作风；另一方面我们身处的环境也不免单一化，有可能导致"一根筋"的思维方式，忘记了世界可能还有别的解释。

这一点在我创业之后体会特别深。我从2012年底回国创业，到现在 2 年半的时间，接触过的人超过我之前 30 多年的总和！我深深感觉到人和人看问题的角度可以如此不同，同一事情可能得出完全不同的结论。而这种表面上的不同，其实内在可能都有合理性，只不过不同人掌握的论据不同，不能简单地说非黑即白。

当时我计划上一个产品，没想到遭到我的合伙人强烈反对。激烈争辩之后，我发现其实我们的分歧是因为对这个计划考虑到的风险因素和优先级有不同。综合起来，我们进行了全面的风险控制，最后取得很好的效果。

同时，我们也要包容犯错、包容某些方面不如自己的人，要有耐心。作为历来以精英自居的清华人，很多时候会忽略这一点。以后你们在工作过程中会发现，有一些难题，你的同事可能花了很长时间就是搞不定。这个时候，是放弃、还是鼓励？

大多数时候，作为领导，你的首要选择是后者。因为作为一个团队，就是要在这种帮助和鼓励中才能建立起团队凝聚力。而这种凝聚力，在关键时候，会发挥出比单个牛人更大的力量。

有两句话跟大家分享。第一句"我不同意你的观点，但我誓死捍卫你说话的权利"！第二句"海纳百川，有容乃大"！

坚持你认为正确的事情

即使它有时候看起来很困难、没有用、无人理解。乔布斯在 2005 年斯坦福大学毕业典礼上的一段话我深有感触：

You can't connect the dots looking forward; you can only

connect them looking backwards. So you have to trust that the dots will somehow connect in your future. You have to trust in something — your gut, destiny, life, karma, whatever. This approach has never let me down, and it has made all the difference in my life.

中文的大致意思是：你无法预先设计和联系生活中的点点滴滴，你只能在回首往事的时候这样做。因此，你必须相信当前你做的事的意义将在未来体现，相互串联起来；你必须相信一些东西，比如勇气、命运、人生、因缘等等。这个方法从未让我失望，深刻改变了我的人生。

我们亮风台公司的初创团队也是有些传奇。最有趣的是我的天使投资人，高中同班同学。高三的时候，他因为打架，被学校开除，又不敢告诉家人。我们家收留了他，在家里住了大半年。后来，这老兄自己白手起家，成为亿万土豪。当我开始创业时，老兄二话不说，给了我们第一笔启动资金。按他自己的话说，这是感恩同学情。

回首往事，20年前，我从没想过我会和当年的朋友们一起创业；没有想过我从事的人机交互和增强现实会有现在的市场前景；没有想过当年在中关村兼职的经历奠定我创业的动手能力和产品意识。而这些，在我们创办亮风台信息科技的时候，都那么自然地串联起来。虽然，我们现在还在起步阶段，前面还有无数困难要去克服，但是我们坚信，只要努力过了，就让命运带我们去应该去的地方。

时间所限，我的分享暂时就到这里。总而言之，我希望学弟、学妹们学会多元化思考，选择属于自己的成功路径，包容不同思想和人，并且持之以恒，一定会在未来的道路上越走越顺。20 年后，相信你会站在这个位置，和学弟、学妹们分享你的精彩故事。

最后，再次感谢系里老师们多年来对我们的付出，祝愿在座的计算机系系友们在未来取得更多的成绩。无论你留校读研，出国深造，还是工作，我们清华计算机系的精神永驻，我们的心永远在一起！

谢谢！

扎根基层，追逐梦想

——在公共管理学院 2015 届毕业典礼上的发言

周杰

2010 年进入清华大学公共管理学院学习，2012 年毕业并获得硕士学位。现任甘肃省政府办公厅秘书二处副处长，扎根天祝藏区 8 年，历任西大滩乡党委副书记、安远镇党委副书记、安远镇镇长、安远镇党委书记、天祝藏族自治县副县长、甘肃省委组织部考核办副主任，时任天祝藏族自治县安远镇党委副书记。

尊敬的各位老师、亲爱的同学们：

大家上午好！

我记得很清楚，那是在盛夏6月，一个雨雪纷飞的午后，在遥远西部一个叫作安远镇的地方，我接到了来自清华公共管理学院的邀请函。接到邀请函的时候，安远镇已经下了连续3天的雨夹雪。我站在窗前，看着铺天盖地的连绵细雨和白雪皑皑的毛毛山头，伫立了很久。跋涉在海拔3000米的雪域高原，触摸到清华熟悉的脉搏和心跳，我对清华的牵挂和惦念充满了感激。感谢你们给了我一次回家的机会！回望自己3年短暂而漫长的西部之路，回到梦想开始的地方，如何在母校和师弟师妹们分享不一样的西部故事？我的内心充满了忐忑和不安。但我还是决定一定要来，向母校、向师长、向师弟师妹们汇报我在西部工作的心路历程！

此时此刻，站在"明德为公"的殿堂上，我难以抑制心中的激动，不禁回想起3年前的自己，和现在的大家一样神采飞扬、朝气蓬勃，对未来充满了美好的遐想。在很多同学选择中央和国家机关、科研院所、世界500强企业的时候，我却在大家诧异的眼神中义无反顾地选择了从未涉足的甘肃——那块在地图上像玉如意一样的地方，成为一名清华大学和甘肃省委签订框架性协议的定向选调生，开启了我别样的人生旅程，开始追逐属于我自己的西部梦想。

324

　　时至今日，仍有人问我，为何从美丽富饶的福建来到偏远贫困的甘肃，由祖国的东南方到西北角，跨度之大，是否能够适应？ 3 年前，当我与 21 名同学浩浩荡荡坐着火车驶入甘肃时，看着窗外绿色一点一点地消失，一望无际的黄土高坡，说真的，当时我犹豫过、也动摇过。但我想起了师长对我的谆谆教诲，到国企、留北京、回家乡工作的机会，现在有、将来还会有；但去基层、去西部历练的机会，仅此一次。同样，我还记得另一位师长说过，人生选择具有路径依赖性，年轻时候的选择将会影响将来的选择。如果在毕业的十字路口，选择一条更为平坦舒适的道路，例如回到福建，那么在今后的人生道路上也会有同样的偏好！而今，师长也同样选择到基层去，选择了一条更富挑战性、更为艰难的道路。我是清华的学子，应当做自强不息、厚德载物的积极推动者和忠实践行者。我想，长在福建、学在北京、工作在西部，无疑会大大增加生命的宽度和广度，人生也会变得更为精彩。因此，我依然不悔自己当初的抉择，不会停下西行的脚步。

　　"路虽远，行则必至；事虽难，做则必成"。2012 年 7 月，在众多机遇中，我选择了甘肃 58 个贫困县、全国仅有的两个藏族自治县之一的天祝藏族自治县，也成为在天祝藏区工作的第一位清华选调生，且在天祝最为贫困的乡镇之一——西大滩乡挂职党委副书记。西大滩，并不是一望无际的平滩，那里平均

海拔 2800 米，山峰叠嶂，沟壑遍布，交通不便，气候恶劣，6
月飞雪是常有的事，全年近 10 个月需要生火取暖，这可能是大
家难以想象的。街上只有几家零星的小卖铺，只卖些基本的生
活用品。有次忘记带刮胡刀，在西大滩根本买不到，一连 20 多
天都没有刮胡子。去年夏天近文老师专程带着学院的关怀来看
望我，并给我带来一把飞利浦刮胡刀，我至今用心珍藏着，珍
藏着这段温暖的关爱。

记得刚到西大滩时，我和同事们坐着一辆经常熄火的桑塔
纳，花半天时间，沿着陡峭的山路，到最远的东泉村进村入户，
来到一位藏族老阿妈家。热情的老阿妈给同事们端上了酥油茶，
觉得我是南方来的，可能喝不习惯，就给我倒了一杯白开水。
在感谢老阿妈细心的同时，这件事也深深地刺激了我，原来在
大家眼里，我不过是来基层镀金的。从此以后，我脱下了城里
崭新的衣服，换上了农村的大棉袄，穿上了大头帆布鞋，挨家
挨户地到牧民家里做客，与他们拉家常、交朋友。我学会了喝
酥油茶、拌糌粑，学会了吃大碗臊子面，学会了和乡亲们团团
围坐在火炉旁，大碗喝酒、大块吃肉，渐渐地，我与群众的距
离拉近了。为响应县上"下山入川"号召，深入推进生态移民
工程，2012 年腊月，大雪纷飞、山路泥泞，我与 30 多位同事连
续驻村 2 个多月，进村入户、走访群众、动员移民。搬迁的当
天，雪后，20 多米的卡车进不了村庄，清晨我们便开始铲雪、

326

铺土、拉车、装农用车；中午，藏族老阿妈送来自制鞋垫、风干牛肉的情形今天仍历历在目。当我们把搬迁的群众送到整齐划一、具有藏式风格的新农村时，她们用藏族最高的礼仪——献哈达、敬青稞酒、杀活羊来感谢我们。心贴心的真诚，手拉手的温暖，我得到了藏区同胞的认可和信赖，成了一名真正的天祝人、甘肃人、西部人。

在西大滩工作了一年半后，我被武威市委组织部抽调参与了甘肃省首家保税物流中心——武威保税物流中心的规划、筹建工作，成为甘肃国际陆港和丝绸之路经济带黄金节点从无到有、从小到大的第一批见证者。当第一列"天马号"从武威保税物流中心缓缓驶向阿拉木图时，看着渐渐远去的班列，我内心充满了作为一名清华学子的骄傲和自豪！

2014年10月，因工作需要，我重新回到天祝县工作，组织上调整我到天祝县另一个乡镇——安远镇担任党委副书记。安远镇，因古驿站安远驿而得名，坐落在主峰海拔3562米的乌鞘岭南麓，是古丝绸之路的咽喉，势控河西走廊，"雷霆伏地鸣幽籁，星斗悬崖御大空"是它的真实写照，有一夫当关万夫莫开之势。

有了西大滩乡的工作经历，在乌鞘岭关隘脚下，我开始思考一个很现实也很紧迫的问题，如何帮助乡亲们走上一条脱贫增收的好路子。因为安远镇近一半的村都是贫困村，我们响应甘肃省委、省政府精准扶贫、精准脱贫的号召，结合安远镇实际，积极谋划"党建引领、产业富民"的发展模式，重点在直沟、乌鞘岭两个村大力发展设施养殖，推进新农村建设，促进生产发展、生活富裕，让老百姓切切实实过上好日子。我们还规划建设高原现代青稞基地，青稞作为一种杂粮，长在高原深处，对于糖尿病、高血压、高血脂患者具有很好治疗效果。我们正在着手准备筹建大学生村官"电商"创业基地，通过网络把高原绿色农牧产品——白牦牛肉、冬虫夏草、野生蘑菇销往祖国各地。近期，我们立足于安远镇的长远发展，邀请市规划局专家制作乌鞘岭村爱国主义教育基地和美丽乡村规划，全力打造"河西首驿、生态安远"，布置乌鞘岭民兵连文化展览、藏区风情一条街和乡村大舞台。今天，我和我的同事们仍然在为心中的梦想奋斗，与高高的乌鞘岭共同见证一个古老驿站的历史变迁。

时光荏苒，3年过去了，我依旧坚守在梦想开始的地方，把基层历练当做人生的事业，书写无悔的青春选择！3年时间里，无论刮风下雨还是飞雪寒霜，我始终坚持"三个一"：每天锻炼一小时，坚持写一篇日志，看一小时书籍。冬日晨练，踩在软绵绵的雪地里，总有一种身在梦境的感觉；呼吸高原的空气后，总是思维活跃，早早便记下当天的感悟；而在零下30℃以下的天气待在炉火旺盛的屋子里，听着噼啪噼啪的柴火声，沉浸在书本故事里，平添了几分悠然、自得和陶醉。3年的基层工作经历，给了我太多的生命体验和生活感悟，成为我一生中宝贵的财富和丰厚的积淀。此时此刻，我分享着你们毕业的喜悦，你们同样分享着我在基层的故事。我将坚守我的梦想，也希望更多的师弟师妹能到基层去，感受基层、了解基层、奉献基层、改变基层。

基层，是了解国情的窗口。天祝藏族自治县有丰富的矿产资源，又是全省八大畜牧大县之一，但经济发展却相对滞后。2014年公共财政预算收入3.2亿元，公共财政支出高达25.6亿元。一方面，体现了国家对西部藏区大力支持；另一方面，也说明了丰富的资源禀赋并不必然带来经济社会的快速发展。这恰恰是广大西部发展现状的缩影。丰富的资源和落后的现状，为我们解决问题、奉献才智、改变面貌提供了广阔舞台。

基层，是历练品质的熔炉。在乡镇工作，通常要忍受内心的孤寂和煎熬。而今，我也学会忍受这种孤独和晚8点过后如同"宵禁"一般漆黑的夜晚，独自一人，而"我的卧室就是我的城堡"。夜深人静之时，深知每一个人都有回不去的过往和无法预知的未来，努力做最真实的自己，求得内心的平静。

基层，是筑梦圆梦的舞台。子曰："君子谋道不谋食。"祖国的发展，需要一代又一代年轻人付出不懈的努力。我们深知，基层条件艰苦，却是年轻人成长成才、追逐梦想、实现价值的广阔舞台；而我们愿意在坚守基层中，见证历史的变迁，勇立改革发展稳定的潮头。因为我们都需要记住：你所站立的地方，就是你的中国；你怎么样，中国便怎么样；你是什么，中国便是什么；你有光明，中国便不再黑暗。

最后，衷心祝愿老师们身体健康、桃李芬芳；同学们心想事成、前程锦绣！

谢谢大家！

在平淡中守望

——在新闻与传播学院 2014 届毕业典礼上的发言

饶文靖

2000 年进入清华大学新闻与传播学院学习，2003 年毕业并获得硕士学位。高级编辑、记者，策划采写的众多稿件推动了相关政策的出台和问题的解决，现任人民日报社内参部副主任。

老师们、同学们、家长们：

上午好！

感谢学院给我这次机会，让我在离别校园11年后再次回来，与同学们分享这一特殊时刻，分享你们的快乐、欣喜和活力。

在接到学院的电话后，我一直在想，和同学们讲什么呢？讲我的成功？我是最平常的校友。讲我的经验？我是最平凡的文字工作者。讲我的工作感悟？我过着最平淡的日子。平常、平凡、平淡，贯穿了我工作和生活的主线。既然如此，那就讲讲如何守望平淡的生活。

在座的各位中，会有不少人成为大家、大师或者大款，但更多的人将要在平淡中寻求自己的价值定位。不管你今天如何雄心万丈，你终将要接受日复一日的世俗冲刷。

其间，能让你人生充满春色的，是你今天所拥有的梦想、善良和健康。

11年前，我和你们一样，期许能在时代的大舞台上有大成就。入职后，发现工作乏味单调，我很迷茫。我去拜访一位70多岁的清华学长，他取得很大成就，我想取经。他说，生活的本质就是平淡，不要追求抽象的"伟大"，所谓的"精彩"，是别人给出的心理评定。"唯有梦想能让生活充满激情。"

那一刻，我想了很多。

同学们会说，谁没有梦想呢？这没错，但能在忙忙碌碌的职场中守望梦想的，却并不多。

前两年，我采访湖北随州一名抄电表的工人，他无官无职，从部队转业后一干16年。"让百姓家不断电"是他的梦想。这个梦想很小，不如说是工作要求，但他当作自己的追求，恪尽职守，快乐地投入。他翻山越岭，进村入户，发现谁家有困难，都提供力所能及的帮助。今天，他赢得了人们的普遍尊重，成为小城传颂的人物。

他做的，都是凡人小事，小到每个人都能做，但我们去做了吗？我们偶尔做过，但坚持了吗？这些小事好事，一件件串起来，连成一幅跨越16年的人生画卷，就是一座路标。这种坚持，就有梦想的力量。

在眼花缭乱的世界里，能带着最初梦想奔跑的，便是成功者。工作后，生活压力成为很现实的负担，麻辣的诱惑会离我们很近。这时候，希望你记得，还有高于生计的追求和梦想。"多少长安名利客，机关用尽不如君"。

人生最残酷的地方，是只能年轻一次，惟有梦想，才能让青春永在。今天之后，你的青春会开始衰老。但最先衰老的，不是容颜，而是我们的梦想在残缺、在变色，我们守望梦想的冲劲在减弱，我们追逐梦想的步伐在动摇。

有梦想，才有远方。而远方，需要你宁静地往前走。

我一个朋友，常去北大听讲座，经常听完后就疯狂购书，但仅此而已，那些书大部分连序言都没翻过去。

梦想需要行动。永远停留在目录前，又如何去享受险峰的无限风光？当你徘徊时，这个世界很大；当你走出第一步时，这个世界就很小了。

在你带着梦想同行时，一定记得守望好你的善良。

大家会觉得这个话题很可笑。在座的各位，都是谦谦君子。但职场上的善良，不只是不害人，更要与人方便。予你的对手甚至敌人方便，要成为你发自心底的习惯性行为：利人要成为一种信仰。

一则寓言说，野猪与马一起吃草，野猪总使坏，马十分恼火，一心想报复，便去请猎人帮忙，猎人骑上马打败了野猪，同时把马拴了起来，马失去了自由。

不能容忍他人，就会给自己带来不幸。职场上，各种利益、计较和争夺，你可能都会碰到，这时，希望你想得起曾国藩的一句话："不与人争利益之短长，专与己争品性之长短"。

不害人是被动的善良，利他才是积极的作为。

小时候，我母亲经常和我说一个盲人打灯笼的故事。说的是：盲人天黑打灯笼，和尚不解，问其故。盲人说，天黑后，世人和我一样，什么都看不见，所以我点上灯为他们照亮道路。和尚醒悟：原来你为众人点灯。盲人说：我是为自己，因为点了灯，黑夜里别人才不会撞到我。

为别人就是为自己。利人方能聚势，势成则业圆。在《射雕英雄传》里，同是英雄的后代，智商高的杨康失败了，而资质平平的郭靖却获得了成功。有人会说郭靖运气好，总有高手指点，我想，是郭靖的宽厚善良让其无往而不胜。

不管你带着梦想飞得多高多远，也不管你多么厚德，如果没有健康，你将一无所有。看护好你的身体，是你职场生涯最重要的使命。它不但承载着你的一切，也托付着所有你爱和爱你的人的梦想。

我把最重要的放到最后说，是希望师弟师妹们能意识到：没有任何的理由，也没有任何的东西，值得你以健康为代价。守望健康，意味着你必须养成一个良好的工作习惯和生活规律。在你可以自己做主的情况下，不要熬夜，尤其是熬夜只是为了刷屏，或者一个"早了睡不着"的借口。野蛮体魄，文明精神，一个好的身体让你走得久远。

"如果你把感情交给了手机，把双腿交给了汽车，把健康交给了娱乐，那么，你的生活可能是时尚的，但一定是错误的。"赶赴职场之前，请你远离这些时尚。

　　上述感悟，有的是自己的经验，有的是教训。其实，我们多数人穷其一生，可能都无法与轰轰烈烈为伍。真诚地希望大家，能在未来平淡的工作中，孜孜前行。遇到难题时，提醒自己："容易走的，都是下坡路。"

　　真正的强者，不是没有眼泪，而是在平淡的生活中，含泪追逐梦想的人。愿大家都能梦想成真，赢得人生出彩的机会。

编后记

　　在一个多世纪的开拓进取中，无数清华学子从清华园走出。母校的培养、时代的发展赋予了清华人自强的底色和奋进的精神，他们胸怀国家理想、牢记母校嘱托、矢志拼搏奋斗、勇攀事业高峰，他们就像生命力很强的种子，无论撒在天南还是地北，都能生根，都能做出无愧于祖国和人民的成绩。为何这种清华精神能在校友身上一代代体现和传承，是值得总结和思考的。

　　自 2002 年开始，学校在每年的毕业典礼上邀请校友中的优秀代表返校演讲，18 年来有近 50 名校友参加这项庄严而有意义的活动。这些校友中有来自西部基层的大学生村官；有来自建设一线的科技工作者；有来自国有大中型企业的管理者；还有来自引领科技前沿的创业者；他们中有院士、将军、全国劳动模范，更有默默无闻的普通劳动者。校友们的奋斗精神、成长之路、肺腑之言，对青年学子走好人生之路是生动的教材。

为此，从 2004 年起，我们将学校邀请的优秀校友在学校毕业典礼上的演讲稿汇编成册，相继出版了《祖国终将选择那些选择了祖国的人》《我伴祖国共辉煌》《以国家和民族的需要为己任》《使命因艰巨而光荣　人生因奋斗而精彩》《做可堪时代大任的清华人》《清华精神伴我行》《让青春在祖国最需要的地方闪光》系列演讲集萃。这些书籍的相继出版，受到了广大同学的欢迎。

恰逢 110 周年校庆即将来临之际，为了使更多的青年学子从中受益，我们将 2011 年以来返校参加毕业典礼的部分校友演讲稿汇编成书，其中增加了一些参加院系毕业典礼校友的演讲稿，书稿收集过程中得到了各院系及演讲校友的大力支持，在此表示衷心感谢。因时间关系，有些书稿来不及跟校友们一一联系确认，稿件中若有遗漏和错误也请批评指正。

编　者
2020 年 12 月